吉本隆明とマス・イメージの現在

松島 浄

学文社

はしがき

私は、二〇〇六年に『詩と文学の社会学』という本を出版している。その第二章は、「戦後詩と時代精神」であり、第三章は『現代文化とマス・イメージ』といういずれも吉本隆明論であった。しかし今、当該書は絶版になっており、読むこともできない状態である。そこで今回その二論文を入れた新しい書籍を出すことにしたのである。中心となるのは、前回同様の明治学院大学社会学部の論叢に書いた「研究ノート」であるが、その他には今は亡き沖縄の比嘉加津夫さんが出していた同人誌『脈』にのせた論文もいくつかある。

ところで、吉本隆明は、俵万智の短歌にふれて次のようなことをいっていた。

愛人でいいのとうたう歌手がいて言ってくれるじゃないのと思う
万智ちゃんを先生と呼ぶ子らがいて神奈川県立橋本高校

俵さんの場合は、対象者と作者が全く同等の意識であるとしか受け取れない。全部が日常といってもいいし、日常的なところでしか表現していないともいえる。

私も俵万智については、同じようなことを考えていて、本文の中で次の歌を引用している。

逢うたびに抱かれなくともいいように一緒に暮らしてみたい七月

この歌によって、作者は近代的な価値である結婚を無意識的に解体しているのであり、このような解体のイメージが「少子化の現在」にまでつながっているといえる。そして後半のマス・イメージの現在もそうした視点で読んでいただけたらと思う。

第四部のポーランドとアンジェイ・ワイダの映画は、現在のロシアとウクライナ問題の原型を見てるようでもある。

今回も前回同様、学文社の田中千津子社長と編集部の皆様に大変お世話になった。心からお礼申し上げる。

二〇二三年三月吉日

松島　浄

目次

第二部　現代短歌論

第一部

初期・吉本隆明

第一章　戦後詩と時代精神——吉本隆明の『固有時との対話』を読む

一　戦争から敗戦へ

1　戦争の詩的表現

ここに一人の詩人を登場させ、その詩の展開を通して、垣間見える時代の精神構造をあきらかにしてみたい。その際、すぐれた文学はすぐれて社会的であるという観点に立って、このすぐれた詩人の詩を通して、透明な鏡に映し出された日常生活の現実をここに再構成してみたい。それはあたかも混沌とした日常世界が、真摯な態度で時代を生きぬいた詩人によってどこまで形象化されているかという問題でもある。

詩人、吉本隆明は、一九二四（大正一三）年に東京の月島で、船大工の三男として生まれている。一九四二（昭和一七）年米沢高等工業学校に入学し、宮沢賢治や立原道造、中原中也の影響の下で、詩作に取り組んでいる。当時の心境は次の詩句となって残っている。

雲　おれはともかくも　ひとすぢのみちをゆくだろう
蒼い深い空の果てにおれが西の方へ走つて行くのを見たら

おれはみずいろのネハンの世界を求めて行くのだと思つてくれ
又東の方の日輪のくるくる廻つてゐる辺りに
おれが蒼白い曙の相をしてゐるとき
おれは　おれたちの遠い神々を尋ねてゆくのだと思つてくれ

（「雲と花との告別」一九四五年[1]）

この短い文章からも、この作者の「意志」を読みとることができる。雲や花といった詩語からみると「四季派」の詩情や立原道造の詩などを連想しやすいけれども、青年期の混沌とした情緒のもつれを一本の強い線で貫いている、意志と世界観とは、この作者の思想者としての態度と方法を想定させるにあまりある。しかしことその思想の内容に関するかぎりは、純粋なまでの日本的ナショナリズムの思想であった。当時の他の詩ではそれは次のように書かれていた。

われら　みずからの小さき影をうちすてて
神ながらのゆめ　行かんとす
まもらせよおほきみの千代のさかへ
　われら草莽のうちなるいのり
まもらせよ祖国の土や風の美しさ
　われらみおやの涙のあと

（「草ふかき祈り」一九四四年[2]）

自己の恣意的な自由と家族の悲哀を犠牲にしながらも、日本の共同幻想（神々の世界）に自己を同一化し、忠君愛国のために死をも賭していくという真情が詩われている。いいかえれば、個人意識と家族意識とが国家意識の中に吸収されており、それがあたかも自分の宿命であるかのように感受されている。これは、当時の愛国的な青年の意識に共通する一般的な感情であったと思われる。

ところが前述の「雲と花との告別」をよく読むと、国家意識からの自己疎外感がわずかながら垣間見えている部分がある。たとえば、「だれよりも俺達は強く燃えてゐる　又だれよりも高いやうな気がする　けれどそれが如何したと言ふのだ　そんなみつともない満足だけではおれは淋しくて仕方がないのだ」とか「おまへの言ふことは俺の言ひたい事でもある　明るい色や匂ひがおれにはあると思ふだろう　けれど　おれのおろおろした善意の蔭では　どんなにか自虐や淋しさがあるか知らないのだ[3]」といった断片を読むと、国家意識への同一化感情には若干の空白感があったことがわかる。この間の事情は、のちにこの作者自身が当時を回顧した文章では、抽象的な国家意識（お国のため）は、もっと具体的な「肉親や隣人、同胞のため」という目的意識によって、絶対感が満たされていたという。

さてこの時期の詩句にふれ、詩人の鮎川信夫は次のようにいっている。「しかしこれらは、戦時下における詩人たちにおいては、ほとんどきまり文句のようなものであって、秘匿したり、自己の著作目録から削除してしまえば、確かに発見されたとしても今日から見れば果たしてそれが本音であったかどうか分からない形式的な辞句と化してしまう体のものである。事実、戦時中のこうした作品を、戦後において公表した詩人を私は知らない。吉本の場合、あえてそれを公表することによって、それが当時における彼の真情であったことを確認している[4]」。わたしが今回、戦後詩と時代精神の対象に、この詩人を選んだ理由も、作者が、過去の思想体験、時代体験を秘匿せず、それを自ら対象化しつつ、自己の思想体系の中に包括し、止揚しているからである。もちろん、この作者は、体験の経験化、実践と理論の統一、思想体験の包括化といった作業が、わが国の思想的な伝統の下では、いかに容易ならざる難しい事柄であるかをよくわきまえている。だからこそ、その詩精神の軌跡が貴重なのである。

2　敗戦の詩的表現

さて一九四五（昭和二〇）年の日本の敗戦は、さまざまな意味合いにおいて、この青年の夢をうちくだいた。作者自身、ある部分で、全く打ちのめされて、思想的にも感性的にも死滅したと語っている。この間の作者の空虚な心的世界は、一九四六（昭和二一）年の秋に創刊された詩集『時禱』に表現されている。それはほぼ次のような詩句となって残っている。

（風はさびしく笛を吹きます）
もう喪はれたる願ひのうちに
わたくしはものかなしくその音をききます
世界は濁つた水のやう
眼の前はしづかな黄色のとばりがかかります

（習作五〈風笛〉）[5]

この時期の詩句を読むと、敗戦によって、それまで青年の行為を動機づけてきた価値の体系が崩壊したために、アパシー状態に陥った様子が手にとるように伝わってくる。それまでの青年の心情をささえていた過激な歴史観に対し、ここで表現されている虚無の世界は、あまりにも対照的であり、時間の停止した、静寂な世界や暗い無風の状態や、世界の黄昏の風景として描かれている。

僧侶はひとり

僅かに息のやうに温つてゐる
河原の滑石を積みかさね
誰れか（もう止めろ）というまでは
いつまでもそうしてゐたかった
（習作五一〈松川幻想[6]〉）

ここであえて「いたましい」としかいいようのない詩句を引用したのも、このニヒリズムの世界が敗戦後の多くの庶民のいつわらざる心情だったと思われるからである。そして多くの庶民が、戦争で失われた生活根拠を再構成するべく、自力で生活空間を少しずつ構築していったように、この思想家もまた、崩壊した自己と現実との関係を、再構成するべく、少しずつ、自己の世界観の構築に乗りだしていくのである。

荒涼と過誤
とりかへしのつかない道がここに在る
しだいに明らかに視えてくるひとつの過誤の風景
ぼくは悔悟をやめて
しづかに荒涼の座に堕ちこんでゆく
（「一九四九年冬[7]」）

このしだいに視えてくる過誤の風景とは、いうまでもなくかつて自己同一化した共同幻想からの自己剥離の過程であり、観念的なものを自己対象化する生理的（自然の）世界から導き出されてくる孤独な荒涼とした世界でもあった。

僕らには祖国などといふものはないのだ。やはり個々の人々があるだけだ。支配者はいつもそのやうに人々を架空なもので釣り上げる。

（「箴言Ⅰ」一九五〇年[8]）

二　『固有時との対話』

1　「風」とは何か

かくしてこの思想詩人は、日本の資本主義が一九五〇年の朝鮮戦争によって戦後復興の手がかりをつかんで胎動しはじめた頃、共同幻想の桎梏から離脱を宣言したともとれる個人幻想の詩集『固有時との対話』（一九五二年）を出版している。「固有時」とは何か。それは観念的な歴史的共同幻想ではなく、生理的な個々人の意識世界、つまり個人幻想と考えられる。作者が他のところでいっている言葉でいい直すならば、固有時とは「交換価値なき労力の時間」ということになるであろう。それはかつて、ある目的と価値のために人生を消費してきた人間が、もはやいかなる目的のためにも人生を費やさないと決意する隔絶した個人の世界、日常生活から疎外した死ぬよりほかない自由の世界の宣言のようにみえる。当初、私家版として出版された『固有時との対話』には次のようなエピグラフが書かれている。「メカニカルに組成されたわたしの感覚には湿気を嫌ふ冬の風の下が適していた　そしてわたしの無償な時間の劇は物象の微かな役割に荷はれながら確かに歩みはじめるのである……と信じられた[9]」この言葉くらい、端的にこの詩集のテーマをいい当てているものはないと思われる。

ここにはアジア的、日本的な共同幻想から西欧的な個人幻想への移行が、亜熱帯に近い日本的な風土のメタファーによって表現されるとともに、社会的な共同幻想としての労働時間から疎外された無償の自由な個人の時間の劇の開始がこれ以上縮小できない言葉で語り尽くされている。さてこの詩集の冒頭の一節は、象徴的である。

(1)　街々の建築のかげで風はとつぜん生理のやうにおちていった　その時わたしたちの睡りはおなじ方法で空洞のほうへおちた

(2)　風は路上に枯葉や塵埃をつみかさねた

(3)　風はわたしたちのおこなひを知つてゐるだろう

(4)　風はわたしたちの意識の継続をたすけようとして　わたしたちの空洞のなかをみたした　わたしたちは風景のなかに在る自らを見知られないために風を寂かに睡らせようとした

(5)　〈風は何処からきたか?〉

何処からといふ不器用な問ひのなかには　わたしたちの悔恨が跡をひいてゐた　わたしたちはその問ひによつて記憶のなかのすべてを目覚ましてきたのだから

(6)　風よ　おまへだけは……

わたしたちが感じたすべてのものを留繫してゐた

(7)　風と光と影の量をわたしは自らの獲てきた風景の三要素と考へてきたのでわたしの構成した思考の起点としていつもそれらの相対的な増減を用ひねばならないと思つた　それゆえ時刻がくるとひとびとが追想のうちに沈んでしまふ習性を　影の圏の増大や　光の集積層の厚みの増加や　風の乾燥にともなふ現在への執着の稀少化によって説明していたのである　わたし自らにとつても追憶のうちにある孤独や悲しみはとりもなほさずわたしの存在の純化された象徴に外ならないと思はれた

(8)　わたしは風と光と影との感覚のうちにわたしの魂を殺して悔ひることがなかつた

（『固有時との対話』[10]）

凪とはなにか？『固有時との対話』を解読する鍵の第一はここにあると思われる。
凪とは〈歴史〉でもある。しかしそれでは拡散し、弱い。凪とは〈戦争〉である。凪とは〈戦争であり革命〉であった。凪とはそれらの〈意志〉であった。のちに作者は、『高村光太郎』の中に書いた。「戦争に敗けたら、アジアの植民地は解放されないという天皇制ファシズムのスローガンを、わたしなりに信じていた[11]」と。

ここでわれわれは敗戦直後の詩がいずれも時間の停止した、〈無風の詩〉であったことを納得することができる。『固有時との対話』という詩集は、依然として敗戦の衝撃を残したまま、同一化した対象の喪失によって、孤独となった寂寥の詩である。それはまさに、目的も共同性も喪失した無償の時間のドラマであった。

2 『固有時との対話』の解読

もう一度冒頭の一節をわたしなりに解読してみよう。街々の建築のかげで、凪はなぜとつぜん生理のようにおちていったのか？その時なぜわたしたちの睡りもまたおなじ方法で空洞のほうへおちたのか？「建築」とは、長い間築きあげてきた日本文化の伝統の意味をもっている。その先端に戦争と革命があった。ところがそれは一九四五年八月一五日に突然、敗戦となる。その時「大衆は、天皇の〈終戦〉宣言をうなだれて、あるいは嬉しそうにきき、兵士たちは、米軍から無抵抗に武装解除されて、三三五五、あるいは集団で、あれはてた郷土へかえっていった。よほどふて腐れたものでないかぎりは、背中にありったけの軍食糧や衣料をつめこんだ荷作りをかついで！[12]」これが生理のようにおちていった歴史の現実であった。これが、明治以来の富国強兵、殖産興業に励んで来た日本人の思想＝日本文化の「影」の部分であった。勇ましい軍国主義という建築のかげの部分で、戦争と革命は、敗戦によってとつぜん生理のようにおちていったのである。

その時、わたしたちの睡り＝戦争と革命の幻想も、時間の差はありながらも、おなじ方法で、空虚な日常生活の中におちていった。そして、わたしたちの日常生活と思想とは、明治以来、くりかえされてきた戦争と革命の死者＝負性の上に位置づけられる。だからこそ、わたしたちは、風景（歴史）のなかに在る自らを見知られないために、その歴史を寂かに睡らせようとするのである。

　風は何処からきたか？という問いは、なぜアジアを解放するために戦争をしなければならなかったのかという不器用な問いであったが、そこには悔恨が跡をひいている。しかしこの不器用な問いによって、はじめてわたしたちは、日本の歴史に目覚めたのである。この自覚とは、「何の主題もない生存へわたしを追ひこんだもの」＝日本人の思想と文化に目覚めることであり、「巨大な建築のふとした窓と窓の間に赤錆びた風抜きを見つけ出す」ことでもある。その風穴から充実した意志がいつの間にかもれ出し、やがて弛緩してしまうことの経験を意味している。

　ここまで来れば、「風と光と影の量」がなぜ、「わたしが獲得した風景の三要素」となるのかも、またそれがなぜ「わたしが構成した思考の起点」となるのかも了解できるであろう。風については、すでにふれた通りであるが、風景は、日本文化＝ナショナリズムの光と影の増減によって説明されるということである。当時の作者は、ある場合は、光を日本文化の近代性として捉え、影をその封建性と考えたこともあった（「転向論」一九五八年）。またある時は、光の部分を日本の大衆の階級性＝人民のなかに見い出し、影の部分を日本的庶民の生活意識のなかに見い出したこともあった（「前世代の詩人たち」一九五五年）。そしてこの日本文化の優性遺伝と劣性遺伝とを内部にあわせ持った思想の巨人として「高村光太郎」が徹底的に分析された。これに、右翼テロリストの思想や、宮沢賢治、保田与重郎、小林秀雄、横光利一、太宰治などの思想、文学を加味すれば、当時の作者をとり囲む光と影の思想圏の構図はほぼ望見できるのである。後年、作者は、「大衆の原像」を提示し、無自覚的に支配権力下に浮遊しつつも、思想の処女性によって、支配権力を止揚しうる可能性が潜在化していることを示唆していた。

とすれば、次の詩句の解読もおのずからあきらかになってくる。

けれどわたしがX軸の方向から街々へはいつてゆくと　記憶はあたかもY軸の方向から蘇つてくるのであつた。それで脳髄はいつも確かな像を結ぶにはいたらなかつた　忘却という手易い未来にしたがふためにわたしは上昇または下降の方向としてZ軸のほうへ歩み去つたとひとびとは考えてくれてよい

（『固有時との対話』[13]）

たとえば、作者が右翼テロリストとして戦争にはいっていけば、記憶はあたかも都市のブルジョア化したインテリゲンチャの方向から蘇ってくるため、いつも確かな自己同一化のイメージを結実するにはいたらなかったので、ある時は宗教的幻想の領域や科学的考察へと向かい、ある時は日常生活過程そのものへと下降していったのである。

結局、『固有時との対話』は、敗戦によって対象を見失った自我（作者自身の言葉でいえば、精神の内閉的危機）が、歴史の再検討を通して、解体しつつある自我を必死に再構成しようと企図した自己省察の書であった。

三　『転位のための十篇』

1　「風景」とは何か

『固有時との対話』によって当時、崩壊寸前にあった作者の自我は、風と光と影のメタファーによって構

成された「風景論」という名の世界観、いいかえれば世界認識の方法を獲得したのである。この時、共同幻想から個人幻想へと退却した作者の世界は、再度、歴史的現実の獲得に向かって、拡充していくのである。この時、作者は、私家版の第二詩集『転位のための十篇』（一九五三年）を出版する。この詩集の表題は、固有時との対話から歴史的現実との対話への移行の意味を持たされている。ほぼ同時代に書かれた第二詩集によって、作者は一体何を新たに書き加えることができたのであろうか。転位の考察のためには、「固有時との対話』でふれずに残していた次のような詩句が重要である。

　わたしは現実の風景に対応するわたしの精神が存在していないことを　どんなに愕いたことか　わたしの不在な現実が確かに存在していた

　わたしはほんとうは怖ろしかったのだ　世界のどこかにわたしを拒絶する風景が在るのではないか　わたしの拒絶する風景があるやうに……ということが

（『固有時との対話[14]』）

　この二つの詩句は、全く同じことをいっているにすぎないが、ここには共生的同一化（ゲマインシャフト）から分化した近代的自我の不安が捉えられている。作者の言葉でいえば「孤独とは喜怒哀楽のやうな言はばにんげんの一次感覚の喪失のうへに成立つわたし自らの生存そのものに外ならなかった[15]」という孤独の感覚である。この時作者の自我は、一段と高度化した社会化をとげつつあった。とすれば「転位」とは、近代人の自己疎外の確認といえるかもしれない。少なくとも、この自己疎外は、前述した「光」と「影」の矛盾体として、作者にとっては不安な風景となっていた。わたしの拒絶する風景が光であれば、わたしを拒絶する風景が影となって、わたしという自画像は統一したイメージを描きえず、自己疎外した自我は、不安にさいなまれる。

ところで筆者はかつて、この詩人の評論集の書評のなかで次のように書いたことがあった。「かつて長田弘は吉本の詩の世界を〈ぼくの不幸は風景に鎖のようにつながれている〉といった詩句にふれながら、〈風景に対する憎悪の倫理〉をみごとに透視してみせたことがある。ところで最新作〈告知する歌〉でもその〈風景〉というコトバは四連の初めに一つ使われている。〈われわれはその名をよべばかならず傷つく／その土地の奥深くには奇怪な儀式がある／もし風景が解放しなかったら魂を穴居させ／たれも出口をみつけることができない／……〉そして、私は今、さらに吉本にとって風景とはなにか?と問うことによって、長田弘がふれなかった吉本思想のいわば存在論的核につき当たるのだ。

吉本にとって風景とはいうまでもなく偉大な卑小だった戦争とナショナリズムの季節である。あるいは暗く、明るい平和とナショナリズムの季節といいかえても同じことだ。戦争時であろうと、アメリカから解放されようと、このナショナリズムという〈くらくもえている風景〉は少しも変らない。だから日本のナショナリズムはそれ自身を内側から解放していく以外に方法はない。〈どんな可能もぼくたちの視ている風景のほかからやってこない〉のだ……(16)」。

いまここに一五年前に書いた小論をあえて引用したのは、わたしがすでに作者の「風景」というコトバに注目していたことを憶い出したからである。もちろん、現在ほど風景の内実が理解されていたわけではないが、それでも、戦争のなかに平和を視、平和のなかに戦争を見てしまう不幸な時代の思想家のイメージだけはそれなりに把握されている。

2　『転位のための十篇』の解読

『転位のための十篇』でとくに注目すべき点は、その風景の時間と空間の拡張された範囲の広さとその全体性の視野であろう。それらは、たとえば次のように表現されている。

(1)　きみのせおつてゐる風景は苛酷ではないか
(2)　ユージン　きみはソドムの地の最後のひととして
あらゆる風景をみつづけなければならない
(3)　おう　きみの喪失の感覚は
全世界的なものだ
(4)　きみは火山のように噴きだす全世界の革命と
それをとりまくおもたい気圧や温度を
ひとつの加担のうちにとらへることができるか
(5)　ぼくは秩序の敵であるとおなじにきみたちの敵だ
(6)　ぼくは拒絶された思想としてその意味のために生きよう
(7)　ぼくがたふれたらひとつの直接性がたふれる
(8)　どんな可能もぼくたちの視てゐる風景のほかからやつてこない

（『転位のための十篇』[17]）

おそらくこの時期に作者は、確固たる歴史観と世界観を獲得したに違いない。あたかもかつて固有時の恒数を獲得したように、ここで作者は歴史的現実の不可逆性を獲得したのである。特殊日本的な疎外の現実がすぐれて全世界的な感覚であり、最後の人としてあらゆる風景が氾濫する時代を見納めるという苛酷な使命感の確認である。

かつて戦争と革命のために死んだ死者たちの行動は、直接性であった。それは苛酷なもたれあうことを嫌った反抗であった。いままた「大戦のあとでじぶんの意志をつくりあげ」「絶望に抗ふためにふたたび加担」する。

そしていま大戦のあとで自分でつくりあげた新たな風景論の三要素は、支配者と大衆と知識人という「疎外の風景」であった。その時作者は二つの敵に拒絶された思想家として、疎外の止揚を見とどける最後の人として、ひとりの「直接性」の人として在ろうとする。

注

(1) 吉本隆明『初期ノート』試行社、一九六四年、二七〇頁
(2) 同書、二六三頁
(3) 同書、二六九頁
(4) 鮎川信夫『吉本隆明論』思潮社、一九八二年、二七頁
(5) 吉本隆明、前掲書、一五〇頁
(6) 同書、一六六頁
(7) 同書、一八八頁
(8) 同書、三四頁
(9) 吉本隆明『定本詩集』勁草書房、一九六八年、九四頁
(10) 同書、九七―一一九頁
(11) 吉本隆明『高村光太郎』春秋社、一九六六年、一一九頁
(12) 吉本隆明「丸山真男論」『吉本隆明著作集』勁草書房、一九六九年、二〇頁
(13) 吉本隆明『定本詩集』一〇一頁
(14) 同書、一一七頁
(15) 同書、一〇七頁
(16) 松島浄「拒絶の論理が武器」『日本読書新聞』一九六六年、一二月一二日号

（17）吉本隆明『定本詩集』一二五―一五九頁

（松島浄『詩と文学の社会学』（学文社、二〇〇六年三月））

第二章　戦後詩――吉本隆明と戦後詩

一　戦後詩とはなにか

人は自分が体験した思想を詩作品の中に織り込んで表現することは案外難しいものである。ある時はテーマが独り歩きしたり、ある時は習い覚えた方法と自分が表現したい思想が乖離してしまうこともある。思想と方法がうまくかみ合うのは稀有なことなのである。

吉本隆明も敗戦後の体験を詩作品に包括して独自の作品を書くに至るまでには葛藤と苦労があったことは言うまでもない。この文章はその間の試行過程を一九四五年八月から一九五〇年までの五年間の詩作品を読みながら検証するところにある。

ところで吉本隆明には『増補戦後詩史論』という労作がある。これはもともと一九六〇年前後に「ユリイカ」から出た『現代詩全集』全六巻に書いた戦後詩史論が下敷きになっている。これに当時大和書房にいた編集者の小川哲生が目をつけ、その続編を書いてもらい一冊の本にしようとしたのである。そこで一九七六年に仙台での講演があり、その演題が「戦後詩の体験」だったこともあり、その講演をもとに書かれたのが初版の『戦後詩史論』の第二章だったのである。いまその時の講演と書き下ろされた第二章を読み比べると、相当推敲されていることがわかる。一度話すことで吐き出された思想が再度推敲されて文章になるとこんなにもまとまるのかと驚くばかりである。

その「戦後詩の体験」の中で吉本隆明は戦後詩とは何かについて次のように書いている。少し長くなるが引用したい。

「戦後詩と呼ぶものは、戦争をくぐりぬける方法を詩のうえで考えることを強いられた詩のことであるといえば、いくらか当たっている。べつの言葉でいえば戦乱によって日常の自然感性を根こそぎ疑うことを強いられた詩といってよかった。認識ないしは批評をたえず感性や感覚のなかに包括しながら詩が展開されるので、日常の自然感性に類するものは、すくなくとも表面からは影を払ってしまった。それが日常の自然感性に慣れて、それを詩とみなす人々にとって難解なとっつきにくいものにした。詩に安堵感をもたらすよりも、詩に考え込むことを強いるという具合にならざるをえなかった。戦後詩はその尖端の感性的な水準でいえば詩から慰安をうけとろうとするもの、詩とはリズムに乗った言葉による解放感や快感であるとするものを、自ら拒んだ世界に入り込んでしまったのである。日常的な生存や生理的な自然死の世界のほかにも、生や死の体験（を強いられる）世界がありうることを、詩人たちは体験し、その体験を詩的な比喩となしえないかぎり作品は成立しなかったのである。」

これはなかなかの名文である。一九四〇年代後半に自分らしい詩作品の創作に苦心していた、当時の苦渋が反映していると思われる。この難しい体験がのちに「言語にとって美とはなにか」を書かせることにつながるからである。ここで言われている「戦争をくぐりぬける方法を詩の上で考える」ということは口で言うのは簡単だが、実作する詩人にとっては大変なことであり、それを実践することは並大抵の努力ではなかったはずである。吉本隆明もそのために約五年間の月日を要したと考えられる。あの戦争とは何であったのか。自分もまたその渦中にいただけに、それを対象化するのは困難を極めたはずである。しかもその社会認識と政治的思想を構築したうえでそれをさらに私的表現に反映しなければならなかった。戦地での体験こそなかったけれど、身近な人の死を敗戦まぢかに知らされるということがあった。そしてそのすぐ後に敗戦がきたのである。戦争の犠牲と敗戦が重なって訪れた。その二つの衝撃が一挙に襲ってきたわけである。しかもその当時信頼していた文学者、例えば小林秀雄や高村光太郎などいずれも考える指針も方向性も与えてはくれなかった。あとは自分ひとりで考えるしかなかった。空虚と再建の葛藤する不安定な時代だったと思う。しかし今から考えると敗戦後のこの五年間があったからこその後の華々しい活躍が可能だったのである。この苦しい五年間の蓄積がその後の活躍を用意したことはまちがいないのだ。

二　吉本隆明の戦後詩

ここに当時の作者の心境を詩にした作品が残っている。

一九四九年冬

荒涼と過誤。
とりかへしのつかない道がここに在る
しだいに明らかに視えてくるひとつの
過誤の風景
ぼくは悔悟をやめて
しづかに荒涼の座に堕ちこんでゆく
むかし覚えた
妙なこころ騒ぎもなくなつてゐる

たとへばこのように
ひとと訣れすべきものであらうか

一九四五年頃の冬
あたりは餓莩地帯であつた
いまはぼくのほか誰もゐない
ひとびとのくらしがゆたかになつたと
たれが信じよう
それぞれの荒涼の座に
若者たちは堕ちてしまつてゐる

夜。
頭から蒲団をひつ被つて
フリードリッヒ・リスト政治経済学上の遺書を読む
〈我々の弱い視力で見得る限りでは、次の世紀の中頃には二つの巨大国しか存在しないだらう（Ｆ・リスト）〉
ぼくはここに
だがひとつの過誤をみつけ出す
諦らめて
僕の解き得るちいさな謎にかへらう

一九四九年冬。

深夜。
そつと部屋をぬけだしていつものやうに
父の枕元からたばこを盗み出して
喫する

あいつもこいつも
賑やかな奴はみんな信じられない
どうして
思想は期望や憧憬や牧歌をもつて
また
絶望はみみつちい救済に繋がれて提出されねばならないか

ほんたうにそう考へてゐるのか
だがあいつもこいつもみんなこたへない
いいやあんまり虐めるな
一九四三年ころでさへ
誰も答へてはくれなかつた
その時から

ぼくもそれからほかの若者たちも
いちやうに暗さを愛してきた
（以下略）

この詩は『吉本隆明代表詩選』の選者の一人の瀬尾育生もその一〇詩の中のひとつとして選んでいた。そのくらい重要な作品である。私はこの作品のタイトルが気になる。事実この作品は一九五〇年四月の「詩文化」に発表されたのである。しかし作者はそのタイトルを「一九四九年冬」とつけている。私には作者もまた一九四〇年代の作品にこだわりがあったのではないかと思う。四〇年代を戦後詩の決算期と考えていたのではないかということである。
それにしてもこの詩の冒頭は重要である。

「荒涼と過誤。
とりかへしのつかない道がここに在る
しだいに明らかに視えてくるひとつの
過誤の風景
ぼくは悔悟をやめて
しづかに荒涼の座に堕ちこんでゆく
むかし覚えた
妙なこころ騒ぎもなくなつてゐる
たとへばこのように

ひとと訣れすべきものであらうか」

これが吉本隆明の戦後詩であった。ひとつの過誤の風景がしだいに視えてきた、一九四〇年代の後半。この間、難問だった戦争とは何かを考えて、政治経済学まで読んだ。もう誰も信じられない。ひとり荒涼の座に堕ちこんでゆくしかない。悔悟もこころ騒ぎもなくなっていくために敗戦後五年間が必要であった。身近な人たちや塾の先生一家も失っていた。このようにひとと訣れすべきものなのか。人々の暮らしが豊かになったと誰が信じられるか。このころの心情を共有するために作者は太宰治の「春の枯葉」の公演をしようとした。賑やかな奴はみんな信じられなかった。戦争とは何であったのかに答えてくれる人は誰もいなかった。これからは自分ひとりで考えてゆくしかないのだ。暗さを愛していた。

三　『エリアンの手記と詩』

吉本隆明はひそかに敬愛していた塾の先生の一家が、一九四五年の三月一〇日の東京大空襲で亡くなったことに衝撃をうけた。だからこの時代に『エリアンの手記と詩』を書き、「海はかはらぬ色で」という長詩を書いた。「エリアンの手記と詩」の中で、先生にこんな詩を語らせている。

「エリアンおまへはこの世に生きられない　おまへはあんまり暗い
エリアンおまへはこの世に生きられない　おまへは他人を喜ばすことができない
エリアンおまへはこの世に生きられない　おまへの言葉は熊の毛のように傷つける
エリアンおまへはこの世に生きられない　おまへは醜く愛せられないから

エリアンおまへはこの世に生きられない　おまへは平和が堪えられないのだから」

先生が生きていたらきっとこう言われたであろうという言葉である。これも吉本隆明の戦後詩のひとつである。荒涼の風景の中で絶望的な心境が詩的な比喩を使って表現されている。思想が希望や憧憬や牧歌や救済とともに語られることはない。この詩もまた多くの詩の大衆に愛好されなかったことはいうまでもない。しかしこの詩もわが国の戦後詩の秀作であることは間違いない。

この後すぐに吉本隆明の言葉は「マチウ書試論」でキリスト教を批判し、「前世代の詩人たち」で抵抗詩人たちを批判し、「四季派の本質」で抒情詩人たちを熊の毛のように傷つけたからである。もうひとつ、恩師、今氏乙治への鎮魂歌だと私が思っている「海はかはらぬ色で」がある。私はこれも彼の戦後詩のひとつだと思っている。最後の二連を引用する。

「もはや訪ねあるいて
わたしはわたしの身代はりを確かめ
わたしの歳月を告げるあしどりはない
疲れうしなはれた豊かさで
わたしはひきかへす
もはや夜があり
わたしは断たれる
わたしを模倣し
わたしを想ひ起こさせるものから――

どんな宿命が
わたしを模するものを訪れても
すべなくてわたしは茫然とたち
わたしが亡びるさまを視る
あたかもすでにわたしが亡びたとほりに——

もつれあつたいのちが
そのまま巨きく変つてゆき
かへりみることが
もう無用のこととなり
なほつらいことに感じられ
けつしてふりかへることをしない
いくらかはひとをあいすることに
いくらかは生きていくことに
ふりわけられて」

作者が戦争をくぐった後の心境を詩にした、優れた戦後詩であると思う。それが尊敬した先生の死を想像しながら書かれたかと思うと、その詩的水準は高いものがある。

四　戦争をくぐりぬけた思想

吉本隆明は「戦後詩の体験」の中で自己の戦後思想を次のように語っている。

「戦争をくぐった体験というのなら現在ある年齢以上の人々をひとしく捉えている。それならば体験から何を中心として択ぶかが戦後に生きることの意味を与えるはずである。いま戦後詩人たちの体験の意味を、〈強者〉として振舞った論理が敗北しそれと対照的に、〈弱者〉のように強いられた論理が勝利したことを、とことんまで身体に刻みこんだ体験というところでとらえてみる。〈強者〉の論理というのはたとえば近代日本の軍隊の思想である。ある戦闘目的があるとすれば、その戦闘目的を成就するためには人間の命は軽いものだ、つまり命をすててしまってもその目的をとげなければならない。そして命をすてないのはいわば〈弱者〉であり、だからある目的のためには命をすてうることはいわば、〈強者〉なんだというかんがえ方とうけとってみる。戦後詩人たちの出発の体験はそういう〈強者〉の論理のるつぼの中にいちどは叩き込まれ、そこから出てきた体験だと考えたらわかりやすい。」

この戦争目的のために強い意志を持って戦う日本的な軍隊の思想は結局ある目的のためには命を安くしてもよいという論理でもあって、本質的には弱いものだったことがわかった。吉本隆明は敗戦を装備や物質力の貧弱さとは考えていない。それは思想が思想としてまけたのだと考えている。日本的軍隊を支配した強者の論理は本当は脆弱で圧政に虐げられたものが身に着けた貧困な論理だというのである。つまり人間の生命と個人は重要であり、いざとなったら逃げて手をあげちゃえばいいんだ、それで命があぶなくなったらどこまでも生き延びよという論理を対照的に弱者の論理と呼ぶならば、それを本質的に身に着けた西欧近代の軍隊こそ強靭であった。そして見事に彼らにうちまかされたのである。このような戦争体験をした戦後詩人たちの詩がそれまでとおなじであるはずがない。吉本隆明はそこでひとりの女流歌人を紹介している。茨木のり子である。

根府川の海

（前略）
沖に光る波のひとひら
ああそんなかがやきに似た
十代の歳月
風船のように消えた
無知で純粋で徒労だった歳月
うしなわれたたった一つの海賊箱

ほっそりと
蒼く
国を抱きしめて
眉をあげていた
菜ッパ服時代の小さなわたしを
根府川の海よ
忘れはしないだろう？

女の年輪をましながら
ふたたび私は通過する
あれから八年
ひたすらに不敬な心を育て
（以下略）

この茨木のり子の詩は根府川の駅を通りながら、お国のために尽くしてきた無知で純粋だった自分をふりかえりつつ徒労だった過去を反省している姿が表現されている。駅の向こうに見える青い海は変らないが、戦争を生き抜いた自分は考え方も随分変わったことを痛感している。戦後詩の体験としてこのような微妙な心理を作品に読み取るところに吉本隆明の優れた批評眼があらわれている。戦後詩だからといって戦争体験を強調したり平和思想をうたわなくても優れた戦後詩は書けるということである。戦争をくぐった度合いをこの詩で見ると、強くもなければ弱くもない、ちょうどいい度合いであったということである。
　ここで吉本隆明はもうひとりの戦後詩人を紹介している。「荒地」の黒田三郎である。特に戦争をうたってはいないけれど、これこそ戦後詩そのものである。

賭け

五百万の持参金付きの女房をもらったとて
貧乏人の僕がどうなるものか
ピアノを買ってお酒を飲んで
カーテンの影で接吻して

それだけのことではないか
美しくそう明で貞淑な奥さんをもらったとて
飲んだくれの僕がどうなるものか
新しいシルクハットのようにそいつを手に持って
持てあます
それだけのことではないか

ああ
そのとき
この世がしんとしずかになったのだった
その白いビルディングの二階で
僕は見たのである
馬鹿さ加減が
ちょうど僕と同じ位で
貧乏でお天気屋で
強情で
胸のボタンにはヤコブセンのバラ
ふたつの眼には不信心な悲しみ
ブドウの種を吐き出すように
毒舌を吐き散らす

脣の両側に深いえくぼ
僕は見たのである
一人の少女を
一世一代の勝負をするために
僕はそこで何を賭ければよかったのか
ポケットをひっくり返し
（中略）
賭けるものが何もないのである
僕は
僕の破滅を賭けた

この詩を戦後詩と読むかどうか疑問とする人もいるかもしれないが、ここに戦後人間の心理を読むのが吉本隆明の特異なところである。つまり美しく聡明なお金持ちをもらったとて、それはシルクハットをどうかぶったらいいかわからないで、持てあますようなものだというのである。その時にちょうど馬鹿さ加減が自分と同じ位で貧乏でお天気屋で強情な「ふたつの眼には不信心な悲しみ、ブドウの種を吐き出すように毒舌を吐き散らす」ような女と一緒になると表現されている。ここに表明されている価値観こそわが国の戦後社会が生み出した独特の人間だったのである。ここに表現されている女性はどこか先の茨木のり子の批判精神と似ているところがあると思われる。

この後吉本隆明は鮎川信夫の「繋船ホテルの朝の歌」を引用している。それは「俺たちの夜明けには　疾走する鋼鉄の船が　青い海の中にふたりの運命をうかべているはずであった　ところが俺たちはどこへも行

きはしなかった　安ホテルの窓から　俺は明け方の街に向かって唾を吐いた」という詩であった。戦争という強い者が支配する世界でさんざん苦労してきて敗戦を迎えた戦後人間がやっと戦後社会のなかで自由に活動したいと思っていたのに、どこにも出発できぬまま安ホテルに女と泊まることくらいしかできない。この虚無的なわびしい現実がわが国の戦後社会の気分であったことを鮮明に表現している。その意味でもこの鮎川信夫の作品も戦後詩の秀作であったといえる。

戦後詩は戦争の時代を痛烈に批判しながらも戦後社会を生き抜く倫理を構築してきたのである。そこではそれまでわが国を支配してきた強い者の論理が意外と弱かったことを批判しつつ、新たな倫理を模索してきたのであった。その模索の情況をいくつかの戦後詩作品を読むことで、追体験してもらえればこの小論の目的は果たされたといえる。

（明治学院大学社会学・社会福祉学研究第一五五号、二〇二〇年二月）

第三章　エリアンの手記と詩

一　『抒情の論理』

吉本隆明がこの「手記と詩」を書いたのは、一九四七年から八年頃と言われている。そしてこの作品は、のちの『抒情の論理』（一九五九年、未来社）の巻頭に、「恋唄」「異神」とともに掲載されている。この時作者はすでに、『文学者の戦争責任』（一九五六年）や『高村光太郎』（一九五七年）や『吉本隆明詩集』（一九五八年）などを出版していた。しかしそれらには先ほどの三つの詩は載っていなかった。作者はなぜこの段階で『抒情の論理』にこれらの詩を載せたのであろうか。その理由があとがきに書いてあるので、参照してみよう。

「世の中には、生まれたときから革命的な芸術家のような貌をしているのが、たくさんいて白々しくて仕方がないので、何としても初期の作品を収録したかった。」

つまり『抒情の論理』は作者だけの単著であり、その中には「前世代の詩人たち」などの、批判的な論文が載っていたからである。『文学者の戦争責任』は武井昭夫などとの共著であり、『高村光太郎』は特定の詩人論であり、『吉本隆明詩集』にはすでにあの中のひとつの詩が掲載してあった。論争的な論文であればあるほど、自分の出自を明確にしておきたいと作者は思ったのであろう。そこにも作者の誠実な態度が現れている。

私は先ほどから巻頭の三つの詩とひとくくりにしているが、よく読むとそれらの詩は微妙に違っている。まず「異神」は、ほぼ同時代に書かれた作品なので、おおきな差異はないといえる。例えばその最初の「序曲」と題された短歌は、

「ひたすらに異神をおいてゆくときにあとふりかえれわがおもう人」

となっている。これは先ほどの「あとがき」の言葉とも共鳴しているともいえる。それにしても吉本隆明の短歌というのはそうそう読めないので、貴重な作品だと思う。

先ほど、三つの詩が巻頭に掲載されているといったのであるが、この「異神」は、ほとんど同時期に書かれているので、「エリアンの手記と詩」と区別がつかないくらいに重複した作品であると思われる。つまりこの「異神」というのはあきらかに「キリスト教」であり、「わがおもう人」とは「エリアンの手記と詩」に出てくる「ミリカ」であることは明らかである。この短歌の意味について、その後の手記の中で書かれているので引用しておこう。

「わたしは貴女の異神を慕って、とうとう天に昇りそうな静かに深い心が羨ましかったのだ。わたしは貴女がふっと寂しく立ち止まって下の方にあえいでいるわたしを顧みる時もあるだろうかと想像した。」

この言葉は次の詩「人間」とも重複しているだろう。

「きはまるところは愛憎のうへに立つ
　わたしは恐れ
　わたしはふるへる
　誰のためにわたしは生きるだろう
　いつさいを失つたあとに
　わたしに残るそれはたれだろう

おもへば業の深いことである」

この詩が書かれたのも、一九四七年の秋であった。今氏先生は二年前に死んでいた。
また同時期に書かれたと思われる詩「海はかはらぬ色で」の最後はこんな詩である。

「もはや訪ねあるいて
わたしはわたしの身代りを確め
わたしの歳月を告げるあしどりはない
疲れうしなはれた豊かさで
わたしはひきかへす
もはや夜があり
わたしは断たれる
わたしを模倣し
わたしを想ひ起させるものから——
どんな宿命が
わたしを模するものを訪れても
すべなくてわたしは茫然とたち
わたしが亡びるさまを視る
あたかもすでにわたしが亡びたとほりに——

もつれあつたいのちが
そのままおおきく変つてゆき

かへりみることが
もう無用のこととなり
なほつらいことに感じられ
けつしてふりかへることをしない
いくらかはひとをあいすることに
いくらかは生きてゆくことに
ふりわけられて」

私はこの詩を吉本隆明が一九四五年三月一〇日の東京大空襲のときに、深川の門前仲町で塾を開いていた今氏先生の家が焼失して、ご家族が亡くなったことを知った時の哀しい心境をうたったものと読む。そしてこのようなつらく哀しい思い出の中で、「エリアンの手記と詩」が書かれたのである。これこそ戦争で亡くなった人々への鎮魂歌であり、敗戦と失恋との交響詩であった。いずれも吉本隆明の戦後文学である。

それから「三つの詩」の最初に載った「恋唄」という作品は、「エリアンの手記と詩」から一〇年後に書かれた作品なので、詩の書き方も違っており、異質な作品である。作者はこれで当時の作者自身の「変化」を示そうと思って載せたのではないかと思われる。興味ある人はその違いを読んでみてほしい。「恋唄」が「荒地詩集」に載っていることでもそれがわかるだろう。四季派から荒地派への移行である。吉本隆明は一九五〇年代の後半に大きく変貌し進化したのである。そのころの成長と発展は驚異的であった。『抒情の論理』の新装でも一〇年間で一七刷すられていることでもそれがわかる。詩と詩人と短歌の本で当時こんなに売れた本はなかったと思われる。

それくらいこの『抒情の論理』と同時期に発売された『芸術的抵抗と挫折』の二冊出版はわが国の文壇に

衝撃を与えたのである。

二　『アンドレ・ワルテルの手記と詩』

本論に入る前に触れておくべきことは、フランスの小説家アンドレ・ジイドのことである。どういうことかというと吉本隆明が「少年」というエッセイの中でこんなことを書いているからである。
「今からひと昔前、小林秀雄や河上徹太郎など仏文系の批評家たちは、アンドレ・ジイドやポール・バレリーを盛んに日本に紹介していた。私はジイドの小説が好きでよく読んでいた。中でも初期の『アンドレ・ワルテルの手記と詩』が好きだったので、当時のことを書いたものに、「エリアンの手記と詩」という題をつけた。」

アンドレ・ジイドは一五歳で読書に熱中し、ゴーティエ、ハイネ、ギリシャ古詩などを耽読。特に聖書を精読し、宗教と芸術のなかに歓びを見出す。また信仰と美徳とに生きる従妹マドレーヌを慕う。一九歳になると、スピノザ、ライプニッツ、デカルト、ニーチェを読む。とりわけショウペンハウエルを愛読。このころ「アンドレ・ワルテルの手記」を計画し、二年後にこの「手記」を完成する。その年ヴェルレーヌやバレリーを知る。二二歳でこの『アンドレ・ワルテルの手記』を匿名で出版し、『ナルシス論』も出す。翌年には『アンドレ・ワルテルの詩』も匿名で出版する。

当時のジイドについて仏文学者の若林真が書いている。
「南仏ランドドック地方出身の父親と北仏ノルマンディ地方出身の母親から受け継いだまったく異質な二つの血の混淆。パリ大学法学部教授の父親から感化された合理主義、信仰一途に生きる母親ゆずりのいくぶん頑迷なピュリタニズム。豊かな生活上の安定感と、それへの何とも知れぬ負い目、早熟な性の本能が目覚めてアルザス学院をおわれるほどはげしく荒れ狂うかと思うと、二つ年上の母方の従妹マドレーヌに誠に可憐な思慕の情を寄せる。ルコント・ド・リールの訳でギリシャの詩に感動し、恋人との趣味の一致に歓喜していたのは、ほかでもない聖体拝受の勉強をしていたころの事だった。つまりヘレニズムへの陶酔のさなかで、福音書のなかに愛の泉を探っていたわけである。これが矛盾の人でなくてなんであろうか。」

ここで長い引用をしているのも、ジイドの処女作の難解な内容を理解するためには、このような当時の作者の思想的な背景の理解が必要だと思うからである。

さらに若林真は書いている。

「青春の混沌のさなかにあり、しかも生来のナルシス的傾向が強く、宗教的神秘性への感受性の異常に鋭敏な青年が、自画像を描こうとするとき、どういう方法を選ぶだろうか。精選された詩語の結合のなかにも内心のドラマを結晶させるには、あまりにも性急に言葉がざわめきすぎる。また一貫した筋のある散文の物語のなかに一人物を造型するには、自己像の輪郭がぼやけすぎていて、散文による客観化の作業は不可能である。そのうえ彼はまだ詩法も小説作法もじゅうぶんには心得ていない。とうぜんのことながら、そのとき、若いロマンチックなナルシスは、まるで鏡に向かうように、内心の日記を綴ろうとするだろう。その日記には、聖書、文学書、哲学書からの引用句が氾濫し、人間の霊魂と肉体に関する哲学的—宗教的考察が羅列され、音楽的抒情が脈打つはずだ。聖書とアミエルとショウペンハウエルの思想、ショパンとシューマンの音楽の影響がナルシス・ジイドにとって決定的だったゆえんである。」

『アンドレ・ワルテルの手記』を訳者の言葉で要約、解説するとこのようになるのである。そしてわれわれはこの要約と解説が、これから読もうとしている「エリアンの手記と詩」や『初期ノート』の内容分析にもあてはまっているところがあると思うのである。

ここでこの作品の登場人物を簡単に紹介しておきたい。アンドレ・ワルテルは肉の誘惑をしりぞけ純潔な魂だけを求めている青年である。従妹のエマニュエルを恋い慕い、魂のみによる結婚を夢見ていて、最後は発狂する。エマニュエルはアンドレを愛しながらも、彼の母親の願いをいれて他の男と結婚する。アランはアンドレが構想している小説の人物である。アンドレの分身であり影の存在である。前述したようにこの作品から小説的なストーリーを読み取るのは大変難しい。

ここで同時代に書かれた『ナルシス論』に触れておこう。私はこれをジイドの同性愛論の一端ではないかと思っている。ジイドはナルシス神話を次のように紹介している。

「ナルシスは申し分ない美男であった。それ故にこそ彼は純潔であった。彼は水精女（ニンフ）どもを顧みなかった—己れ自身を恋慕っていたからである。そよ風も泉を乱さず、そこに彼は静かに身をかがめて、終日われとわが面影に見入るのであった。」

そしてさらに作者はその論の中で次のように語っている。

「分裂した両性具有者—人間は今愕然として悩みとあさましさに慟哭した。ほとんど相似たおのれの半身に対する不安な情欲が、新しい性とともに体内に沸き起こるのを感じたのである。—この女はおのれを通じて再び完全者を創造し、そこに人類を停止せしめようという盲目的努力をもって、胎内に新種族の未知数を動かしめ、やがて時のなかに、今一人の人間をうみだすであろう。しかしこれもまた不完全であり、自足することができないであろう。」

ここでいわれている「新しい性」を自己愛と読むかどうかは、読者の判断にゆだねたいと思う。

ところでこの「手記」のなかに「イザベル・オト先生」がでてくるのだが、それがなぜイザベルなのかは特に説明がない。そこで私はこれもまたジイドの小説からとられたのではないかと想像するのである。『イザベル』は一九一一年に書かれたジイドの小説である。その内容はトレオール家の令嬢イザベルは隣家の長男の子爵と駆け落ちの約束をしながらも、直前になって不安を覚え、園丁に告白して、子爵が近づかないようにしてくれと頼む。結局夜忍んできた子爵は園丁によって銃で撃たれてしまう。

この小説を翻訳した訳者の新庄嘉章はその解説の中で、この小説の意図を次のように書いている。「彼女（イザベル）は凡庸そのものである。魂を忘れた女のようでさえある。彼女は束縛の多い因習的な家から逃れようとする。だが彼女の意志は初めから確固たる素地をもっていない。永久に家を去る決心をしたかと思うと、そのそばから何とも言えぬ不安に襲われて、この未知の自由を恐れるのである。長い間考えに考え抜いたあげくの決意でありながら外に向かって開かれた扉の前で彼女は立ち尽くす。そしてその困惑に我を忘れて、ついに駆け落ちの約束をした恋人の生命を失わせてしまうことになるのである。なるほどここにおいてもジイドのこれまでの作品の重要なモチーフの一つである〈脱出〉のモチーフがみられないことはない。しかしここでは脱出の欲望は決して作品を動かす強力な衝動とはなっていない。」

まずイザベル・オト先生のイザベルがジイドの小説では女性であったことに驚く。しかしこのイザベルのキャラクターが脱出を希求しつつも最後は不安に襲われて自由を恐れる存在として描かれているところが興味深い。つまり作者がそのイザベルの姿を自分の想像力で勝手に作り上げているところは「エリアンの手記と詩」のモチーフとも重なるだけに大変興味深い作品であるといえる。私はこの小説もまた「手記」の中に巧みに吸収されていると思われる。「イザベル」は「手記」の「ミリカ」と同時にオト先生にも反映している。

三　「海はかはらぬ色で」

ここで「エリアンの手記と詩」に入る前に再度先ほど読んだ「海はかはらぬ色で」という詩に戻ってみたい。

「ひとはいつまでも幼年である

たとへいくたの夢がうしなはれ
風や夜が心をしづめなくなつても
面かげは古び
深いみぞが刻まれても
幼いものはどこかにゐる
海辺は形を変へられ
白壁の倉庫が立ち並び
岸壁は堅く石垣でくまれても
且て砂泥にあり
蟹など砂に住まつてゐた
少女は小さく愁ひてゐた
海辺は形を変へられても
いつまでもここの孤立のなかに
幼年は在る（海はある！）」

私はこの「幼年は在る（海はある！）」という最終行の詩句に感動するものである。そして「エリアンの手記と詩」の第一節のタイトルは「死者の時から」であり最初の詩句は「海よ！」だったのである。「ひとはいつまでも幼年である　たとへいくたの夢がうしなはれ」ても。だから最初の詩の二連目に

「海よ！
おまへはそれ以後

わたしから遠く離れていつた
わたしは畏ろしかつた
おまへが！そうして生きることが！」（エリアンの手記と詩）

海は水泳を愛した今氏乙治と吉本隆明の共通の価値ある世界だったのである。海は今氏先生でもあったのである。

だから「面かげは古び　深いみぞが刻まれても　幼いものはどこかにゐる」（海はかはらぬ色で）東京の下町で過ごした幼年時代の思い出がいかに貴重なものであったか。それがこの四〇〇行以上の長詩の存在によく現れている。吉本隆明がこんな長詩を書いたことは、あとにも先にもなかったからである。そしてこの長詩を作者はひそかに隠し持っていたらしい。最後の全集の時に初めて公開されたのである。そういえばこの「エリアンの手記と詩」もまた『抒情の論理』の編集の際に作者が隠し持っていたかのように持ち出されたと言われ、いずれも作者が愛着をもっていたことの証明であると思われる。

この「エリアンの手記と詩」のモチーフと時代背景について、作者自身がその冒頭ではっきりと書いている。

「エリアンよ、おまへが十六歳の時だ、覚えておくがいい　丁度おまえが商店の混み合つた下街で、そうだイザベル・オト先生の処で　あのミリカを秘かに恋してゐた時だ」

「秋であった！　蒼空が馬の瞳のように、優しかった　窓の傍でイザベル・オト先生は詩を教えてくれたクルト・ハイニツケの詩　僕は閉ざされてゐた　心が問ふ者を見出さない遙かな海辺を彷徨ってゐた　オト先生は僕の瞳を怖れてそらした　僕は生きる価値を怖れてゐた　如何に細かい計算をしても意識は死の方へ流れていつた　オト先生はやはりミリカを恋してゐたのだ　僕は知った！　オト先生はそっと潤った瞳を僕に向けた　そしてまた外らした」

「エリアンの手記と詩」は作者によって仮構された恋の物語の要素は否定できないだろうが、作者自身当時、今氏塾でひとりの女子学生に想いを寄せていたことは事実らしい。
この後、手記ではオト先生がエリアンに次のようなことばを告げたことになっている。
「エリアンおまへは此の世に生きられない　おまへはあんまり暗い
エリアンおまへは此の世に生きられない　おまへは他人を喜ばすことが出来ない
エリアンおまへは此の世に生きられない　おまへの言葉は熊の毛のように傷つける
エリアンおまへは此の世に生きられない　おまへは醜く愛せられないのだから
エリアンおまへは此の世に生きられない　おまへは平和が堪へられないのだから」
このことばはこの手記の中でも有名な言葉であり、これまでもいろいろな人によって取り上げられてきて、さまざまに論じられてきたものである。エリアンはミリカからも先生からも疎外されていた。
私はこの詩を青年期のエリアンのナルシズムから読んでみたいと思う。エリアンはミリカに想いを寄せていた。しかしその想いは伝わらなくてエリアンは痛く傷ついていた。自己愛は他者から愛されることによって満たされるものである。そこでエリアンは二人の間にある差異を拡大しミリカから離れようとする。さらに自己を愛されないものとして自己呈示していく。
しかもエリアンはこの淡い三者関係の葛藤のなかで、尊敬するオト先生から批判されたように思いこんだのである。「エリアンおまへはこの世に生きられない　おまへはあんまり暗い」と。
新しい春が来るとエリアンは遙かな北国に向けて旅立っていった。新しい学問をするために。そしてやがて酒を飲むことをおぼえ、寂しい女たちのいる料理屋にも行った。またミリカによく似た緋色のスエーターを着た少女に会ったりした。そしてついにこんな詩を書くようになっていた。
「冷たい風よ！

見慣れない響きの訪問者よ！
戸の隙間から
わたしは視た
おまへの孤独な貌かたちを！

おまへには耳がなかつた
蒼ざめて鋭くなつた眼だけがあつた

小さな炭火のやうに
燃えているわたしの心よ
脅しかけるおまえの影から
たつたひとつの温かさを守ろうとして」

北国の冷たい空の下でエリアンの孤独な心はさらに氷結していくようであった。私はこの詩句を「純粋疎外」の表現と読むのである。私とお前は疎外しあったまま、まるで異形のものを見るように見つめあっているではないか。私はこの「エリアンの詩」の中に自己表現の極北をみる思いがする。やがてこの後作者は「固有時との対話」を書き「マチウ書試論」を書くことになるからである。この手記と詩がそこに至るまでの重要な過渡期の作品だったのである。エリアンはエイリアン（異邦人）であり疎外者であった。

ここでイザベル・オト先生のエリアンへの手紙を引用してみたい。

「エリアンおまへはミリカを愛してゐると、病院の窓辺から便つたそうだ　ミリカがそれを受け取つた時は　おまへはもう北国へ旅立つてゐたと思う　ミリカはあの時すでに胸を病んでゐたのだから、おまへとは反対の南の保養地にすぐ移された　エリアンおまへは私がミリカの方へ傾くのを大そう病んでゐたようだ　それは真実だし、私も否みはしない　だが病んでいた妻を抱えての、私の様々な迷いや辛さは如何ばかりであったか、それは幼いおまへやミリカには判らぬことであつた　私はミリカの疑うことを知らない無邪気さに救われてゐたのだよ　ただそれだけの事だ」

「おまへもミリカも唯夢のような美しい愛を考えてゐるようだ　私はそれを祝福し、また限りなく尊くも思うのだ　だがおまへにもミリカにも生きることの現実が如何なるものか判つていない　おまへの知ってゐるのは魂の出来事だけだ」

「エリアンおまへは痛ましい性だ　おまへは誰よりも鋭敏に、哀しさの底から美を抽き出してくる　そしておまへはそれを現実におし拡げるのではなく地上から離して、果てしなく昇華してしまうのだ　それは痛ましいことなのだよ　おまへは吃度人の世から死ぬほどの苦しみを強いられる　誰でも人の世の現実はそのようなものだときめてゐる、その醜さ　馴れ合い、それから利害に結ばれた絆―そんなものがおまへには陥とし穴のように作用する　何故陥とされるかも知らない間に陥ちて傷つくだろう　おまへはきつと更めて人の世を疑い直す　そうして如何にもならなくなった時、また死を考えはしないかと寂しくおもうのだ　おまへはイエスの悲しみを知つてゐるだろう　そしておまへが自分の純粋さを守りつづけようと思うのなら、イエスのように生きてはならないよ、〈それは死よりほかに術のない道〉だからおまへは聖パウロのように生きるがよい　コリント後書にあったね〈我らもし心狂えるならば神のためなり　こころ確かならば汝らの為なり、エリアンおまへはもしかするとパウロのやうに人間の弱さに則しながら　あの純粋さをたどっていけるかもしれない　もしかしておまへはそんな生い立ちの匂いがするように思うのだ　だが予言は卑しいことだ　おまへのまんまにゆくがよい」

「エリアンおまへはミリカを愛してゐるだろうが　色々な事は考へない方がよい　心の状態だけを大切に

しなさい　おまえがミリカと結ばれるかどうかそれはおまへの考える程、簡単には決められない　運命がそれを結べば結ばれようし、結ばなければそれまでだ　人の世はそのように出来ている」

このオト先生のエリアンへの手紙の中に、「エリアンの手記と詩」のモチーフがほとんど語りつくされている。途中にある「おまえの知っているのは魂の出来事だけだ」ということばは、そのまま作者が愛読していたジイドの『アンドレ・ワルテルの手記』への批判にもなっている。そしてこの手紙の最後で先生が言うことばが気になる。普通だったら愛する生徒の恋愛を応援するべきところを、この先生はむしろあきらめるように運命論を語っているのである。私にはここも不思議なところであった。また以下のことばも重要な箇所である「イエスのように生きてはならないよ。（中略）エリアンおまへはもしかするとパウロのように人間の弱さに則しながら　あの純粋さをたどっていけるかもしれない」このことばには深い思想と洞察が込められていると思う。吉本隆明には常に「英雄主義に対する批判意識」があるからである。マタイ伝を批判した「マチウ書試論」にもそれがひそんでいたのである。

そして先生の「誡」のことばも意味深長である。

「エリアン！
おまへはまだわからないのだ
おまへの求めているものが
天上のものか地にあるものか
それから
おまへの想うひとりのひとが
はたして
そのように美しい魂なのか……」

このことばにはすでに先生にはエリアンが求めているものが天上のものか地にあるものかがわかっていて、エリアンが想う人がそのように美しい魂のひとかどうかもわかっているような気がしてならない。これは私の深読みだろうか。ここには自由派だった先生と戦中派だったエリアンとの差異が描かれているかもしれない。

ミリカの手紙の最後の部分も印象的であった。

「エリアンは今頃なにをしているのでしょう　まぶしい午後です　ずいぶん遠いところ　チーレルのお山のまだむこうのお山のエリアンへ！」

このことばでこの作品をしめくくるところに、エリアンのミリカへの夢と幻が描かれている。

当時青年に愛唱された詩があった。

「山のあなたの空遠く
　幸住むと人のいふ
ああ、われひとと尋めゆきて
涙さしぐみ、かへりきぬ
山のあなたになほ遠く
　幸住むと人のいふ」

上田敏がこの詩の入った「海潮音」を翻訳したのは、一九〇五（明治三八）年であった。吉本隆明の塾の先生だった今氏乙治はその三年前に生まれていた。今氏乙治は早稲田大学の英文科を卒業していたのに、なぜか塾の講師をしていて、そこには吉本隆明や北村太郎や田村隆一なども来ていたという。そして塾の授業料は生徒の自由にしていたという。大変な博識で、高校生までの全科目を教え、さらに水泳や野球までも教えていたという。

四　「よるのひと時」

最近、吉本隆明の塾の先生だった今氏乙治が生前書いた詩と散文をまとめた「今氏乙治作品集」のコピーを読むことができた。そのなかに「よるのひと時」という詩がある。

「不思議　不思議　おかしな不思議
この女　トランプをやつている——
しろい貌の、　こころもちあいた唇の
この女、　やや悩ましげな表情をして
それで　札をあがめてトランプをする
この女　この女　恋されてゐる
あはよくば　恋人のもとへこの女
この女だ、　嫁いで　子を生み　老いるのだ
不思議　不思議　おかしい不思議
この女の　俺の心の　そして現実の
不思議　不思議　刹那の神秘だ
——よるのひと時

述べても　述べても　ああ

いなぬこの不思議　これだけのこと
不思議だ全く。いぶかる心も」

まさに不思議な詩であるが、私が気になるのはこの詩の八行目の「この女だ、嫁いで　子を生み　老いるのだ」という一行である。ここを読んで、私が思い出したのは、「エリアンの手記と詩」の始めの方にある先生のことばである。

「オト先生はそっと潤った瞳を僕に向けた　そうしてまた外らした――〈ミリカは早く嫁いで子供を生みたいと言っていたよ〉というこのことばである。すると六行目の「この女　この女　恋されてゐる」ということばも、「そうだイザベル・オト先生のところで、あのミリカを秘かに恋していた時だ」と一致することになりはしないか。あの「よるのひと時」という詩はオト先生（今氏先生）がよるのひと時に考えていた時の詩ではないかということである。「この女の　俺の心の　そして現実の」ということばもまた不思議なことばであると思う。

のちに吉本隆明が当時の今氏先生とミリカのモデルになった女子高生についてこんなことを話している。

「その時は塾の先生にいろいろなことがあって、奥さんが病気であるとか、子供さんが小学校に通うようになったけれど病弱であるとか、いろいろ内的なことも重なって、その先生がなんとなく女子高の生徒さんに好意を持つみたいなことがあったのです。そういうのは敏感にわかります。」「きれいということはないのですが、ものすごく早熟でした。学校は九段の、今もあるSという女子校に行っていましたがものすごく早熟だったのです。何十年かぶりに新聞で見たといって会った時に、僕が何となくこれは違うなという感じになったのは、早熟の線上で精神的な枠組みがちゃんと広がっているみたいなイメージが、僕の方にひとりでにできていたのだと思います。それはこちらの思いすごしだったなという感じをもちました。」（『吉本隆明が

語る戦後五五年、わが少年時代と少年期』三交社）

今氏乙治が昭和二〇年三月の東京大空襲で亡くなっていなくて、戦後の素晴らしい吉本隆明の活躍を見ることができたら、何といったであろうか。そんなことを思いながらこのノートを終わりたい。

（明治学院大学社会学・社会福祉学研究第一五一号、二〇一九年二月）

第四章　今氏乙治論

一　塾の先生

今氏乙治とは吉本隆明の塾の先生だった人である。残念ながら一九四五（昭和二十）年の東京大空襲の時、四十三歳で亡くなった。吉本隆明がひそかに敬愛していた人であった。

今氏家は職人五十人を使う、東京でも名だたる左官業の家で、乙治はそこの次男だった。家が資産家だったこともあり彼は早稲田第一高等学院から早稲田大学文学部英文科に進学した。大学卒業後、勤めに出ることもなく学習塾を開いたのは、近所では「左のほうにはしったから」と言われていた。吉本隆明は小説家か学者になりたかったのではないかと言っていた。博識の人で、高校生くらいなら全科目を教えられ、さらに文学や哲学にも通じており、水泳や野球を教えることができた。

容貌は近所の元塾生によると「ダルマって仇名つけてたんですよ。（笑）眉が濃くヒゲの剃り跡が青い。じっくりした体つきで、背が低いんですから」（石関善治郎『吉本隆明の東京』）また同じく元塾生だった詩人の北村太郎によると「先生はひたいが広く、切れ長の、ぬれた光を放つ眼をもっていらして、唇は薄く、そのあたりだけが年のわりに老けて見えた。後年見た、ボードレールのある写真に似ていた。」（「今氏先生のこと」現代詩手帖・一九七二年八月臨時増刊号）

生まれは一九〇二（明治三十五）年で、同年の詩人には、中野重治、嵯峨信之、春山行夫、北園克衛がおり、文学者には小林秀雄、河上徹太郎、蔵原惟人、三好十郎、横溝正史などがいた。また前年生まれには高橋新吉、富永太郎、岡本潤、小熊秀雄、村野四郎がおり、一年後輩には草野心平、サトウハチロー、小野十三郎、山之口貘、神西清などがいた世代である。早稲田大学文学部に進学したのが一九二〇（大正九）年とすると、この年は経済不況により失業者が激増しストライキが多発して、日本初のメーデーが行われた。また翌年の詩壇では民衆詩派の台頭が著しく、プロレタリア文学運動がおこり、「種蒔く人」が創刊された。

北原白秋や三木露風などによって「新詩会」が結成されたのも、今氏乙治が大学二年生の年であった。

当時の詩壇の状況について、のちに北原白秋が『明治大正詩史概観』においてつぎのように書いている。「大正六年に日本詩人の綜合団体である詩話会が創立され、翌々八年にその会より年刊のアンソロジー『日本詩集』の第一巻が出版された。十年にはこの会から連袂脱会した三木露風、日夏耿之介、西条八十、竹友藻風、茅野蕭々、山宮允、堀口大学、北原白秋などによって、新たに新詩会が興された。新詩会はまた直ちにそのアンソロジー『現代詩集』の第一輯を出版した。この時から日本詩壇の混乱期が始まったと言っていい。」「純正抒情派、印象派、象徴派、神秘派、形象派、民衆派、新民衆派、未来派、表現派、ダダ派入り乱れて、ついに収拾すべくもなかった。しかし反詩話会の気勢が四方に起こって、実力ある新人も漸く台頭しかけてきたのも事実であった。かくして何らかの正しい詩への還元、破壊後の新しい建設の気運が底深く動き始めたとも思われた。」

これが今氏乙治が大学在学中のわが国の詩壇の状況であった。多感な青年時代にこのような状況に直面したことは文学青年を大いに悩ませたことと思う。

明治の終わりから大正時代にかけてわが国で活躍した詩人について、村野四郎が「現代詩小史」のなかで紹介しているので、とりあえず主な詩人名だけでも列挙しておきたい。

北原白秋、三木露風、石川啄木、高村光太郎、川路柳虹、萩原朔太郎、大手拓次、山村暮鳥、日夏耿之介、西条八十、堀口大学、佐藤春夫、室生犀星、千家元麿、富田砕花、白鳥省吾、百田宗治、福士幸次郎、三富朽葉、加藤介春、生田春月、深尾須磨子、金子光晴、高橋新吉、宮澤賢治、北川冬彦、吉田一穂、小野十三郎、春山行夫などであった。日本の近代詩を彩った多彩な顔ぶれである。

次に今氏乙治が早稲田大学に在学中の大正十年前後の早稲田大学文学部の状況をスケッチしてみたい。大正十年に西条八十が早稲田大学の講師として着任している。この年童謡集『鸚鵡と時計』を出版し前述した新詩会のアンソロジー『現代詩集』にも詩を三篇出している。翌年の大正十一年『見知らぬ愛人』を出し、「白孔雀」という平明な象徴詩をのせた雑誌を創刊している。同年『海辺の墓』も出版している。また大正十一年には今度は日夏耿之介が早稲田大学文学部講師として就任している。日夏は前述の『現代詩集』に序文を書いている。十年には『黒衣聖母』を出版し、朝日新聞に「抒情詩論」を書いている。十一年には『英国神秘詩鈔』を出版し、「早稲田文学」に「近代詩研究」を書き、新潮社から『古風な月』を出し、中央公論に「日本近代詩成立」を書いている。これだけ優秀な講師陣に囲まれての学生生活は、さぞかし刺激的であっただろうと想像させられる。今氏乙治の大学での文学的環境は大変恵まれていたと思われる。

二　北村太郎「今氏先生のこと」

このような若き日の大学を中心とした文学的修業と蓄積からやがて若い学生を教える立場になった場合、この間にどのような吸収（学習）と排出（教育）のプロセスがあったのかを検証してみたいと思う。そのためにひとりの優秀な元塾生だった詩人の証言を参照してみたい。前述した北村太郎の「今氏先生のこと」というエッセイである。

「ところが、からす瓜の詩の縁で今氏先生の謦咳に接するようになると、先生は頻りに詩だけを書くように勧められた。きみのからす瓜の詩は象徴詩です。よくできている。もっと象徴詩をつくりたまえ。そのまえに、日本の近代詩を、たくさんよみなさい。週に数回、わたしは先生の教えに従って、作詩を提出する。先生はまず七五調（五七調）の詩から、作詩を命ぜられた。懇切な批評をされ、つぎは自由詩の、加藤介春張りの人生詩の作詩を命ぜられる。つぎは三富朽葉を読んで象徴詩といったあんばいである。その間、日夏耿之介の詩の歴史（ずいぶん分厚かった）、上田敏や堀口大学の訳詩集などを読むことを命ぜられ、私は、熱烈な興味をもって、それらの文字文字をむさぼった。」

これが今氏先生の特別優秀な学生に対する文学的詩的な指導だったのである。同じような指導を吉本隆明もされたのではないかと思われる。吉本隆明に「近代詩の歩み」という短いエッセイがある。

「少年から抜けでて青年期のほうへ走りだしたころ、藤村の『若菜集』を暗誦するようによみはじめた。それからなぜか生田春月の詩が好きになった。口真似するように七五調の詩をじぶんでも書きはじめた。白日夢のような世界が、日常のある時間帯のなかに、いつもあった。青黒い顔色をしているとおもっていた。なぜか七五調の詩がもどかしくて、自分の白日夢の世界の核心のところに触れられないとおもいはじめたとき、ある先生がこれをよんでごらんと、『現代詩集』をだしてきてくれた。その詩集の世界は驚きであった。こういう身近な詩の書きかたがありうるのか。いまも誰かがどこかでそういうふうに心の中に近代詩の歩みを通したり堰きとめたりしているのかもしれない。」（『吉本隆明全集』第十三巻）

吉本隆明は北村太郎のように今氏先生からの指導内容について詳しいことはいっていないが、ここに出てくる「ある先生」というのが今氏先生のような気がしてならない。そしてそこで示された『現代詩集』が前述した大正十年に今氏先生が学生時代に買って読んだと思われる新詩会のアンソロジーのような気がするのである。ついでにいうと、

吉本隆明が暗誦するように読んだ『若菜集』のなかに、

「都鳥浮く大川に
　流れてそそぐ川沿いの
　白菫さく若草に
　夢多かりし吾身かな」

という七五調の詩があって、大川端で育った吉本隆明にとって懐かしい詩だったに違いないと思われる。そして今回の『今氏乙治作品集』の中にも、「或る女形に捧げる」という詩は

「おやまの舌は蛇のそれ
　火をふくばかり　あかあかと
　べにのぬられたその舌が
　なぜか私をかなします　かなします」

という七五調の詩である。要するに藤村の『若菜集』はわが国の近代詩のあけぼのを象徴する作品であり、初心者がまずお手本にして、学ぶべきテキストであるということであろう。

次に北村太郎の先生との思い出の中に出てくるのは「加藤介春」である。彼は明治十八年に福岡県に生まれ、早稲田大学英文科を卒業し、明治四十年に相馬御風や三木露風などと早稲田詩社を結成する。自由詩、人生詩の作家であった。例えばこんな詩がある。

「　**女髪**

　或るものは木の枝にかかりて垂れ
　或るものは草の葉にからみて縺れ
　或るものは地におちて横たふ

うしろよりに追いすがるがあり、夢に冴え
いずくへか逃げゆくがあり、うつつに消ゆる、
さまざまの女ごころ―
怖れ、悲しみ、
恨み、悔い
またはうつろの女ごころ
そのうつろこそ悲しけれ、
或るものは水にしづみて空しくかくれ、
或るものは風にふかれて遠く消えうす。

秋

うつくしい脂肪の塊は、
だんだん溶けてしまひます―
あれはもう肺がなくなり
心臓のぴつちやげてゐるでせう。
つまり、この蝋燭は心ばかりになり、
点れなくなったのです。
みあかしは消えてしまうて、
聖壇はまつ暗です。
お御籤はまた凶がでたさうですね。

女よ、それは永遠の凶でせう。
なぜなれば、どこへ行くのか。
自分自身の行方もわからず――
女よ、
しかし、秋の女よ。
君の名はおち葉のうへに書いてあるから、
今にあのさびしい風が呼びに来るでせう。」

確かに自由詩であり人生詩であるが、少し象徴詩の影響が考えられる作品である。早稲田大学英文科の先輩の詩人であった、生田春月がこの詩人について興味深いことを書いている。

「福士幸次郎君はいつであったか、実感の語を好んで用い、これを重んずる点で、萩原朔太郎君と加藤介春君とは似ているということを言った。私自身もまた実感の尊重に終始した。あるいはそこに、私の加藤氏への親近の感情の根源があるのかもしれない。

萩原朔太郎君はその天分とその人柄とが、私には最も尊くまた懐かしい人で、誤解されやすい私を理解してくれる、良き友人であることをのぞいても、思想的に最も近い人として惹かれるのであるが、加藤氏に惹きつけられるのは、これに反して、もっぱらその詩の真実性のためである。氏の詩は光彩ある詩ではない。むしろ灰色の詩だ。燦爛たる閃きは見えぬ。しかしそれは人生の詩だ。誠実に人生に当面した人の詩だ。「獄中哀歌」にしても「女の歌」にしても、自然主義の弱点とともにその長所を持つ。詩における自然主義は、詩のこの一巻に最もよく代表されていると思う。」（『生田春月全集』、十巻）

生田春月にとって加藤介春は萩原朔太郎と同等の評価を与えられる詩人だったということである。にもかかわらず、福岡という地方に住んでいたため、中央の詩壇から真価をみとめられなかっただけで、早稲田の生んだ最大の詩人だと生田春月はいっている。ここで加藤介春が参加していた「自由詩社」について矢野峰人の解説を参照しておきたい。

「明治四十二年五月に結成された自由詩社は、約二年前、すなわち明治四十年三月、島村抱月の主唱に基づき、「沈滞せる現下の詩壇に意義ある新運動を試みん」との意図のもとに、早稲田を中心としてむすばれた、早稲田詩社の更新ともいうべきものである。（中略）抱月が考えていた新詩を（中略）一言でいえば、真直に実際生活に接している詩、形式においても思想においても現実の生活に切実に触れた詩である。抱月はこのため詩が言文一致、すなわち口語体で書かれねばならないことを主張した。抱月の不満としたところはおそらく象徴詩が難解晦渋のあまり、一般大衆から絶縁して一部有閑好事の士の玩弄物となれるかの観を呈するに至ったこと、あるいは伝統的な感傷趣味に堕した「文庫」体のものがすでに魅力を失うにいたったことなどに発するものであろう。」（『日本現代詩大系』、第五巻、河出書房）

われわれはここで、自由詩社がこれまでの高踏的な象徴詩に対抗する運動であったことを覚えておこう。それでは「三富朽葉」とはどんな詩人だったのであろうか。彼は明治二十二年に長崎県で生まれ、早稲田大学英文科に入学。加藤介春や福士幸次郎などと自由詩社を結成しフランスの象徴詩にも傾倒していた。こんな詩がある。

「　**山の木木の中に……**

山の木木の中に
姿の見えぬ鳥が騒ぐ
枝のように
わが思いの揺れるとき。
野の笑いを後にして

風景は坂路を攀じ上る
森の高い梢を
わが希望の覗くとき。
響は谷へ、
わが夢は運命の何処の空へ？」

メランコリア

外から砂鉄の臭ひを持つて来る海際の午後。
象の戯れるやうな波の呻吟は
畳の上に横たえる身体を
分解しようと揉んでまはる。
私はある日珍しくもない原素に成つて
重いメランコリイの底へ沈んでしまふであらう。

（以下略）」

不思議な象徴詩である。これが三富朽葉の独特なスタイルであり、今氏乙治の好みの表現だったのかもしれない。自由詩と象徴詩とを折衷した様式ともとれる。

そして日夏耿之介の『明治大正詩史』である。名著とはいえ、高校生にこんな二巻の大著を読ませるなんて、北村太郎も見込まれたものである。私の手元に角川文庫の『明治大正の詩人』がある。その目次を見ると、島崎藤村から始まり平井功まで十四人の詩人が紹介されている。一番頁数の多いのは五十五頁の薄田泣菫で、次が三十五頁の与謝野晶子、三十三の木下杢太郎、十九の上田敏、三木露風、平井功で、萩原朔太郎は十五、石川啄木は十二、島崎藤村は八、佐藤春夫が六、北原白秋と高村光太郎が四、土井晩翠と蒲原有明は二頁であった。最後に登場し、二十六歳で夭折した文学青年、平井功へのオマージュが印象的なテキストである。村野四郎は日夏耿之介のことを高踏的、観念的象徴派と呼んで、キーツの神秘主義の影響を受けたローマン・ゴチックの詩態が現代詩にどれだけの寄与をなしたかは疑問だが、彼の『明治大正詩史』は、わが国の詩史にはじめて全体的な体系を与えたという意味で、名著であると言っている。しかしその下巻の書評において生田春月は痛烈な批判をしている。

「上下二巻、併せて千頁の大冊において、大正期がわずか二百頁にすぎぬということは、まづ自分をして驚愕せしめた。しかも大正詩人の事業は「群小詩壇」の名のもとに一括され、明治詩人中の凡庸なる人々すら、巨大な意義を附せられているにもかかわらず、大正期の最も独創的な詩人すら、常に「小」の字を冠せられて、辛うじてその文学史上の存立を許されている有様である。私の私見をもってすれば、わが新詩は大正期に入って、初めて顕著なる個性の発揮を見、世界観の深化をみたのである。自分がもし『明治大正詩史』を書くならば、明治期に四百頁をささげ、大正期に下巻六百頁を与えるであろう。大正詩人は決し明治詩人のエピゴーネンではない。もとよりその真価、その声望に値しない詩人もあるであろう。しかしその卓越した詩人は先人未発の声を出し得たのである。確かに出し得たのだ。これを認め得ないならば、その評家は大正詩壇に興味のない人であるから、明治期においてその史筆を折るべきであった。萩原朔太郎、室生犀星にあれだけ賞賛を惜しまねばならぬのはなぜであろうか。千家元麿、佐藤春夫、百田宗治をよくよくの凡才とまで極言するのはなぜであろうか。」

これはかなり強烈な批判である。これは昭和四年の国民新聞に載った書評であるから今氏乙治も読んでいたと思われるが、果たしてどんな感想を持っただろうか、気になるところである。この批判の背景にはかつて生田が参加していた「詩話会」とそこを決別、脱会して「新詩会」を立ち上げた日夏との軋轢、葛藤があったのではないかと想像する。それにしてもこの批判の半年後に生田春月が自死しているのは痛ましい限りである。

最後の推薦書は上田敏と堀口大学の訳詩集であるが、前者には『海潮音』と『牧羊神』があり、後者には『月下の一群』がある。また北村太郎は先生から英語の訳詩の宿題を出されたことがあった。うまくできないと。ある時、原詩と訳詩の違いを述べて、ヴェルレーヌの「秋の歌」を原詩のフランス語、訳詩の英語、ドイツ語、日本語（上田敏訳）を次々と朗読したという。有名ではあるが上田敏訳を紹介しておく。

「　**秋の歌**
秋の日の
ヴィオロンの
ためいきの
身にしみて
ひたぶるに
うら悲し
（以下略）」

堀口大学訳では、以下の詩を紹介しておく。

「　**ミラボー橋**（アポリネール）
ミラボー橋の下をセーヌ河が流れ
われらの恋が流れる
私は思い出す
悩みの後には楽しみが来ると

日も暮れよ　鐘も鳴れ
月日は流れ　私は残る
手と手をつなぎ顔と顔を向け合おう
こうしていると
われらの腕の下を
疲れた無窮の時が流れる
（以下略）」

これらの訳詩がわが国の近現代詩にどれくらいの影響を与えたかは計り知れないと思う。こうして今氏先生の参考書の出し方を見てくると、同氏の近現代詩のとらえ方が複雑であり、流動的であることがわかる。特に加藤介春と日夏耿之介との間には暗くて深い河があったようだし、それらを推薦する同氏の思いを想像するとこちらもまた複雑な心境になってくる。

三　「海はかはらぬ色で」

最後に昭和二十年の東京大空襲で死んだ今氏先生を悼む吉本隆明の鎮魂歌と、私が思う詩をひとつ紹介してみたい。それは昭和二十二年頃に書かれた「（海はかはらぬ色で）」である。これは吉本にしてはめずらしく四百行以上ある長詩である。その最後の二連を引用したい。

「もはや訪ねあるいて
わたしはわたしの身代りを確かめ
わたしの歳月を告げるあしどりはない

疲れうしなはれた豊かさで
わたしはひきかへす
もはや夜があり
わたしは断たれる
わたしを模倣し
わたしを想ひ起させるものから――
どんな宿命が
わたしを模するものを訪れても
すべなくて私は茫然とたち
私が亡びるさまを視る
あたかもすでに私が亡びたとほりに――

もつれあつたいのちがそのまま巨きく変つてゆき
かへりみることが
もう無用のこととなり
なほつらいことに感じられ
けつしてふりかへることをしない
いつかはひとをあいすることを
いくらかは生きてゆくことに
ふりわけられて」

吉本隆明はこの長詩に愛着をもっていたようで、数か月後に推敲し、書き直している。それが「(海の風に)」であり、「文芸」の一九六八年五月号に発表されている。その時は五百行以上になっていた。しかし私は前の「(海はかはらぬ色で)」の方が好きである。吉本隆明はあの今氏塾と今氏先生のことをいろいろなところで語っている。

「あの幼い感性が言葉でうまく解放できたときの愉悦感と快感はたとえようがなく、深入りしていった。すると具体的な課題を持った学業の勉強がつまらないようになってくる。性の魅力も未知であるために限度もなくひろがって、すべてが大波に揺られて漂流する世界に思えた。」

これが彼の黄金時代の最盛期の感慨だった。だから、この時代を作ってくれた今氏先生に長歌の鎮魂歌を捧げたのである。

(同人誌「脈」九九号、二〇一八年十一月)

第五章　色の重層

一　「色の象徴性」

すぐれた思想は透徹した論理と絶妙な想像力にみちているものである。

吉本隆明の『全南島論』が安藤礼二編で出版されていることは知っていた。時々アマゾンで吉本の本をチェックしているからである。しかし購入するところまでいかなかったのは、収録されている文章はほとんど読んでいるだろうと思っていた。今回比嘉さんの依頼を受けて急ぎ購入し、目次を見て驚いた。未知の論文がいくつかあったからである。

ひとつは「南島論Ⅰ・Ⅱ」という「文芸」に掲載されたものである。未完ということで単行本に収録されず、今回はじめて本書に収録されたものである。もうひとつは「色の重層」という、これも雑誌「is」の一九八二年の六月号に掲載された論文である。今回前者の「南島論Ⅰ・Ⅱ」の方は誰かが取り上げるだろうから、私は後者の「色の重層」の方を取り上げてみたいと思う。

絵を描く者にとって色は不可欠な要素であり、作品を左右する重要な要素である。対象になるものに備わった色とそれを描く表現手段としての色とは当然ながら違うものである。前者を「固有色」といえば、後者は表現者の自由な裁量にまかされている。しかし両者の間には相対的な関係が存在しており、その間のズレのことを私は「抽象化」と考えている。

たとえば私が男女の肉体関係を描く場合、女性の体を赤ないしピンク系の色で描き、男性の体を青系統の色で表現することが多い。以前女性の体をシルバーで描き、男性をゴールドで描いたことがあったが、沈んだ画面になって、あまりエロティックではなかった。

さて吉本隆明はこの論文の最初で、色の象徴性にふれて、レヴィ＝ストロースの論文を参照しつつ、次のようにまとめている。

「レヴィ＝ストロースが注記している中国では白が喪の色、赤が結婚の色とされるのに隣国日本では黒―白が喪の色、赤―白が祝の色に変化したのはなぜかわからない。根拠を追求するよりも、偶然そうなったのだと言った方がよいくらいに恣意的な条件ばかりが数えられる。単純な視覚的な表現に意味、具象性、価値などが連結されて、ある混乱が見られるときに後者の側から前者にいたる通路は絶望的に難しい通路だ。また逆に心理学がやるように赤は温暖色、生命、生殖、火の色だから死や衰滅にかかわりがあるはずがないというように考えるとんでもない逆表象に出遇う。そうすると一般的に内容から形式にいたる道も、形式から内容にいたる道もついていないようにみえる。そこでたぶん「重み」というような概念の意味でレヴィ＝ストロースは「関係が存在するという事実の方が関係の性質よりも本質的なのである」という言い方がなされている。これは数学の論理である。そういうよりも数学から類推していわれた言葉のようにうけとれる。問題はどういうことなのか。」

色の象徴性に関して、中国では白が喪の色、赤が結婚の色とされているのに他の国では白が「無標識」の立場に対応し、赤が死または生にむすびつけられている。それに対しわが国では黒―白が喪の色、赤―白が祝いの色とされているのは周知のことである。しかし赤が死に付けられていることもあることも覚えておこう。

二　「青い生と赤い死」

つぎに吉本隆明はわが国の社会人類学者の論文を紹介している。それは常見純一の「青い生と赤い死」という論文である。この吉本論文の中でも重要な意味を持っているので詳しく紹介してみたい。私もこの論文は読んでみたくて沖縄の古書店ｂｏｏｋｓじのんに照会してみた。するとすぐにじのんの比嘉さんから連絡があり、教えてくれたのである。それは大林太良編『神話・社会・世界観』（角川書店、一九七二年）のなかの第二章に入っていた。その副題は「日本文化とくに沖縄における古層的カラー・シンボリズム研究へのアプローチ」というものである。

常見純一がこの論文で最初にふれているのはわが国の江戸時代に流布した草双紙のことである。江戸時代中期以降に赤本、黒本、青本、黄表紙などの十頁足らずの雑誌が流行した。その名称の由来は表紙の色にあったが、青本だけは必ずしも表紙の色は青くはなかった。現存する青本の表紙は黄色であって、黄表紙の色と区別ができなかった。青い表紙の青本は実在しなかったのではないかと思われる。つまり青本の表紙は黄表紙の色と酷似していたのである。

さらに常見純一は沖縄での色彩関係の調査の事例を紹介している。沖縄本島北部の西海岸に位置する大宜味村謝名城の部落では高齢者になるほど色名の種類の知識が単純になっている。それに対し低年齢の人になると図工教材用の二十四色の色環表に近い調査結果になっていた。

たとえば六十代以上のとくに女性の場合、色名称はアハ（あか）またはアハイル（あかいろ）、オールー（あおいろ）、それにシル（しろ）とクル（くろ）の四種類である。二十四色の色環表で言えばオールーとことばで示される青の世界はアオムラサキからはじまってムラサキアオからキミノダイダイまで至るものであった。

それに対し赤はダイダイからアカを経て、アカムラサキまでの七色しかなかった。二十四色の色環表は青と赤に大きく二分されていたが、赤はその三分の一にすぎず、青は黄や緑や紫などの十七色が包含されていた。

一方年齢が下がるにしたがってチールーまたはキールー（きいろ）という色のことばが現れてきて上記の青の世界を侵食しはじめる。とくに沖縄の首里や那覇などの古くからの都市社会では黄色はチールーといわれていた。そして現在の謝名城部落では黄色をチールーという人が増えてきており、いまは三色が共存しているという。

この間、常見純一は部落での調査中に体験した出来事を紹介していた。「老婆が息子のヨメに向かって青いタオルを取ってくれといった。おヨメさんはそんなタオルは家にはないと答える。老婆はほれそこにある青いタオルだという。これは黄色（チールー）のタオルではないかとおヨメさんがいう。老婆はそれが青色というのだといい、おヨメさんは心中ひそかにしゅうとめの老化現象かと心配しながらも青ではなく黄色だと言い張り、両人の論争が続く。件のタオルは私にとって大柄の鮮やかな黄色であった。」

この挿話は部落における色の世代間差異を象徴的に表している。そして常見はもうひとつの興味深い話を紹介している。それは沖縄本島北部の国頭村安波部落での体験である。それは真っ赤な仏桑花の花のことである。調査中にその花をみて手折り、下宿に持って帰ると、下宿の女主人がそれを見ていやな顔をした。あの世の花など持って来て縁起でもない、不吉な気持ちになるといったという。まるで亡くなったほとけがあの世から立ち帰ったかのような幻覚を突き付けられたのである。沖縄ではアカバナーといわれたこの花は死んだあの世の人のために存在する美しさなのであり、方言でもそれはグソーバナ（後生花）といわれ、緑の葉を持たないこの赤い花は死の花なのであった。

以上の聞き取り調査をふまえて常見純一は沖縄における色の象徴体系を解明するための作業仮説をつぎのように提起している。つまり稲や穀物の一生の大半は、青の期間とよばれていて、それは発芽、成長、成熟という旺盛な生の状態であるのに対し赤の期間は成熟しきった状態、老化と枯死の時間といった老成と死の特徴をもっている。この稲の一生におけるこの双文的対立を以前紹介した色環表に対応させると、青、赤の二分線にオーバー・ラップしていることがわかる。

こうした常見純一の調査研究を読んで、吉本隆明は次のように書いている。「この常見純一の解明が説得力を持っている理由は、謝名城部落の青色と赤色の識別の範囲が折半的ではなく青色と識別される範囲が圧倒的に広くて、赤色の識知はむしろ青色の識知の裏側に付着しているといったような点がよくしめされていて、生と死との意味付与の象徴性をうきたたせているところにある。」と評価している。

三　「青の世界」

しかし吉本隆明は他方で色の価値付与の象徴性については異論があることも認めている。それは仲松弥秀の「青の世界」という論文である。それは『神と村』(伝統と現代社、一九七五年)に収録されたもので、そのなかには「ニライカナイと死後の世界」という文章もふくまれている。この旧著は一九六八年に非売品として刊行されたものであるが、色の象徴性に関しては常見純一とは対照的にとらえている。その中心的な部分を引用してみよう。「おもろ記事から古代沖縄の色彩観念を質してみると、赤、白、青、黒の四色しか見いだせない。このことは奄美諸島も同様であったようである。赤と白は明るさに通じるが、そのうち赤は魔物にとっては怖いものであり、白は清浄に通ずる。黒は赤、白すなわち明るさと対蹠する暗黒、無、恐怖、穢れの世界を観念、想定する。／残るところの青は、青空、青葉、青海の語によって推測されるとおり、空色、緑、淡黄、碧などの色を表している。そしてこれらの色彩は赤と黒に対して中間色となっている。したがって青の世界は暗黒でもなければ、赤、白を持って表す明るい世界でもない。むしろそれは、明るい世界に通ずる淡い世界、古事記の黄の世界と類似の想定がなされるであろう。伊波氏は、古代沖縄人は、「来世は暗黒な所と思っていた」と述べているが、そうではなく、古代沖縄人は死後暗黒の世界には行っていない。それは青の世界に行っている。」

これを読むと古代沖縄には赤、白、青、黒の四色しか見い出せなくて、そのなかでも青は赤でも黒でも白でもない中間色の世界ととらえられており、「黄泉の国」の黄の世界が「うすぼんやりした明」の世界として死後の世界が想定されているのと類似していると考えていたことがわかる。

さらに仲松弥秀は、沖縄にはアフ、アオ、アウなどと呼ばれた御嶽がいくつかあり、いずれも青と考えられているといっている。また新しい死人の墓には木の葉や草などで日陰をつくってやる風習がある。この陰屋を「オー屋」と名づけている。後生の家、青屋であることはまちがいないといっている。

吉本隆明はここで仲松弥秀の説を補充する意味で、谷川健一のニライカナイ論を参照している。「かつて青の島はニライカナイとおなじであった。しかしそこでは理想の神の住む幻影の島ではなく、呼べば応える地先の島であり、人の死体の運ばれた島があった。祖霊は青の島にとどまり、時を定めて子孫たちの村々を訪れた。祖霊と神は区別がつかなかった。しかし後世になると、祖霊と神は分離した。神は海の彼方からおとずれるものとかんがえられるようになった。また地先の島に死体を運んで捨てる風習もすたれた。そうすれば海の彼方のニライカナイこそ青の神のいます場所とみなされるように変わった。」

こうしてみると常見純一の説と仲松弥秀ないし谷川健一の説は逆になっている。つまり前者の場合は古老たちの色相の識知と生と死の宇宙論的な象徴が結び合わされている。これに対し後者の「青の世界」は色相としてではなく明度として知名や墓所と結び合わされており、青は黄と同様の中間色として捉えられている。

以上の諸説と知見を踏まえ、吉本隆明は常見純一の調査から沖縄の古層の宇宙論的な色彩を想定する。その上で、中間色としての黄の名称と概念が明確になったのは奈良朝末—平安初期に中国から移入された新概念によってであったと見た。最古層においては黄色は青の世界に属していた。これが次第に赤の世界にひきよせられていって、黄葉と紅葉とは同じものを、黄土と丹土とは同じ概念を表すものに変わってゆく。

つまり青＝生と赤＝死とが宇宙論的な色彩概念でありえた時代までは未開的な自然信仰の影響下にあったが、青から黄の疑念が分離するのは、仏教、儒教、道教などの大陸からの導入により生死観が決定的に異なる時代と一致するものだったことを表している。

吉本隆明はこの色の象徴的な古層の分析からさらに次のような展開を想像しているのである。

「たとえばわが国における母系制的習俗は大陸、中国の宗教、習俗、道徳、文物の移入によって父系優位に入れ替わったほどである。けれどもこの母系的な古層は潜在的に江戸期までは明確な習俗と制度の基礎をつくっていた。わが未開時代の色彩概念を別の宇宙論的な象徴系と結びつけようとする場合に起こりうるし、現に起こりつつある混乱は、論者たちがいずれも色彩概念の時間的な水準を、単一にあるいは固定的な水準でとらえていて、いわば他時間的な了解の水準を踏んでいないところにもとめられる。」

吉本隆明が最初のレヴィ＝ストロースの色彩論のまとめのところでいっていた「問題はどういうことなのか」という問いの答えがこれであった。そして作者はこのあとすぐに有名な埴谷雄高との論争をはじめることになり、あの「重層的な非決定へ」という論文を雑誌「海燕」に書くのである。彼の透徹した論理と絶妙な想像力によれば、沖縄の色の文化もコムデギャルソンのファッション文化も埴谷雄高の『死霊』もすべて彼の大きな世界観と歴史観のなかで過不足なく把握され、考察されていたのである。

（同人誌「脈」九〇号、二〇一六年八月）

第六章　吉本隆明と黒田喜夫

黒田喜夫と沖縄というテーマで、私が思いつくことは二つある。ひとつは黒田喜夫に「灰とダイヤモンドの死者たち」という評論があるということ。もうひとつは吉本隆明の「追悼私記」のこと。今回はこの二つのことを中心に、黒田喜夫について私なりのノートを書いてみたい。

一　「灰とダイヤモンド」をめぐって

黒田喜夫はこの評論を主として原作の小説をもとに書いている。最初の訳は一九六一年であり、のちに一九七八年に再版されている。一九四八年に公開された映画が安保世代に好評だったことによる翻訳だったと思われる。このあたりにも黒田喜夫の評論は影響を受けていると思われる。

黒田喜夫はこの評論の冒頭で、この小説が主として三つの死、つまり誤って殺された二人の労働者の死、暗殺される労働者党幹部シチューカの死、その暗殺者である青年マチェックの死にまつわる事件がドラマの骨子になっているが、何かとまどいが起こるのはさけられないといっている。つまりそれはこの作品が「求められるべき未来のヴィジョンの代わりに数々の破滅の呈示なのだから」であり「評価の定めがたさ」であり「価値判断が分裂してしまう」からだといっている。このとまどいこそこの評論をわかりにくくしている原因なのである。

ところがこれが映画の鑑賞になると、その受け取り方もかなり変わっている。

「ポーランドの戦後に、自分たちの問題をストレートに感情移入できるような顔をして、ものものしく論議する問題意識屋に内心反発しながら、みずからのそれは自然なもののようにあの時はおもえたのだ。花田清輝のカンパニアにもかかわらず、映画「灰とダイヤモンド」のなかの前世代コミュニストの描き方は、なんとも快い感情移入をさそってやまなかったのである。（中略）あの孤独で過去の戦いの栄光をなつかしむ亡命帰りの党指導者は、死によって救われるのであり、したがって、マチェックの死もあの世界では償い多き滅亡となるのだ。鑑賞者としての私は、そのような死をやすやすと理解できると思ったし、あの映画はそれを許したようだ。」

　黒田喜夫は原作と映画の間には主題の変更と移動があると思っており、「作者はその間にある何ほどかの時間に、死者のモチーフをどこかに移したと私にはおもえるのである。」といっている。

　これらの小説と映画での鑑賞上の差異はどこからきているのであろうか。それは両者の表現上の差異によるのではないかと思う。小説は現象の背後に潜む社会的政治的背景を詳細に描きだすことができる。それに対し映画はその時々の一瞬の表情を描くことができるけれど、その背後に潜む複雑な背景までは表現することはできない。

　たとえば小説では、一人の政治家の暗殺劇の背景について次のような解説を書くことができる。「第二次大戦は終わろうとしている。これは明らかだ。あと二、三日、遅くとも一週間でケリがつく。だが、われわれが予想していたのは、こんな結末か？　違う。ドイツのみならずロシアも打ち負かされて戦争を終えると判断していた。ところが、さしあたり事態は別の方向に動いている。そこで、この状況のもとでポーランド人は二つのカテゴリーに分かれた。ポーランドの自由を売り渡した連中と、それはいやだという連中と、やつらはロシアへの従属を望み、われわれはそれを望まない。やつらは共産主義を望み、われわれは望まない。

やつらはわれわれを弾圧しようとするし、われわれはやつらを弾圧せねばならん。両者の間で闘争が行われている。実のところ、闘争はやっと始まったばかりだ。」

黒田喜夫がとまどったのは、このような政治状況についてであったと思われる。それにたいし、映画ではそのような難しい説明はなく、ただ表面的なストレートな行動が描かれていたのである。一篇の活劇ドラマを見ているような体験だったのであろう。

さらに暗殺されるべき共産党幹部についての言説はこうである。

「シチューカはなにものか。インテリで、技術者で、コミュニストだ。しかも優秀な組織能力を持つオルグで、自分の目標をちゃんと立てている。今は党活動をやっているが、このままいけば国家の要職につく。次には閣僚になるかもしれない。思想堅固な人物だ。戦前に何回も有罪判決を受け、投獄経験もあり、収容所に二年間ぶちこまれていた。ますますもって危険な人物だ。時流に便乗して立身出世をはかる連中なら少しも怖くない。（中略）しかしわれわれに抑圧と死をもたらす思想となると、話はまったく違ってくる。これに対するわれわれの回答はひとつしかありえない。死には死を、だ。これが闘争の常道だ。どちらが正しかったか、最終的には歴史が判定を下す。われわれはすでに判定を下してしまった。」

このあたりが小説を読んだ黒田喜夫をとまどわせた箇所だったのであり、評価を定めがたくさせ、価値判断を分裂させた箇所だったのである。

結局この評論で黒田喜夫が一番いいたかったのは、次のような箇所だったのではないかと思われる。

「もちろん、この死の連鎖を全然違った風に見る考えも成り立ちはする。たとえば、マチェックからシチューカ暗殺の理由がうしなわれたということは、マチェックが属している集団の思想的・政治的・道義的破滅をあらわしているとみること。マチェックの犬のような死は、その破滅とつながっているのであり、マチェックの死とシチューカの死を同質な次元で抽出してみるのは許されないとすること。その場合マチェックの死は破滅、歴史の歯車を逆転させようとする勢力に身を託したための破滅だとすれば、シチューカの死はその対極にあるもの、たたかいの糧、崇高な犠牲、未来の生につながる死だといわなければならない。――というような見方は、言うまでもなく正当すぎる見方にちがいないが、その視点を抹消し去ることはできないし、そういう図式の重さ、リアリティは、作品の外の世界の歴史に裏打ちされているということはあるのだ。」

このような黒田喜夫の政治的思想的リアリティからするとこの作品でも見せたワイダ監督のマチェックとバーカウンターにいた娘との出会いとかりそめの恋などは全く視野の外に置かれている。マチェックが娘を誘い、外に出て、二人が雨の降り始めた中で教会墓地の霊廟に入り、二人で墓碑を読む。

「松明ごと　なれの身より　火花の飛び散るとき　なれ知らずや　わが身をこがしつつ　自由の身となれるを　持てる者はうしなわるべきさだめにあるを　残るはただ灰と　嵐のごと　深淵に落ち行く混迷のみなるを　永遠の勝利のあかつきに　灰のそこ深く　さんぜんたるダイヤモンドの残らんことを」

マチェックは娘をダイヤモンドにたとえ、生き方を変えたいといい、恋とは何か今まで知らずに来たと話す。ここがワイダ監督のロマンティシズムなのだが、黒田喜夫は一言も触れていない。

私がここで「灰とダイヤモンド」をとりあげたのは、かつて清田政信の詩を読んでいるときにワイダ監督の映画を熱心に見ていたことがわかったからである。調べてみると当時の「琉大文学」の学生に共通する関心事だということがわかった。そこで私も了解したのである。そうかポーランドがドイツとの戦争が終わった後すぐにソ連に支配されたことと沖縄がアメリカとの戦争が終わったのに、すぐにアメリカに支配された情況がよく似ていたことを。

最後に黒田喜夫も言及していた小説と映画との間の、作者の意識の移動について、「作者が死者のモチーフをどこかに移した」という箇所は、私もそのとおりだと思う。それはこの間、ワイダ監督自身が自分の父親がソ連軍によって、カティンの森で処刑されたことを知ったからであると思われる。

二　黒田喜夫と吉本隆明

吉本隆明に『追悼私記』という私の好きな本がある。その解説の中でハルノ宵子がこんなことを書いている。「この本に登場する、どの人と話しているときも、たとえ本気の論争を交わしていても、父は心の底から笑っていた。時には酒を酌み交わしながら（あるいはまんじゅうを食べながら）近年になって、一人また一人と彼らを見送るごとに、父から本当の笑いが消えていったことに、うかつな私は気づかなかった。改めてこの『追悼私記完全版』を読んでみて、そのことを思い知らされた。その父ももういない。この本の中に生者は誰もいない。『追悼私記完全版』をもって、戦後という巨大な石棺の蓋が閉じられる。」

追悼文を書くたびに、寂しさは深まっていったのであろう。そしてこの『追悼私記完全版』の中に黒田喜夫への文章が二十頁おさめられている。

その文章は、「試行」の「情況への発言」の一九八四年に、いつもの主と客との対話形式で書かれている。一見辛辣な文章のように見えるがよく読むと黒田喜夫に対する思いやりも感じられるものである。思えば吉本隆明が安保闘争後「試行」を出して、その中で「言語にとって美とはなにか」を書きながら、孤軍奮闘しているときに、側面からその書評を二本も書いて応援したのが黒田喜夫だったのである。黒田喜夫の二つの書評は一九六六年に書かれていた。そしてそれから十六年たった一九八二年に問題の『「反核」異論』が出版されたのである。吉本隆明は自らの「自立の思想」を世界に向けて発信したのである。孤立無援の戦いに突入していった感があった。黒田喜夫についての言及があったのはそれからのことである。

「おれはこんどのいかがわしい「反核」運動の中心を支えた思想は、黒田喜夫みたいな存在ではないかと思い至った。真面目でそれなりに「くだらぬならず者」の装置を信じて、そのなかで辛酸をなめ、離れないまでも屈折した心情で、ロシアに発祥したこの「知」的な宗教自体は、まだ信仰している。批判したい心が生じたら、耐え忍んで自分の罪責感に転化して内向する。心はいつもその教義の枠組みに触れる以前のところで、折り曲げて屈折させる。管孝行や岡庭昇や山本啓などどうでもいいが、黒田みたいな存在についてなら、少し言ってみたい気がする。俺はこんど出た黒田喜夫の詩論集『人はなぜ詩に囚われるか』を読んで、おれのことを名ざしたり、あてこすったりして結構批判しているのを知って、へえっと驚いた。この真摯さの質的まやかしについてひと言いってみたくなった。」

この「試行」紙上での文章は黒田喜夫が亡くなる前のものであった。だから「ちゃんと眼をあいて視てお␂れ、俺たちが黒田を死なせないさ。できるならば軽快にな。」とエールを送っていたけれど、それは黒田喜夫には通じなかったようだ。

「主　俺もきみのいうのに同意だ。黒田喜夫のなかで少しでも意味として残っているのは「病気」、それからくる「貧困」と、「聖なるじぶんの過去」あるいは「過去の聖化」の暗喩としての詩作品と、「聖なる過去」の不可視の枠組みを、自己破壊せずに温存しているために、屈折し内向して、それが含みになっている詩的言語の陰影だけだ。それ以外に深刻なものなど何もありはしない。深刻な身振りだけ、つまりじぶんでえぐりきれないじぶんの嘘があるだけだ。」

ここにもその政治的思想的立場はどうであれ、その文学的作品の意味と価値はしっかりと受け止める吉本隆明の批評の方法が明確に示されている。

そしてこの文章の最後に吉本隆明はリルケのこんな文章を付け加えている。

「ただほんのすこしでも、おれの言動を読むまえに、自由でフランクな瞬間があって、時間の深さを体験する思いが存在したらよかったのに。それがあったことをいのるだけだよ。いまはもう求むべくもない。

客　おたがいさまだよ。黒田喜夫は死んじまったから、しんみりするわけじゃないが、ゆとりもなくただ走り抜けるだけみたいな、現在のきみ（吉本）の危機感は「病人たちの制限された肉体が与える人生の断片を心情の無邪気な歓びのすべてをもって、一つの完全な人生であるかのように受け取るため」（リルケ『フィレンツェだより』森有正訳）に必要な「感受性と性格との深い繊細さ」を欠いているんだ。君（吉本）が欠いているとはあえて言わないが、そういう時間がきみ（吉本）を欠いているんだ。

黒田が骨の髄まで信じ込んだ理念が、骨の髄まで欠いていたもの、欠いたまま黒田を死に追いやったものは、ざっと次のようなもんだ。」

すこしたってその婦人は言った、「告白するのが恥ずかしいのですが、わたくしは死んだも同様なのです。わたくしの喜びは本当に滓のようになり、わたくしはもう何も望んではいないのです。」わたくしは何も聞こえないふりをした。それから突然嬉しそうな調子で叫んだ。「蛍がいますよ。見えますか」彼女は首を振った。「あそこにもいますよ」「ほらあそこにも―ほらあそこにも」と私は彼女を引っ張って歩きながらそう付け加えた。彼女は夢中になって数え始めた「四つ、五つ、六つ―」そこで私は笑って言った。「あなたは恵みを知らない人だ！これが人生です。六匹の蛍、ほかにまだ何匹もたくさんいる。あなたは否認しようとなさるのですか」（リルケ『フィレンツェだより』森有正訳）

私にはこの吉本隆明の『追悼私記』に描かれた黒田喜夫論は優れて「黒田喜夫における政治と文学」論になっているような気がする。そしてそれはそのまま戦後の沖縄文学にも適応できるのではないかと思う。

（同人誌「脈」一〇二号、二〇一九年八月）

第七章　『マス・イメージ論』を読む

一　『マス・イメージ論』とのかかわり

このテーマは、一九八四年、オーストラリアに在外研究に出かける前の社会学特講（一九八三年度）で「ニューウェイブのリアリティ感覚」という講義をやっていた頃からあったわけだが、そこでとりあげていた村上春樹とか高橋源一郎とか糸井重里や大原富枝などの作品は、吉本隆明の『マス・イメージ論』の解体論や変成論や停滞論ですでにとりあげられたものであった。

あの頃は、八〇年以降、日本の表現文化が大きく転回して、新しい表現文化の波が具体的な作品となって登場してきたという感覚があって、それが七〇年代の文化変容の文学的、思想的結実だろうと思っていた。しかし実際の講義は、野田秀樹の劇のビデオを観てもらったり、渋谷陽一のロック批評の方法なども組み込んで何か共通項が出せないかと暗中模索していて、学生から補足してもらっていた状態だった。当時のキーコンセプトはもっぱら、一九八二年の日本社会学会で報告した「物語または大衆文化の神話―文学社会学的考察」の中の「物語の喪失」一本槍だったけれど、これは日本文化論の中のアジア論や古代文化論にも応用できる幅広い概念だったのでずいぶん活用させてもらったし、今でも有効な概念だと思っている。

それも元はといえば吉本隆明の文芸時評の『空虚としての主題』（一九八二年三月刊）に提起されたテーマ

だったわけで、そういう意味では『マス・イメージ論』もあの時評の最後の章「現在という条件」の全くの延長線上に書かれたものだったし、あの中の「現在の社会が大規模に産出しているイメージの層の内部」(二二九頁)といった言い方は、そのまま『マス・イメージ論』につながっているといえる。これまで吉本隆明を追走して来て一年間、オーストラリアに行って、ブランクがあったわけだが、帰国してからまたゼミや特講で『マス・イメージ論』をとりあげることになった。

吉本隆明の底力とダッシュの時の瞬発力にはいつものことながら驚かされているが、本になったことを向こうにいて知ったものだから、帰ったら三年生と一緒に演習Iで、もう一度じっくり読み直してみようと思ったのである。

あんがい学生達の方が読みこなすのではないかと予想していたが、やっぱり期待通りで、むしろ大学院生なんかの方が読み込めない様子でおもしろかった。

それにしても向こうから吉本隆明と古井由吉の対談や柄谷行人の批評が読みたいので、コピーを送ってくれ、という手紙を出したのは、シドニーの日本人の商社員で大へん親切な人がいて、自分がとっていた日刊紙の週遅れのものをまとまったところでわざわざ家までとどけてくれたのを読んでいたからである。友人が送ってくれたコピーの中では、やはり古井由吉との対談「現在における差異」(『現在における差異』福武書店)と北川透との対談「現在としての詩」(『よろこばしい邂逅』青土社)というのが一番おもしろかった。特に前者の現在の死のイメージが見えてきたというところや、後者では、北川透が今、ルネッサンスを体験していて、自己の解体を実践しつつあるから、多産な活動ができているんだという指摘は、大へん印象的で、あのあたりを読んだ時に、早く日本に帰って学生相手にむしょうに話をしたくなったのをおぼえている。それと、むこうにいて暮の紅白歌合戦のビデオを貸してくれる人がいて観ていた時に、郷ひろみとか近藤真彦、沢田研二などのスタイルをみていて、日本のマス・カルチャーもスーパーゲーノー化して、いよいよ煮つまってきておもしろくなっていることを感じていた。

あんがい外にいて、間接的に日本を見ていた人のほうが、変化を鋭敏に感じとっていたのかもしれない。帰って来てからの実際の印象は街に若者があふれているという感じがとくに印象深かったし、世代交替ということかなと思った。例えば、新宿の紀伊國屋書店の雑誌コーナーに、それまではなかったような奇妙な雑誌がいくつか並んでいて、それらの執筆者も知らない若い人がたくさんいて、書き手と読み手の世代交替を感じた。「週刊本」シリーズなどもビートたけしやタモリや糸井重里、川崎徹などのサブ・カルチャーの表現スタイルが広く表現文化全般にこの一年で浸透したことを証明しているようで興味深かった。

そこで『マス・イメージ論』の章題のつけ方だが、変成論、停滞論、推理論といった形で続くこの形式はすでに『共同幻想論』（六八年十二月刊）の禁制論、憑人論といった章題のつけ方とそっくりなんで、このあたりには著者によってこの二つの作品が意図的に関連づけられているのがわかる。事実、古い古井由吉との対談の中でも、マス・イメージ論について、「今の共同幻想論をやった」という著者の発言となって出ている。

そのあたりは、『大衆としての現在』（八四年十一月刊）の中でも「共同幻想論の現在版をやってみたかった」ということばがある。つまり『マス・イメージ論』の系譜は『共同幻想論』→『空虚としての主題』→『マス・イメージ論』という関連になる。そして、共同幻想の概念を「個体としての人間の心的な世界と心的世界がつくりだした以外のすべての観念世界を意味して」おり、「人間が個体としてではなく、なんらかの共同性としてこの世界と関係する概念の在り方」のことであるとすれば、この共同幻想をめぐる観念図式は『マス・イメージ論』では次のように展開されている。「カルチャーとサブカルチャーの領域のさまざまな制作品を、それぞれの個性ある作者の想像力の表出としてより、〈現在〉という巨きな作者のマス・イメージが産みだしたものとみたら、〈現在〉という作者ははたして何者なのか」（あとがき）つまりかつて古事記↕遠野物語という制作品を通して追究された共同幻想論は、現在、カルチャー↕サブカルチャー（音楽・コピー・

マンガ）という制作品を通して現在の共同幻想（マス・イメージ）が追究されている。またかつて「人間にとって共同幻想は個体の幻想と逆立する構造をもっている」という認識は、ここでは「制作品という言葉は全体的な概念として使おうとすれば、個々の制作品は、個々の作者と矛盾する表出とみなされる」（あとがき）というかたちに展開されている。この論理は、媒介的な作品としての『空虚としての主題』の段階では、「文学の言葉は、その時代の社会が産出したイメージの様式の内部にいるというだけで、作者と語り手との分離を強いられる。そして社会のイメージ様式の層を超えようとするとき、ただ登場人物たちの内面だけが分離されて作品にのこされるのだ。」（二三六頁）ということになっていた。この主題は、すぐに変成論や世界論や語相論の中に継承され、典型的には推理論において明確に論証されることになる。

二　「変成論」について

このあたりで本論に入りたいのだが、まず最初の変成論のモチーフは一体何なんだろうか。カフカの「変身」や筒井康隆、糸井重里と村上春樹、高橋源一郎などの作品がとりあげられているのだが、結論として何が言いたいのかよくわからないところがある。

わたしも最初一回読んだだけではその意図が読みとれなかったんだが、今のところは、これは著者における現在の転向論ではないかと思っている。どういうことかというと、この変成論の理解のカギとなるセンテンスは「この変成のイメージは現在が人間という概念のうえに附加した、交換不可能な交換価値なのだ」（一八頁）という文章だと思う。この文章は、現在が人間という概念のうえに附加した変成のイメージという風に読みかえることができるわけだから、この変成のイメージを表現しているいくつかの作品の解読がそのまま既成の世界理念で世界を捉えることをやめた著者自身の現在の解読の方法を示しているわけである。そこで憶い出すのが、「転向論」で指摘された転向の定義である。「それは、日本の近代社会の構造を、総体のヴィジョンとしてつかまえそこなったために、インテリゲンチャの間におこった思考変換をさしている。」これを変成論風に読みかえるならば、日本の現代社会の構造を、総体のヴィジョンとしてつかまえようとして、インテリゲンチャの間におこった変成のイメージの表現というふうに捉えかえすことができるわけだ。この現在における総体のヴィジョンの把握と思考転換のテーマが変成論のモチーフになっていると考えれば、この論がなぜ冒頭に書かれたかもわかるというものだろう。

そういえば、『日本読書新聞』（一九八四年八月二七日）における瀬尾育生の『マス・イメージ論』の書評のなかに、『空虚としての主題』にあった「じぶんの産出しないものをじぶんのもののように身にまとわされるという〈空白〉の感じ」という指摘の中の「空白」という言葉が『マス・イメージ論』では「他者のイマジネェションや視線のなかでは一匹の虫として存在しており、じぶんのイマジネェションのなかでは思うがままに振舞い、感ずるままに感応している人間。これが変成のイメージを語る第一の条件だ。」という「変成」という言葉に移行しているという指摘があって、変成論を理解するうえで重要な示唆をあたえていたことになる。

瀬尾育生の書評は、周到な理解を示していて、『マス・イメージ論』を読解するうえで大へん参考になる文章である。それからこの変成論には、『マス・イメージ論』への批判というか不満に対する解答のようなものもすでに書かれている。「もしもわたしたちが突然、どこかで観念のスイッチを切られたとしたら、いくらかの不安を伴なった空虚な世界を氾濫させるだろう。そのなかに身をまかせている状態は、肯定する判断力も否定する判断力もうしなって持続されてゆく。ときどきどこかに緒口があって、そこから脱出できれば何とか常態の世界へもどれる気がする。脱出口の向こう側の世界が、ぼんやりみえてくることがある。だがやがてしばらくすると、もとの空虚な世界に身をひたしているじぶんにかえってしまう。この病者の世界に似た世界は、平穏で空虚なラジカリズムを出現している。」（三三頁）いささか長い引用になったが、これが竹田青嗣や川村湊が言うところの世界理念やイデオロギーといった観念のスイッチを切って世界を捉えようとするときにあらわれる分裂病的世界のイメージなのである。そこには救済の世界のイメージなどは想定されていない。

ここのところは社会学特講の講義では、たしか山岸涼子のコミックス「スピンクス」を例にとって、扉のない白い部屋に閉じこめられた少年が強度の緊張病性昏迷状態からやや回復して、やっと見い出した脱出口から外に出ようとすると、足下に暗黒の宇宙空間が広がっているという象徴的なイメージを示して説明したことがある。その時現在のモラトリアム的な大学生の世界が、この病者の世界に似た、平穏で空虚なラジカリズムを出現させていると言って学生の苦笑をさそったことがあった。たしかに脱出口が、システム化された管理者の世界の入口に当たるという指摘は、現在の大学生の日常世界にぴったり符合する指摘である。

ここで著者が引用解読している総体のヴィジョンとしての現在の変成のイメージの表現は、高橋源一郎の『さようなら、ギャングたち』で、このなかの詩の授業をうけている「おしのギャング」が、思っていること、考えていること、感じていることを言葉にすることを要求されて、「コーヒーとサンドウィッチ」以外の言葉が見つけ出せず、頁の中のどの頁も「まっ白」だったというところは、まさに観念のスイッチを切られた人間の不安を伴った空虚な世界の氾濫のイメージとして秀逸であり、山岸涼子の扉のない白い部屋に閉じ込められた少年のイメージとともに記憶に残る作品となっている。

高橋源一郎といえば、これは余談だが、ポスト・吉本隆明は、柄谷行人でも蓮實重彥でもなくて、高橋源一郎だと彼のエッセイ集『ぼくがしまうま語をしゃべった頃』（JICC出版）を読んで思った。いま吉本隆明とまともに対談できるのは彼くらいしかいないのではないか。サブ・カルチャーとカルチャーの文体論的考察ができるのは彼しかいないと思われる。

三　「停滞論」について

つぎに「停滞論」に移りたいのだが、これは反核異論ということで各方面にセンセーショナルな反応をよびおこしたものだが、反核声明の言語を、ＳＦアニメによって先駆的に主張され、使用済みとなった言語でしかないと切りすてているところが興味深い指摘だった。

停滞論が、変成論のすぐあとに二番目に書かれていることに意味があると思う。著者としては、反核声明についての部分は導入部というかさわりの部分でしかなく、主旨は、現在の停滞に関する二つの表現として、『窓ぎわのトットちゃん』と『アブラハムの幕舎』をとりあげて、考察するところにあったと思われる。それにしても「わたしたち現在は〈停滞〉しているという。」センテンスはドキッとさせられる。ここのところで、停滞の起源的概念として二つの意味があたえられているところがある。一つは農耕的な共同体の意識形態で、二つ目は、現在の諸産出の物質的な形式に附与されるイメージに関するものだというところだ。この二つの起源的概念がそのまま『共同幻想論』とこの『マス・イメージ論』に該当すると考えるならば、この二つの書物（考察）は、「二つの停滞論」でもあったということが言えそうである。そうすると反核声明の停滞性は、人間性の概念を不変とみなして、過去の理念の共同性への郷愁におちいっているという第一の停滞の概念に対応していることになるわけだ。

そうすると黒柳徹子の『窓ぎわのトットちゃん』と大原富枝の『アブラハムの幕舎』という二つの作品は、停滞の概念とどんな関係になっているのか。「トットちゃん」の方は、現在にほとんど存在不可能となっているリベラリズムの教育理念と、豊かで恵まれた家庭環境という理念の郷愁を突き出すことによって、システム化され管理化された学校制度と工場制度の噴流にさらされた子供とその親達が、安息の場所を求めて、理想的な自由の雰囲気の追憶に逃避しているという姿であったし、『アブラハムの幕舎』は、同じく外界の噴流に吹きさらされ、崩壊しつつある家族をとりあげ、そのなかの最も脆弱な人達の行き場のない孤独な心の吸収装置として「イエスの方舟」をとらえ、そこに現在の表現をみていた。作者とこの著者もともに、この「イエスの方舟」のイメージに、現在の停滞に対して、過去の理念の郷愁に回帰することもなく、かすかに未来にむかう方向性を感受しているように読みとれる。著者は、大原富枝の作品のようなものに対して、あとがきのなかで、「現在」もまた「現在」に矛盾する自己表出(自己差異)を内蔵していると書いているわけだ。

四　「推理論」について

つぎの推理論は、ある意味では、この『マス・イメージ論』の特徴をよくあらわしている部分でもあると思う。というのは、従来の推理小説論は、エンターテインメントとして時評的にとりあげられるか、松本清張などの推理小説を、推理小説の社会的背景をよく描いた社会派の作品として、従来の私小説にない社会的アクチュアリティに富んだ作品として評価するという傾向があったなかで、これは推理作品の構造とその現在性を本格的に展開した画期的な論文ではないかと思われる。

このあたりの推理小説論は、私の知っている範囲では、E・ブロッホの「探偵小説の哲学的考察」(『異化』現代思潮社)くらいだが、このなかでブロッホが、探偵小説が他の物語形式と区別されるところは、物語られなかった事件と、この事件の再構成とを区別して、興趣あるものたらしめているところにあるといっているところとか、「空白のままにされたはじまりは探索行為の全体を通じて作用し、その形式を形づくる。すなわち、その隠された正体が像よりも前に存在していて、ようやくにして徐々に像のなかへと姿をあらわしてくる、一幅の判じ絵の形式である。」（八五頁）などは、ここでの「推理論」の記述にそのまま継承されているかのように読めるところが興味深い。

『未知への痕跡』という題名や「既視感のイマージュ」などを考えると、E・ブロッホの影響ということも考えられるということだろうか。ところで推理論の現在性というのはどういうことになるのか。著者は、ここで推理の本質を、既知であるかのように存在する作者の世界把握にむかって、作品の語り手が未知を解き明かすかのように遭遇するときの遭遇の仕方やその時に発生する既視体験に類似したイメージや、分析的な納得の構造をさしているといっている。ところが、現在、既成の世界把握なり世界理念が危機にひんしているという情況があると考えるならば、推理の現在における解体と崩壊ということが想定されるという。つまり体験を既知とする作者と、未知を体験しつつある語り手とが交叉する個所が推理作品のクライマックスだとすると、現在は、作者の方でも積極的に犯人や犯罪を指定できないこともあって、この推理からの偏倚や逸脱しか表現されなくなっており、作者があらかじめもっている既知の設定を、語り手を介してさり気なくはぐらかすように記述されているというのだ。われわれは現在、事実に関する科学的推理をもふくめて、推理が適中し、推理的な理念が完結したという快楽に到達できなくなっているのである。それが可能だと思っているのは、既知の世界像から演繹された条件をたてて、現在をとらえようとするイデオロギストくらいのものである。

五　「世界論」について

前の推理論では対象と素材のくり込み方に驚かされたが、次の世界論では、世界模型が一から四まで類型化されていたり、世界像が四つの系列に分解されていたりして、その理論的な展開の仕方に驚かされる。ここも一回読んだだけではこれらの図形の意味がつかめない気がする。

この世界論の主旨は、深層構造としての垂直的な国家概念に対し、水平的に世界概念を対応させ、国家概念が内にもっている倫理の構造を輪切りにしてみせたところにあると思われる。これは換言すれば、国家にまといつく戦争と革命の現実倫理を相対化することでもあり、文学的にいえば、主題主義（主題の積極性）の錯誤から、世界と文学の輪郭を整序することでもある。それが可能となった時、古典近代型の世界の壁とヒューマニズムという名の神話と神学と迷信と嘘でぬり固められた倫理の壁はともに解体するか変容を余儀なくされることになると捉えている。ここにきて、これまでも著者の持論であった党派性からの自立と文学における主題主義からの自立がより一層徹底化されようとしている。

それではここでとりあげられている中上健次と大江健三郎の作品はそれぞれいまいわれた文脈のなかでどう位置づけられているだろうか。

中上健次は、現在における物語（ひとつの完結した書物）の解体を必然的なこととして受けとめながら、なおかつ現在、物語をつくろうとして、古代的、アジア的世界像の仮構にのり出していると考えられている。ただし、彼の場合（とくに『千年の愉楽』の場合）系列（2）の「世界の破滅をとり除きたいという願望はどんなふうに表出できるのか」と、系列（3）の「世界を破滅させる手段をもつものは、世界自体ではなく、世界の中の特定の系列だ」の二つの系列をつなぐ語り手（知識人）が存在しないため、古典近代型の世界模型によくあるような現実倫理が存在しないのが特徴となっている。それに対し、大江健三郎の作品世界では、古典近代型の世界模型の枠組が喪失し、崩壊していることが感受されており、そのことが表出されようとしているのが特徴となっている。

六　「差異論」について

つぎの「差異論」では現代におけるイメージが生と死、革命的であることと革命的になりつづけること、人為的な分類線と根本的な差異線などの差異のイメージとして問われている。つまりこの差異のイメージは、戦後的世界をリードしてきた世界理念としての戦後民主主義とマルクス主義における同一性の解体をあらわしていると考えられる。その意味では、この差異のイメージは、デリダやドゥルーズによって展開されたヨーロッパ近代市民社会の同一性の理念（西欧形而上学）の批判と呼応しているといえる。

いいかえれば、この差異のイメージには、(1)ポスト・モダニズムと、(2)ポスト・マルクス主義と、(3)ポスト・産業資本主義の三つの文脈が包含されているところがあって、それがそれぞれ生と死、革命的であること、人為的な分類線の問題に対応しているとも考えられるし、このポスト・モダンの文脈は、最近少しずつあらわれてきたポスト・モダンの社会学的言説にも相通ずるものがある。それにしても、著者のポスト・マルクス主義の問題＝革命的であることに対する批判は徹底している。ソ連のスターリニズムがそうであるように、日本のマルクス主義も、アジア的専制主義としてとらえられている。そこでは日本社会の組織・集団に潜在している派閥の精神構造＝頑迷、保守、反動、盲目、怠慢、傲慢、秘密警察的眼ざしが徹底的に批判されている。つまり日本的な思想が陥る陥穽として幼児的な心情に支配されて罵りあい対立しあう構図が対象になっている。それは政治的集団から学問的な集団に至るまでおよそ既成の文化的集団に潜在化し、温存されている日本的な精神的風土の特質なのである。この批判のモチーフは、マルクスのアジア的停滞の起源的概念に対応しており、停滞論でふれた農耕的な共同体の意識形態にまつわるものとして前述されたものでもあった。

それにしてもこの「差異論」の最後に出てくる文章は、この『マス・イメージ論』のテーマともいうべき大変重要なものだと思われる。「エンターティナーたちは、はじめから世界の差異を諦めた地点から出発した。そしてすこしずつ苦痛に耐えて、世界の本質的な差異を感受するところまでやってきた。これらの巨匠たちはそれと逆だ。」（一二四頁）これはいいかえれば、エンターティナーたちが、戦後世界の現実的同一性から出発し、その現実的な自己疎外の苦痛に耐えて、世界の本質的な差異を感受するところまできたのに対し、既成の文化世界の巨匠たちは、伝統的な世界理念とイデオロギーによる疎外意識（差異）から出発しつつも、かれらの理念が、具体的現実によって解体されてくると同時に、その世界理念の差異をも消去しつつあるということである。

ある者は、コピーライターになり、ある者はジャズ喫茶店を営み、ある者は単純な肉体労働者になって、現代社会に同調しつつ、現代の社会的疎外の苦痛に耐えて、世界の本質的な差異を感受するところまでやってきたのに対し、多くの文化世界の巨匠たちは、モダニズムやマルクス主義やヒューマニズムなどの理念から出発して、それらの世界理念が現実の社会の変容過程に適応できなくなってくると、アイデンティティの拡散の危機感と焦燥感に耐えきれなくて、歴史的なモデルに仮託したロマンチックな主人公を想定して、解体したはずの「物語」を復権させようとする。私がかつて遠藤周作の『沈黙』について短評したのもこうした視点からであった。

七　「解体論」について

たしかにエンターティナー達にあらわれている「解体の現在」の姿は、「縮合論」でふれられている「やつしの自然さと自在さ」となって現出しているといえるわけで、その具体的な例が「語相論」で引用されている大友克洋のコミックスの世界である。

この差異論と解体論から縮合論へと至るエンターティナーをめぐる現在の表現世界の分析の部分は、本書の中心となるところだけに、この三章だけは多くの人にくりかえし読んでもらいたいと思う。このあたりに本書のテーマがほぼ圧縮して提起されていることは間違いないからである。

著者自身、その後の対談で、解体論と縮合論がもう少しうまく書けたらと述懐しているくらいだから、この辺の章がいかに大切な個所であるかがわかるというものである。

それにしても「解体論」で展開されている、椎名誠の「解体の文学」を通してなされている「解体の現在」の分析は圧巻である。ここにはすぐれた文芸批評家であり、かつすぐれた社会思想家でもある著者の方法のたしかな実力がいかんなく発揮されている。「八重洲口の公衆便所の鏡はなぜステンレス製なのかという視線と関心の向け方は、たぶん万人に共通のものである。誰れでもそこに入ったことさえあれば〈おや〉と思えるものだ。そして椎名誠の作品が優れているのも、この〈おや〉がとびぬけてたくさんの日常の事象にまたがって感受され、保存されているからだ。それは疑いない。だがこの〈おや〉という日常の微細なことへの感受性が、椎名誠みたいな記述にのるには、太宰治の話体みたいな破調を禁じられ、高橋源一郎や糸井重里や村上春樹の作品みたいな縮合性も禁じられて、ただ現在の日常に、無限に限定されていることが、必須の条件だとおもえる。強いられているものは、作品のうしろにある現在の眼に視えないシステムからきている。」（一五六～七頁）東京八重洲口の便所のステンレスの代用鏡を見ながら書かれた椎名誠の文章がなぜ現在的なのか。それがなぜ現在の解体を象徴するものといえるのか。『マス・イメージ論』の有効性もこの引用と解読の方法にかかっているといっても過言ではない。

この椎名誠の文学ほど現在の「物語の喪失と解体」をよく現している世界はないということが実感として語られていて、読んでいて爽快な感じさえしてくるところである。この感性は、別のことばでは「無意味なものの際限のない意味化、あるいは無意味なものの過激化ともいうべき性格である」とも言われており、「日常世界のそれほど意味のない細部を際限なく語り、微細に劇化してみせることを、知りながら強いられている」（一五五頁）とも表現されている事柄でもある。これが現在の高度にシステム化された社会によって露出され、強制されたマス・イメージ（無意識）であり、中心から遠ざかることによって実体ある場所に行けないけれど、逆にシステム的な構造の価値概念のうえに未知性におおわれて存在している、平穏で空虚なラジカリズムの感性を体現している存在でもある。

ただ椎名誠的世界に問題があるとすれば、作品の表出が現在のシステムに露呈された無意識に限定され、固定化されていることで、そこが、彼の作品に、奇妙な均衡と安定した感じを与える原因でもあると捉えられている。

八　「解体と縮合」――村上春樹をめぐって

つまり椎名誠は現在のシステムによって解体された理念の世界を、無意識の世界として忠実に反映したのであり、この無意識的な現在に抵抗するかたちで意識的に世界を構成しようとしたのが、無意識（解体）と意識との関係を独特のメタファーによって表出しようとした数人のエンターティナーということになるわけだ。たとえば、その代表選手として村上春樹をあげてみると、一九八〇年に発表された『一九七三年のピンボール』では、かつて熱中したピンボールマシンを捜しもとめて、やっとそれに出会った主人公が、そのマシンと奇妙な会話をするところがある。その奇妙な再会について作者は次のように書いている。「僕たちが共有しているものは、ずっと昔に死んでしまった時間の断片にすぎなかった。それでもその暖い想いの幾らかは、古い光のように僕の心の中を今も彷徨いつづけていた」（『講談社文庫』一五九頁）。かつて拡散しつつあった時間を一つの熱い想い（思想）の下に集中していた時と比較すると、現在は、集中する中心となる核を喪失した「断片的な時間」の集積しかないという「解体のイメージ」を作者は、耐え難いほど冷気の強い倉庫の中での主人公とピンボール（彼女）との再会のコミュニケーションとして象徴的に描いてみせた。

村上春樹は、一九八二年の夏に発表された『羊をめぐる冒険』では、大衆の無意識に宗教的威力を発揮する憑依する霊魂のメタファーとして「羊」を登場させ、理念の解体に直面した現在に、象徴的な物語をつくりあげようとした。『マス・イメージ論』の作者は、この作品が発表されるや、その作品批評を早くも翌月に発表した「解体論」の中で展開しつつ、「現在の共同幻想論」を描いてみせた。つまりシステムから匿されて露出されていない無意識としての「自分自身の半分＝自分のなかの未知」とは何か、この無意識的な願望はどんな対象の中で意識的な存在となるのかという社会的、政治的力動（ダイナミックス）のドラマを、「羊」の謎と意味をもとめて旅に出る冒険譚として解読しようとした。これはあたかも、『遠野物語』という民間伝承＝説話にあらわれた大衆の無意識に近い土俗的表現を、『古事記』というすぐれて意識的な思想表現と関連させて日本の政治的な力動関係を『共同幻想論』として展開してみせた作者が、現在のそれを、すぐれたエンターティナーの作品のなかに、ほぼ同じ構造関連図式を読み取っているのである。一方において、アメリカのオカルト映画「エクソシスト」を想像させる憑依する悪霊の物語と、その転移する霊魂の行方を捜して旅をする一種の探偵物語の装置を利用しながら、イデオロギーの拡散と終焉の現在を、その探偵物語の挫折として描き切ったことところを高く評価したのである。

村上春樹といえば、最新作の「回転木馬のデッド・ヒート」（一九八五年一〇月）のなかで、めずらしく「はしがき」なるものを書き、自分の「小説論」を開陳している。「……僕はあらゆる現実的なマテリアルを大きな鍋にいっしょくたに放りこんで原形が認められなくなるまで溶解し、しかるのちにそれを適当なかたちにちぎって使用する。……リアリティーというのもそういうものである。パン屋のリアリティーはパンの中に存在するので、小麦粉の中にあるわけではない。」（七頁）この現実のマテリアルを溶解し、それを適当なかたちにちぎって使用するという方法論は、マス・イメージ論の論法からいい直すと、「解体」したものを「縮合」するという方法と考えられるのだがどうであろう。椎名誠だったら、現実のマテリアルをそのまま小説のなかに生に近いかたちで利用してしまうのだが、村上春樹は、それを原形がみえなくなるまで溶解し、それを再度、形式化するわけで、そこに物語やメタファーという形式が応用されることになる。もっともこの最新作は、この加工過程が最小限に限定されているわけだが。

たしかにその「はしがき」を読んでいると、かつての大江健三郎と江藤淳との関係によく似た、つまり実作者と批評家との相互作用（インタラクション）を想像してしまうところがある。私も最後の部分を引用してみる。「我々はどこにも行けないというのがこの無力感の本質だ。我々は我々自身をはめこむことのできる我々の人生という運行システムを所有しているが、そのシステムは同時にまた我々自身をも規定している。それはメリー・ゴーランドによく似ている。それは定まった場所を定まった速度で巡回しているだけのことなのだ。どこにも行かないし、降りることも乗りかえることもできない。誰も抜かないし、誰にも抜かれない。しかしこれでも我々はそんな回転木馬の上で仮想の敵に向けて熾烈なデッド・ヒートをくりひろげているように見える。（中略）我々が意志と称するある種の内在的な力の圧倒的に多くの部分は、その発生と同時に失われてしまっているのに、我々はそれを認めることができず、その空白が我々の人生の様々な位相に奇妙で不自然な歪みをもたらすのだ。」（一二～一三頁、傍点引用者）どうだろう。ここを読んで何か思い当たるところはないだろうか。イメージとしての現在を、メリー・ゴーランドのメタファーで表現するあたりは、相変らずの想像力のさえを見せているが、それ以外のところの、とくに傍点をうった文章の口調や用語などは、『マス・イメージ論』に挿入してもおかしくない言葉であると思われる。

そういえば、『マス・イメージ論』の解体論のなかに「わたしたちが白けはてた空虚にぶつかる度合いは、実体から遠く隔てられ、判断の表象を喪っている度合いに対応している。だがこのことは退化した倫理的な反動に言いたてられるような価値の解体ではなくて、価値概念のシステム化に対応している。」（一五〇頁）という文章があったし、変成論にはすでに引用しておいた、現在が人間という概念のうえに附加した、交換不可能な交換価値という有名な言葉があった。あたかもメリー・ゴーランドのような人生という運行システムを所有することによって我々もまたシステムによって規定されるということは言葉をかえると、現在が人間の概念に附加した交換価値だということになろうか。

私はそれを「同一化と差異化」と考えているのだが、例の浅田彰の有名な言葉がある。「ノリつつシラケ、シラケつつノル」というやつだ。現在のシステムに同一化しつつ、そこからたくみに差異化するというスタイルと言ってもいい。それからついでに紹介しておくと、昨年の夏に村上春樹が評論家の川本三郎と「文学界」（一九八五年八月号）で対談しているなかでおもしろいことを村上春樹が言っている。「……でも当分はかなりフィクショナルな意志の強いものが出てくるでしょうし、フィクショナルという点をとればいわゆる〈純文学〉よりはSFとかファンタジー、ミステリー、ホラーといったサブ・カルチャー的なものの方がその狭義的なぶんだけ力を持ちやすいし、書き手の方も書きやすいということはありますよね。つまり僕がさっき言ったジャンルの並列化ということですね。（中略）でも僕は、こういう言い方は矛盾しているように響くかもしれないけれど、中央突破したいという気持はすごくあるんです。（中略）ただそういう流れに対応する批評があるかというと、とても少ないと思うんです。大所に立って中央突破してくれる批評というのがあれば、小説家の方もそれなりに楽になると思うし、我々が明確な言葉にできないものを明確にしてもらえるということもあるだろうし。批評と作品というのはそれぞれに補完的な関係でなくてはならないんじゃないかと僕は思います。瑣末なレベルでの批評が目につきすぎるんじゃないかな。」（六六〜七頁、傍点引用者）対談の相手の川本三郎には耳の痛い発言だっただろうが、この時、村上春樹の頭のなかに想い描かれていたのは「吉本隆明」であり『マス・イメージ論』だったに違いないと思う。つまり『マス・イメージ論』の批評における中央突破に呼応してなされた小説における中央突破が『世界の終りとハードボイルド・ワンダーランド』ということになるわけだ。このあたりの論証はいずれ稿をあらためてやってみたいと思っている。

その中央突破するという思想と方法は、サブ・カルチャーとの関連でいえば、サブ・カルチャー（無意識的なもの）とカルチャー（意識的なもの）との対立と矛盾の間を中央突破するということであり、そのための戦略がメディアの並列化とその縮合という方法になるのではないか。吉本隆明の言葉で言い直せば「重層的非決定」という考え方も同じ発想になると思われる。このあたりは、『マス・イメージ論』では、『窓ぎわのトットちゃん』と『資本論』を同じ文体で論ずるという言い方になっている。村上春樹は、それをオカルト、SF、ミステリーの方法に依拠しつつ、「純文学」を書くという考え方になるわけだ。

九　「縮合論」について

このあたりで、もう一度、本書の中心概念である「縮合」の意味を整理しておきたいのだが、これは次のように表現されている。「また縮合は同一性の世界から表出される差異、あるいは差異を表出することによって重層された同一性の世界をさしている。」（一二五頁）この文章は、先にふれたように、エンターティナーたちが、世界の差異を諦めた地点から出発しつつ、苦痛に耐えて、世界の本質的な差異を感受するところまでやってきたという考え方と呼応して読まれるべきもので、現在のマス・カルチャーの表現方法を考察する際の一番重要な視点となっている。この視点を具体的に解読しているのが、「縮合論」のいくつかの引用文にふれた個所であるが、たとえば橋本治と糸井重里の対談集のなかに出てくる、パチンコの玉が少し残った時にそれを景品と取り換えることが恥かしいことだという話や、懸垂が出来ないくせに、そんな自分についてうるさく言及し、そのことについて結論を上手につけようとする態度などが注目されている。これなども、日常的な生活世界に同一化しきれない自己差異の感覚を、あえて表現することによって、普通であれば無意識的に処理して済ましてしまうような同一性の世界を重層化してしまうという態度のことである。このエンターティナー達の差異の表現思想が、村上春樹に対する批評の言葉で言えば、「現在のシステムに露出させられたじぶんの無意識をゆさぶってみせている。」（一六二頁）ということになる。「ある未知のシステムを感受しているために産出される無意識の、必然的な孤独からやさしさも、言葉の産出も、モチーフもやってきた」（一三九頁）という泣かせる文章もある。

この「縮合」の概念を、日本の思想史の文脈で捉え直したのが「やつしの自然さと自在さ」という考えであることは前述した通りである。この考え方は、あきらかに折口信夫の『日本芸能史ノート』などで展開された「貴種流離譚」の発想に基づくものであるが、おもしろいのは、この「やつし」の概念を、大友克洋のコミックスの解読に適応することができる点である。「星霜」（『ハイウェイスター』双葉社）という作品は、ある女子高校の図書室の係をしている老人が、そこの女校長のかつての恋人であり、その校長が書いたことになっている「星霜」という小説は、実はこの老人が書いて、その恋人にあずけていたものだった。この男性が思想犯で検挙された間に、先代の校長が、二人に内証で女校長の名前で出版し、あわせてその女校長にプロポーズして結婚していたという過去があった。ある日女校長とこの図書係の老人が図書室でお茶を飲みながら、その女性が「癌」であることを知り、小説の主人公達が心中をした六月九日の日に二人は服毒心中してしまうというストーリーである。つまり大友克洋のある種の作品のモチーフのなかには、無意識の渇望とそのラジカルな解放というのがあって、「星霜」においても、「元はしかるべき存在であり、いまはさり気ない渡世をしている人物」のなかにどんな狂暴な未知が潜在しているかわからないという「やつし」のテーマが描かれているとみることができる。

そういえば糸井重里も高橋源一郎もともに大学時代は全共闘の闘士だったと言われていて、その思想運動の解体から数年経て、彼らがマス・メディアに登場した時、一人はコピーライターに、一人は小説家に変成していたということがある。

最後にもう一度「縮合論」の冒頭の文章を読んでみたいのだが、「ふつうの観念の作用とかんがえているもの、その表現は、わたしにたいするわたしの疎外、猶予、わたしの崩壊にたいするわたしの阻止、あるいは抵抗、も掻き、つまり名づけようは様々であっても延命の方途であることは疑いない。だが、わたしはそれを延命としてではなく、構成しているとみなして表出している。概念を濃密にし、集中し、そして縮合すると感じている。」（一二五頁、傍点引用者）以上のところを読んであることを思い出した。わたしはここでG・ベイトソンが指摘する「ダブル・バインド」から逃れる戦略のことを思い出した。ダブル・バインドというのは、優位にある者（母親や上役）が劣位（子供や社員）に対して、言語的レベル（コミュニケーション）で「これこれのことをなせ」と命じながら、他方、非言語的レベル（メタ・コミュニケーション）では正反対の「これこれのことをなすな」と禁じている二重拘束の情況のことであるが、問題は、こうして引き裂かれた状態に直面した人間が、この情況をいかに突破するかという方法の一つに「メタファー」があるということである。つまり概念を濃密にし、集中し、そして縮合するという方法の一つがメタファーでもあると考えると、糸井重里のコピーや「情熱のペンギンごはん」などのコミックスの方法や、高橋源一郎「さようなら、ギャングたち」に続く一連の小説などのすぐれてメタフォリカルな表現様式が、いずれも現在的な方法と戦略であることがわかるし、荒川洋治や伊藤比呂美の詩が「全体的なメタファー」となっているという詩語論の問題にも関連してくる。

わたしは、この縮合論の冒頭を読んで、同じ著者が蓮実重彦と対談した「批評にとって作品とは何か」（『難かしい話題』青土社）のなかに出てくる「悲劇」の概念を思い出した。つまり、人間は、他者を理解することができないのではないかという不可能性の予感のようなものをどこかでつき破り、どこかでそれを解消したいというモチーフで書き手も読み手も文学に接近していくという考え方から、自分の像を自分自身よりさらに拡大してそこに再現している悲劇的作家に固執することが述べられているわけだが、この作品や言葉を表現者の内面や、事実の生活世界に帰属させつつ論述されるのが批評の方法だという指摘は、やがて『世界認識の方法』というテーマでおこなわれたM・フーコーとの対談にまで発展する大きな問題をはらんでいた。

（松島浄『詩と文学の社会学』（学文社、二〇〇六年三月）一部修正あり）

第八章　『吉本隆明代表詩選』を読む

一　三浦雅士の問題提起

私は長年吉本隆明の本を読んできて、一九五〇年代の詩集について作者自身が感想を語ることが少ないのはなぜだろうと思っていた。詳しく調べたわけではないが、そんな感想をいだいていた。それが今度『吉本隆明代表詩選』(二〇〇四年)を読む機会があり、そこにおさめられている鼎談を読んで、前からの疑問に一つの回答が出されていることがわかった。今回はこの本の中心でもある鼎談を詳しく批評してみたいと思う。

ここで対象になっている一九五〇年代の詩集とは言うまでもなく『固有時との対話』であり『転位のための十篇』である。いずれも当時の作者が父親から借金して自費出版した詩集だった。結果的にはこれらの詩集によって作者は「荒地賞」を受賞して、現代詩人として認められたのである。実をいうとこの二つの詩集については私自身も一九八二年に「戦後詩と時代精神」という論文を書いて論究していた。そういう意味ではこの論文は「固有時との対話」再説ということでもある。

この詩集くらい有名なのに論じられることの少ない詩集もめずらしい。もちろん第一詩集だから取り上げられることは多かったのだが、その中味について深く分析されることが少ない詩集だったということである。かつて私自身も熱く語った詩集だっただけに、その詩集を作者自身が冷遇してる感じがして、意外だったのである。

この間作者自身が詩から批評へと活動の場を大きく転換したこともあり、詩の割合が大きく減少していったのである。その具体的な現象が二〇〇三年の『吉本隆明全詩集』の出版であった。そしてその全詩集の刊行を記念して、「現代詩手帖」が組んだ特集が一〇月号の「吉本隆明とは何か」という特集号であった。その時の編集後記を紹介すると、「吉本氏の膨大な作品群から、そのエッセンスを提示すべく、三浦雅士、瀬尾育生、高橋源一郎の三氏に「代表詩」を選んでいただいた。」

この時の討議が大変興味深かった。三氏の代表詩の選考とそれにもとづく三氏の討議が一読に値する内容だったのである。これは「全詩集」刊行のお祝い的な座談会ではなく、白熱したまさに討論に終始したものであった。吉本隆明の詩に関心を持つ人には必見の討議だとおもう。

この時の討議をリードしたのは「三浦雅士」だった。この時の討議の内容についてのちに瀬尾育生は次のようにまとめているので引用してみたい。

「その時三浦さんは吉本は初期詩編が一番いいんだ、あそこには吉本の全部が詰まっているんだと強く主張した。あとの二人はその勢いにあっけにとられるというふうだったのですが、(中略)そのうえで詩作品として「固有時との対話」や「転位のための十篇」の評価には留保を置かざるを得ないという。なぜなら、「日時計篇」のなかにあったプライベートな陰影を全部そぎおとして、革命的な当為だけを残しているから。吉本さんが「転位のための十篇」の刊行の直後に「ぼくが罪を忘れないうちに」という詩を発表したのは、この欠落を償うためだったというのが三浦さんの理解なんですね。」

この主張は吉本隆明の初期の詩について、三浦雅士が相当深い認識に到達していたことをあらわしていた。この主張が画期的であり、十分に検討に値すると思われるが、その後にもあまりとりあげられることはなかったような気がする。この時三浦雅士はこんなこともいっていた。

「吉本さんは一九五〇年にまさに言葉の肉体に触ったということだと思います。そこには今瀬尾さんが言ったような外的な状況があって、キリスト教の問題、仏教の問題、マルクス主義の問題、それから僕の考えでは極めて強烈な恋愛体験と、その結果の婚約をまるでキルケゴールのように破棄してしまったという重要な事件があった。一九五〇年の段階でそれが全部一緒に来てしまったというのが、「日時計篇」からにじみ出てきている。吉本隆明における一九五〇年は特別だということがすごくよくわかりました。」

ここで言われている「婚約破棄の事件」については具体的に検証されていないのでよくわからない。ただ三浦雅士が選んだ代表詩の「ぼくが罪を忘れないうちに」のなかに

「僕は軒端に巣を作ろうとした
　僕の小鳥を傷つけた
　失愛におののいて　少女の
　婚礼の日の約束をすてた」

という詩があつた。三浦雅士はそれを事実と錯覚したのではないかとおもわれる。

二　「ぼくが罪を忘れないうちに」

いうまでもないことであるが、討論に参加した瀬尾育生と高橋源一郎はともに代表詩の中に『固有時との対話』と『転位のための十篇』とをえらんでいた。それに対し三浦雅士だけはその二つの代わりに「転位のための十篇」の翌年に書かれた「ぼくが罪を忘れないうちに」をえらんでいた。その詩に表現されていた作者の罪意識とは以下のような詩句にあらわれていた。

「それから先が罪だ

僕はぼくの屈辱を
同胞の屈辱にむすびつけた
ぼくはぼくの冷酷なこころに
論理をあたえた　論理は
ひとりでにうちからそとへ
とびたつものだ」

三人の討議者の中でこの詩を選出したのは三浦雅士だけであった。それは彼だけがこの詩を「転位のための十篇」に対する「アイロニーというか逆説」として読んでいたからである。彼は繰り返し言っている。「この罪というのは一九五〇年の可能性をねじ伏せてまでも革命的に踏み出さざるを得なかったという、そのときに置き去りにしてきたものに対する罪だと思う」

そしてこの詩の存在を私も三浦雅士に教えられたわけであるが、私としてはここからさらにこの詩の存在価値を追求してみたいと思う。特に「僕は僕の冷酷なこころに論理を与えた。論理はひとりでうちからそとへとびたつものだ」まずこの第一の論理を私は「固有時との対話」の「風」のメタファーに読み込んでみたいと思う。そのあとで「内から外へと飛び立つ形」で「固有時との対話」から「転位のための十篇」が書かれたことを確認したいと思う。

つまりこれらは一九五四年当時の作者の世界観（イデオロギー）の表現だったわけである。換言すれば当時の近代的な知識人としての吉本隆明のモダンな世界観の表現だったということである。するとその近代思想を超越した思想の端緒が「ぼくが罪を忘れないうちに」という一九五四年のこの詩ということになるわけで、いわば当時の吉本隆明の早すぎるポストモダンの思想の表明をいうことになる。

私は先ほどの近代的な知識人の第一の論理を「敵対と闘争の論理」と読む。さらにここで一九八二年に書かれた私の「固有時との対話」についての解釈を引用してみたい。

「凪とはなにか？「固有時との対話」を解読するカギはここにあると思われる。凪とは歴史である。しかしそれでは拡散し弱い。凪とは戦争である。凪とは戦争であり革命であった。凪とはそれらの意思であった。」

ここに一九四〇年代の学生時代と一九五〇年代の活動家時代との大きな違いがあった。すると初期の代表詩ともいうべき「固有時との対話」と「転位のための十篇」は作者自身には「罪意識」とともにあったということになる。作者がこの二作についてなぜか言いよどんだのもわかる気がしてくるのである。

同時にこの詩にはのちに書かれる「言語にとって美とはなにか」に展開される「文学的価値についての思想の端緒がのべられている。あるいはこう言い換えてもいいだろう。「共同幻想と個人幻想との逆立の論理」の表明ともいえる。吉本隆明にとって一九五〇年代がいかに重要な時代であったかということである。

三　三人の代表詩の選考

この本のタイトルは『吉本隆明代表詩選』である。そこでここで三人の選者が選んだ詩を参考のためにタイトルだけでも引用しておきたいと思う。

高橋源一郎選

一　固有時との対話（一九五二年）
二　ちひさな群への挨拶・転位のための十篇（一九五三年）
三　異数の世界へおりてゆく・定本詩集４（一九五三―一九五七年）
四　佃渡しで（一九五九年）
五　告知する歌・定本詩集５（一九五九―一九六八年）

六　農夫ミラーが云った
九　十七歳
十　私の本はすぐに終わる・新詩集以降（一九七〇―一九九四年）
十一　記号の森の伝説歌（一九八六年）
十二　言葉からの触手（一九八九年）

瀬尾育生選

一　エリアンの手記と詩
二　一九四九年冬・定本詩集1
三　夜のつぎに破局がくる
四　死のむかふへ・手形詩篇（一九五三―一九五四年）
五　固有時との対話（一九五二年）
六　火の秋の物語・転位のための十篇（一九五三年）
七　涙が涸れる
八　恋唄・定本詩集4（一九五三―一九五七年）
九　記号の森の伝説歌―「比喩歌」（一九八六年）
十　言葉からの触手―「思い違い、二極化、逃避」（一九八九年）

三浦雅士選

一　青い帽子の詩・初期詩篇4（一九四六―一九五〇年）

二　虫譜
三　泡立ち
四　光のうちとそとの歌
五　記憶が花のように満ちた夜の歌
六　降誕祭・日時計篇1（一九五〇年）
七　視えない花びら
八　小さな街で在ったこと・日時計篇2（一九五一年）
九　ぼくが罪を忘れないうちに・定本詩集4（一九四六―一九六八年）
十　「さよなら」の椅子・「野性時代」連作詩篇（一九七五―一九八四年）

この三人の選考を読んですぐきづくのは最初の二人の高橋源一郎と瀬尾育生の選出がよく似ているのにたいし、三人目の三浦雅士のそれがまったく違っていることである。そのことがその後の三人の討議にもそのまま反映していて、まれにみる白熱した討論に発展したことである。今回私がこの論文を書こうと思ったきっかけもこの三人の討議の展開の面白さに興味を懐いたからであった。

ところで私自身はこの三人の選考を読んでまた違った発見があった。それは二番目に登場した瀬尾育生が四番目に挙げた代表詩の「死のむかふへ」という詩のことである。実をいうと私はこの詩をさがしていた。それを今回瀬尾育生に教えられて大変感謝している。それというのもこの詩こそ一九四五年三月の東京大空襲にて死去した吉本隆明の塾の先生だった今氏乙治を追悼した作品だったからである。私はこれまでこの追悼詩を「海はかはらぬ色で」（一九四七年）という長詩を無理やりそうだと言っていたのであるが今度この作品を瀬尾育生に教えられてよろこんでいる。この詩は大変貴重な作品であると思う。吉本さんは恩師の死についても東京大空襲についても多くを語っていないからである。この作品でも「三月」という時期の表現がないと読みそこなうところであった。私はこの詩こそ吉本隆明の代表詩にふさわしい作品だとおもっている。

死のむかふへ

ここは三月の死んだくにから
わずかに皮膚をひとかはうちへはいつた意識のなかだ
意識のいりくんだ組織には死臭がにほひ
こはれかけた秩序をつぎあはせようとする風景と
そのなかにじぶんの生活をなげこまれながら
はるかに重たい抗命と屈辱とをかくまった　べつの
意識が映る
ぼくたちの意識を義とするものよ
それはどこからきてぼくたちと手をつなぐか
それは海峡のむかうの硝煙と砲火のあるところからか
またそれはヨオロツパのおなじ死臭のなかからか
それはおなじ死臭の
べつな意味を
死んだ国のなかでつくり出さうとするものからか
死んだにつぽんよ
死んだにつぽん人よ

おまへの皮膚のうへを砲をつんだワゴンがねりあるく
おまへの皮膚は恥をしらない空洞におかされている
おまへの皮膚から屈辱がしんとうしてゆく
やがてお前の意識はふしょくされた孔から
じつに暗い三月の空をのぞくだらう

はるはめぐってきて
にんげんをさらってゆくのであるから
ところどころ空はうたがいぶかく晴れて
おまへの屈辱をあきらかにしている

おまへの屈辱をゆくりなくめぐってくるものと
とりかへるな
おまへの屈辱をかくじつにあるべき未来と
とりかへよ
おまへはじつに暗いとおもふ三月の空から
はるかに底のほうにあるにつぽんといふ土地をかんがへよ
しゅうかいなビルディングのなかでおこなはれる
ペテン師のたそがれた合唱をかんがへよ
板のうへでとられるみそづけの晩餐をかんがへよ

重役のやうな芸術家が
ルムペンのような芸術病青年をやとっている
げいじゅつの市場をかんがへよ
おまへはおまへの意識をひとこまづらせば
そんな風景のなかでかんがえることになる

この詩でも後半になると「アジテーション風」の詩句が見え隠れするところが気になるが、自分の戦争体験を思想化しようとして悪戦苦闘している当時の作者の姿勢が表現されていると思われる。同時期の「手形詩篇」にあったもう一つの作品を紹介してみたい。

「緑の季節と蹉てつの時刻」

「ここにひとつの黙示があって
緑を噴き出す季節のなかのビルディングや運河の
暗い路のあひだを彷徨する
それをみたのはおれとおれの蹉てつだ
黙示にはふたつのことがしめされている
にんげんの希望を踏みくだく
フイナンツのキャタピラの無限の行進と
それをはばもうとするにんげんの意思について

いま路上でおれの出遇ふのは
ただこれだけだ

街樹のなかに夢が堕ちて
緑はくろい炎となって燃えあがる
正銘の戦火のほかに
かかる異質の炎がある
おれはそれを視て　おれはそれをひとに語れない」
（後略）

これは吉本隆明の数少ない戦争体験の詩であると思う。

あるいは作者が体験した東京大空襲の詩でもあると思う。

そこには「黙示」と「蹉跌」という言葉が重くのしかかっている。

戦後一〇年間は生活を再建することと戦争をいかに乗り越えていくかの一〇年間で在ったということであろう。

四　「記号の森の伝説歌」

ところで討議のタイトルにもなっている「豊かさの重層性」とは何のことだろう。この言葉は討議の後半に、一九八六年に出された『記号の森の伝説歌』についての議論の中で出てきた話であった。この時の問題提起者も三浦雅士だった。

「ぼくは「記号の森の伝説歌」はポストモダンにおける詩を真正面からやるという風に宣言している詩集だとおもった。（中略）ここには「記号の森」と「伝説歌」という二つの要素があって、つまり「記号の森」は状況というか現在という水平性で、「伝説歌」はそれに対する垂直性なんです。垂直性に関して瀬尾さんの言うこれは「母型論」に収斂するというのは当たっていると思う。（中略）「固有時との対話」を書いた吉本隆明、「転位のための十篇」を書いた吉本隆明がポストモダンに対峙しなければならない、それがマス・イメージ論やハイ・イメージ論だったわけだけれど、それに対して、あえて詩の言葉で接していった場合にどうなるかというその一つの回答という感じがする。」

ここで三浦雅士が言っている二つの要素とはひとつは状況という現在性（外部性）と他方の潜在している内面性（エロス性）とが混合して表現されているということである。それを「比喩歌」から引用してみると、

「（前略）

木の雫からは
木の泡をのむ
もう分倍河原のいくさ場に
陽が沈みかかる
姉が死にちかい結核療養所「厚生荘」
やっと先陣を切り抜けてきた
「京王」の時刻表に間にあうだろうか
血のりををすすぐと姉の首すじが
遠くあおい河原をとおって

枝ぶりのように霞んでいる
木の泡で墨をする
うまく夕星を詠んでいた

棺の深さから
水を汲みあげる
過去の井戸　さておいて
椋鳥たちの乗った電車を待つ
たしか三番線
先頭の老人専用車に
「ヤナギダ」という髭の椋鳥
「クニキダ」という痩せた椋鳥
高架線から降りてきたばかりなのに
もう眠っている
姉がけむりになって
世を辞するのだという
夢をみている

またいくさ場か

ゲーム・アンド・ウオッチをポケットにしまいこんで
「聖蹟桜ヶ丘」を降りてゆく　いまは
木の泡として
（後略）」

ここには現代のゲーム感覚の場面の中で、戦後すぐに結核で死んだ作者のお姉さんのことが重層的に表現されている。冬の多摩丘陵の療養所を弔問に行った作者の心情がまるで「銀河鉄道の夜」の風景のようにえがかれている。


ここで「詩的喩について」語るのはふさわしいとおもわれる。

ここでも発議者は三浦雅士だった。

「三浦　（前略）僕は
「固有時との対話」は圧倒的に喩の問題だとおもう。

高橋　ちょっと違うんじゃないですか。

瀬尾　あれは喩ですかね。僕は違うとおもうな。

三浦　その後の〈転位のための十篇〉にしても、要所要所に明らかに喩的なものが登場している。

瀬尾　そういうふうに言う人は多いんですよ。吉本さんの詩は所詮メタファーの詩じゃないか、（後略）」

ここで再度私が一九八二年に書いた「固有時との対話」についての読解の文章を参照してみたい。

「けれどわたしがX軸の方向から街々へはいってゆくと　記憶はY軸の方向から蘇ってくるのであった

それで脳髄はいつも確かな像を結ぶにはいたらなかった　忘却という手易い未来にしたがうためにわたしは上昇または下降の方向としてZ軸のほうへ歩み去ったとひとびとは考えてくれてよい」（後略）

これについての私の解釈はこうであった。

「例えば、作者が右翼テロリストとして戦争にはいっていけば、記憶はあたかも都市のブルジョア化したインテリゲンチャの方向から蘇ってくるため、いつも確かな自己同一化のイメージを結実するに至らなかったので、ある時は宗教的幻想の領域や科学的考察へと向かい、ある時は日常生活の過程そのものへと下降していったのである。」

このように私は当時「固有時との対話」を全く喩として読んでいたのである。

参考文献

高橋源一郎他『吉本隆明代表詩選』（思潮社・二〇〇四年）
松島浄『詩と文学の社会学』（学文社・二〇〇六年）
吉本隆明『吉本隆明詩全集④』（思潮社・二〇〇七年）
瀬尾育生『吉本隆明からはじまる』（思潮社・二〇一九年）
吉本隆明『現代詩手帖』（二〇〇三年・九月号・「わたしのものではない固有の場所に」）
『現代詩手帖』二〇〇三年・十月号・「吉本隆明とはなにか」）

（明治学院大学社会学・社会福祉学研究第一六〇号、二〇二三年二月）

第二部

現代短歌論

第九章　俵万智論

はじめに

現代短歌を考えるとき、「俵万智」の存在は欠かすことができないと思われる。かつて私自身『高度成長文化論ノート』という小論で、吉本ばななや岡崎京子などとともに、一九八〇年代の女性作家のひとりとして俵万智に触れたことがあった。一九六〇年代に生まれ、一九八〇年代に作品を発表しはじめた、まさに時代の申し子のような一群の女性文学者が、いかなる作品を書いているかに注目したのである。

今回は俵万智に焦点をあて、また小論ではあるが、あの時触れられなかった彼女の文学世界の内容に一歩踏み込んで分析してみたいと思っている。目的のひとつは、当時の時代状況を生きたひとりの女性作家の文学がどのようなスタイルと内容を持っていたかを考察すること、もうひとつは、「ロマンチックラブイデオロギー」と「近代家族」の理念が支配する現代社会において、そこから逸脱した恋愛観を持った俵万智が、いかなる「恋愛文学」とその芸術的価値を表現していたかを追究することである。

一　『サラダ記念日』

俵万智についての先行研究ということでは、なんと言ってもまず吉本隆明の俵万智論の存在を指摘しておかなければならない。小論でありながら彼女の核心をこれほど単刀直入に突いた論もめずらしい。吉本隆明は俵万智の中にこれまでの歌人や文学者にない独特の「自意識」を洞察している。

　　愛人でいいのとうたう歌手がいて言ってくれるじゃないのと思う

たとえばこの歌の場合は、普通の歌人だったら「自分の方が上だ」という意識が前提にあるのに対し、俵万智は「全く同等の意識」であるとしか受け取れない、と言う。そして「もし対象が自分と同等でないとしたら、この歌人はそれに触れないだろう」と言っている。つまりこの歌集がベストセラーになり多くの人々に読まれたのは、それが「平明でやさしい言葉で、誰にでもあるような情緒や感情の瞬間を」歌っていたからでもあるが、もっと隠れた理由は「この歌人が自分を特別の人間とは思っていない点だと思う」と言っている。

　　「嫁さんになれよ」だなんてカンチューハイ二本で言ってしまっていいの

このような男女の恋愛を歌っても、男女の関係が「とても自然に描かれている」のは「画期的なことだ」と吉本隆明は言う。この歌の場合、酩酊して男性から冗談半分とは言え「嫁さんになれよ」と言われるような立場に彼女自身がいるということが、社会状況としても、またそうした事柄をあえて歌にしてしまうことにおいても、いずれの場合でも「画期的なこと」だと思えたということであろう。「嫁さんになれよ」と言う男性の口調には、ある時代の影と過渡期の状況が現れていて興味深いものがある。

　万智ちゃんを先生と呼ぶ子らがいて神奈川県立橋本高校

この歌の場合も、作者は先生という職業について特別の意識を抱いていないように見える。こうした態度が自然にできるということは、この作者の隠された才能が並々ならぬものであることを表していると言う。ただ、その論を前提にした上で、なお私にはこの歌には作者の先生という立場に付随するかすかな「羞恥心」が読み取れる。つまりこの歌は、「先生を万智ちゃんと呼ぶ子らがいて神奈川県立橋本高校」としてもよかったところを、あえて上の句の部分を転倒させて書かれているからである。この転倒の仕方の中に、作者の先生という立場につきまとう、かすかな恥ずかしさの念が読み取れる。

また、言外を読めば、大学出たての彼女が実際に生徒から「万智ちゃん」と親しみを込めて呼ばれているということも想像できる。だとすれば、公立高校になっても生徒と先生の距離が接近していて、まるで友だち感覚の関係が発生していることを物語っている。この歌はそうした先生の立場を半分喜んでいるようにも見えるが、他方ではこんな先生もいるという地位と役割にとまどっているふうでもある。ここでも愛人の歌と同様に、自分の方が生徒よりも上だという社会的意識が希薄であり、同等に近い意識があるから、あえてそのことを歌にしているということであろう。

こうした俵万智における特権的社会意識の消失状況は、何を意味しているのであろうか。私は、これは時代の社会構造が徐々に変容していることの現れではないかと思う。一言でいうと近代市民社会から大衆社会への移行である。まず、愛人の歌の場合は、それまでの近代的な知的エリート文化と大衆文化との差異の消滅を物語っており、他方でこの歌は、「近代家族」を構成していた「ロマンチックラブイデオロギー」のゆらぎを表しているともとれるからである。

また、嫁さんになれよの歌には、同じく「近代家族」を構成していたもうひとつの条件である「性別役割分業」の内部的解体状況が予見されているようにも見える。さらに、高校教師の歌も、教育の大衆化に伴い、それまであった教育界における権威構造の崩壊が教師と生徒の意識の中でいかに発生していったかをよく物語っている。いずれもわが国の場合一九八〇年代から始まった「マス・イメージ化」の時代を象徴する社会現象であり、この作者こそ、一九六〇年代に生まれ、こうした大衆社会と高度経済成長の時代を生きてきた証人だったのである。吉本隆明は、すでに『マス・イメージ論』という画期的な労作にして問題作を執筆しており、こうした文学世界が根底から読解されていた。

ところで『サラダ記念日』というと何かと話題になった歌に、以下の二首がある。

ハンバーガーショップの席を立ち上がるように男を捨ててしまおう

男というボトルをキープすることの期限が切れて今日は快晴

私には、前者の歌は、下の句が「〜のように男は女を捨ててきたので、これからは逆の立場でやっていきたいものだ」という希望的な女の意識が込められているように読める。だからといって、これを読んで作者が実際にそうして男を捨ててきていると読む必要はない。むしろ逆にそうされてきている女の側の怨念のようなものが表れていると読むべきではないかと思う。実際に作者がそうしてきていたら、こんな歌をわざわざ作るはずがないからである。

その意味では後者の歌も全く同様であって、男が酒場でボトルをキープするように女をキープしてきたことへの逆襲の歌であって、男と対等な立場で酒を飲みつつ女もボトルをキープしてもいいし、いつかは男をキープするようになりたいという女の願望が歌われていると読むべきではないか。もちろんこの背景にはフェミニズムをはじめとする男女の社会意識の変容があることは言うまでもない。

ラディカルフェミニズムに眉をひそめた男性と同じように、俵万智の男性読者の中にも同じような視点を持つ人がいるかもしれない。もしそうした視点で俵万智の歌を敬遠する読者がいるとしたら、それは少し違うのではないかと私は思う。私たちは歌に現れた表層的な意味に気をとられ、作者がその歌に託した心の内なる想い＝動機を見落としてしまいがちだが、歌に込められた作者の心を読みとることが必要であって、表面的な事柄の説明を理解することに心を奪われてはならない。

我だけを想う男のつまらなさ知りつつ君にそれを望めり

かつてわが国のすぐれた男は、「いろごのみ」したものである。光源氏も「上」の女の飽きたかのように「中」の女をもとめて京の街をさまよっている。俵万智もまた、わが国の古典文学を味わい、そのことをよく知っていたと思われる。そしてその認識の裏側では、「ひとりの男のみを想う女のつまらなさ」にも想いをはせていた可能性がある。しかしそう想いつつも、現実の作者は自分だけをひとり愛する男性を求めている。

こうした作者の矛盾した感情が、この歌のおもしろさになっている。つまり作者が古典的文学で習い覚えた恋愛観と、現実の作者が生きている近代の恋愛観には奇妙なズレが生じており、近代市民社会の恋愛観は「ロマンチックラブイデオロギー」に支配されていて、一対一の対の関係の中から「第三者」は排除されるのである。私たちはこの後、この作者の矛盾した恋愛観とその葛藤の行方を見せられることになる。

二　『かぜのてのひら』

この第二歌集は一九九一年四月に刊行されている。第一歌集の刊行から四年たっていたが、この間、一九八九年に四年間勤めた神奈川県立橋本高校を、「書くことを中心に置きたい」という動機から退職している。

さて、この歌集冒頭の二首目に次のような歌がある。

はなび花火そこに光を見る人と闇を見る人いて並びおり

私はこの歌を、読者の勝手な想像を託しつつ、メタファーとして読んでみたい。ここで歌われている「花火」は、かなり大がかりな打ち上げ花火だったと想像できるが、この歌は、第一歌集『サラダ記念日』が刊行された後の作者の心境が表明されているのではないかと思うのである。ご存知の通り、『サラダ記念日』は歌集や詩集にはめずらしいベストセラーになり、若い読者層を中心に幅広く読まれた。つまり、華々しく打ち上げられた花火のような歌集の美しさに声を上げて歓迎した読者が多かったのだが、他方、一部の専門の歌人の中には、このベストセラーの歌集にきびしい批判の目を向けた人たちもいたということである。

たとえば、光の部分を本稿の冒頭で紹介した吉本隆明に代表させるならば、他方、闇の部分については高野公彦を代表させてみることができそうである。高野いわく、「才のある人だと思ふが、魂は半分ねむつてゐる。心から言ひたいこともないのに歌を作つたとしたらこんなものが生れるといふ見本のやうだ。出来のよい見本だけれど、生の飢渇感や欠如が、作品を弛《ゆる》いものにしてゐる。作者は、あくまでも現実の〈ここ〉に満足し、〈ここより他の場所を希んでゐない〉。しかし、口語はこんなものばかりではない。」（篠弘『疾走する女性歌人』集英社新書）

注目された新人の登場だけに、歌壇の内外からはげしい賛否両論が現れたのである。私の上記の解釈は、作者はこうした様々な個人的な反応について、ストレートに反論することもなく四年間の時間の中に沈潜させ、第二歌集の冒頭の部分で作品として昇華させたのではないかということである。作者自身、この第二歌集の「あとがき」の中で、次のような感想を書いている。

「この四年間は、私の個人史にとって、かなり起伏の大きいものでした。第一歌集の反響という恵みの雨が、いつか嵐のようになり、私自身が吹き飛ばされそうになりました。そんな中で、なんとか自分を見失わないように支えてくれたのが、やはり短歌です。歌を作ることは、生きている証し。この嵐の中で歌が作れなくなったら、死んだことになる――今ふり返ると、ちょっと大げさですが、それぐらいの気持ちで、ふんばっていたことが思い出されます。」

おそらく私の論は、歌の解釈としては拡大しすぎだと思うが、当時の作者の心境を考察するひとつのきっかけになればと思っている。そう言えば作者が『おいしい歌を作るために』というエッセイの中で、「歌が日記にならないために、モチーフをふくめて、〈取材〉したい。」と書いたあと次のように言っている。

「取材とは、単に材料集めということではなく、心の揺れを探すことであると思った。いくらたくさんのものを見、聞いても、心が揺れなくては、歌はスナップ写真になってしまう。」

俵万智に比較的多い恋の歌＝相聞歌こそ、自分自身の体験や想いに取材した心の揺れの歌であろうが、上記の事柄は、さらに社会的にも反響した大きな揺れの体験だったはずである。しかしあまりにもその反響が大きすぎたため、小さな心の揺れを表現することに適した短歌という形式ではなかなか表現しきれないものがあったのではないかと思う。それを花火というまさに大衆文化的メタファーを使い、広い夜空に上がる花火というその光景を想像させることで、心の広がりと奥行きを感じさせる歌に仕上げている。

ところで、作者には、第一歌集の『サラダ記念日』と『かぜのてのひら』との間に、浅井慎平の写真を載せた『とれたての短歌です。』という歌集もあって、これは恋の歌を中心に書かれている。これがまた捨てがたい一冊で、次のような歌がある。

「いい恋をしていますか?」という問いに迷いつつ思う君の横顔
いつもより心はなれているみたい少しゆっくり歩いてみよう
そそくさと電話を切られている夜ふけいいわけある恋かもしれず
「今いちばん行きたいところ言ってごらん」行きたいところはあなたのところ
伝えてはならない愛があることを知ってどうする二十四歳

そしてこの恋の歌の調子は、次作の『かぜのてのひら』にも受けつがれているように思われる。

関係という語のめんどうくささなど忘れて歩け防波堤まで
秘めごととせめて呼びたき旅に来て誰にも書かぬ絵葉書を買う

恋という自己完結のものがたり君を小さな悪党にして
結論はすでに出されている夕べ「おまえ次第」というまい嘘
「おまえとは結婚できないよ」と言われやっぱり食べている朝ごはん
樹は揺れるあなたが誰を愛そうとあなたが誰から愛されようと
お互いの心を放し飼いにして暮らせばたまに寂しい自由

こうして引用していると、俵万智の恋の歌には一抹の哀愁がただよっていることがわかる。もしかしたら私がそうした歌をあえて選んでいるのかもしれないが、彼女の歌の基調低音にそうした寂しさのトーンが鳴り響いているような気がする。たしかに私の中に、すでにこのあとの『チョコレート革命』と『プーさんの鼻』という歌集の存在を知っているという先入観が働いている可能性は否定できないであろう。それにしてもこうした「恋心の不安定な揺れ」は一貫して彼女の歌に流れていると思われ、それがまた俵万智の歌の魅力でもある。

三　『チョコレート革命』

この歌集を読みはじめて最初に目にとまる歌は、

優等生と呼ばれて長き年月をかっとばしたき一球がくる

である。思えば、第一歌集『サラダ記念日』を刊行してからすでに十年、高校の国語の教員をやめてから八年たっていた。前者のベストセラー歌人という社会的名声は、彼女の自由な活動を様々に制約したであろうし、後者の公立高校の教師という立場は、社会的、倫理的に彼女が目ざしていただろう自由な自己表現の歌づくりに大きな足かせになっていたことが想像できる。この歌は、そうした現実の彼女の社会的状況への反発とともに、これまでのいい子としての成育史への遅い反抗期の表現ともとれる。作者が想定していただろう「かっとばしたき一球」がどんな状況の中で投げ込まれたものだったかは想像するしかないが、この一球への打撃に込められたパワーは相当強力なものがあったと思われる。

そう言えば『サラダ記念日』にも、

まだ何も書かれていない予定表なんでも書けるこれから書ける

という歌があったが、この第三歌集の時期くらい、作者がこれからは何でも書ける！と強く決意して執筆と出版に踏み切った時はなかったのではないだろうか。

漱石がかつて姦通小説を朝日新聞に連載する前に東大の英文学の教授を辞していたように、俵万智もまた『チョコレート革命』を出版する前に県立高校の国語教師の籍を辞していたのは、両者に共通する社会的地位と役割にともなう自己表現（文学者）の葛藤と矛盾を表していたと考えられる。わが国の文化はいつの時代にもこのような社会的制約の下でしか表現できないのが現実なのである。

ところで、第三歌集の代表的な歌をひとつ挙げろと言われたら、私は次の一首を選ぶであろう。

逢うたびに抱かれなくてもいいように一緒に暮らしてみたい七月

たまにしか逢えない、逢う時間も限られている。だから逢うたびに抱き合うという恋愛の仕方は、いつでも逢えるし、休日は土、日とまるまる二日間逢えるといった逢い方ができるカップルにはわからない制約された愛である。作者は、かつて姦通と呼ばれ、いま不倫と呼ばれる恋愛の世界を文学的に昇華させて、これ以上なくストレートに表現してみせている。この歌に共鳴している歌をもう一首挙げると、

ポンヌフに初夏の風ありふれた恋人同士として歩きたい

美しいパリのセーヌ川を舞台にして歌われているこの歌のさわやかさの裏には、逢うたびの七月の歌と同様の、秘密の関係がひそんでいることを忘れてはならない。この作者には、ありふれた恋人同士として歩け

ある。

反発することも忘れていない。「どっちが愛を育てるかしら」と。このモチーフからつくられた歌がこれで

ないような辛い恋をするもんじゃない」。そして、その友人に向かって、強がりだと認めつつも次のように

事実この歌集のあとがきで、作者は友人から言われたということばを書いている。「会いたいときに会え

る場所は自由な恋愛が可能なパリの街角しか想定できなかったのである。

「愛は勝つ」と歌う青年　愛と愛が戦うときはどうなるのだろう

かつて「愛人でいいの」という歌詞から歌をつくったように、今回も当時流行した歌を駆使してたくみに

一首の歌をつくってみせるところは、まさにマス・イメージの時代の歌人らしい面目躍如たるところである。

若者たちの単線な愛の認識に複線的な愛の世界を対置してみせる時にも、その表現の仕方に大方をうならせ

つつ、思想的にも文学的にも納得させるだけの方法的な達成がめざされていることが重要である。

この『チョコレート革命』で主として追究されている恋愛には二つの要素がある。ひとつは前述した「秘

密」であるが、もう一つは「ジェラシー」である。つねに第三者を媒介にしたこの恋愛関係には、この二つ

の要素が不可欠なのであった。そこで次の歌が登場してくる。

ふと宿りやがて心の染みとなるユリの花粉のようなジェラシー

漱石はかつて『それから』の中で、ユリの花を純潔の象徴としてとりあげてみせたが、俵万智の場合、ユ

リは嫉妬の象徴として描かれている。

この嫉妬は一人の男性と二人の女性との三者関係の中に働くのであるが、その場合、二人の女性の立場が

接近していて同等に近ければ近いほど、嫉妬の炎は燃え盛るものである。しかし、ここで描かれているジェ

ラシーの構造には微妙な差異がみられるようである。なぜなら、向こうの女性の背後には問題の男性をふく

む妻子という家族の存在があるからである。だから仮に、

　焼き肉とグラタンが好きという少女よ私はあなたのお父さんが好き

とかっこよく強がってみせても、現実には嫉妬という名の愛と憎しみの心理が否応なく表出される。

　家族にはアルバムがあるということのだからなんなのと言えない重み

アルバムという象徴的なものを通して微妙な心理を描くあたりはさすがの表現力と感心させられるが、ここにはアルバムの中に先行して存在する愛の歴史の重みに耐えかねて苦悩する作者の表情が読みとれて興味深い。

　ところで問題の男性への想いはいかに表現されているかといえば、その辺りの心理はほぼ以下の二首の歌に集約されると思われる。

　やさしすぎるキスなんかしてくれるからあなたの嘘に気づいてしまう

　長崎の梨の甘さや君が血につながる果実切り分けている

とくに後者の歌には、梨という果実を切り分けるという比喩の中で、彼の淡泊な愛情をいくつかの部分に切り分けて与えられる様がたくみに表現されている。やさしすぎるキスの中に男性の嘘をすばやく察知してしまうこの女性の鋭い感性にも驚かされる。

四　『プーさんの鼻』

　この歌集の中心は子どもの歌ではあるが、もちろんその他の歌も多く収録されている。

　どこまでも歩けそうな皮の靴いるけどいないパパから届く

この歌を作者はどんな思いでつくったのであろうか。この歌のモチーフを考えると案外複雑な気持ちにさせられるところがある。将来母親の歌を読むようになる子どものためにつくったとも言えるが、他方ではシングルマザーであることを社会に向かって公言している歌ともとれる。しかも、この歌の上の句を読むと、靴を送ってきた父親である男性への微妙な皮肉さえ含んでいるようにも読める。普通二人で相談しながらみどりごの靴を買うなら、こんな立派な革靴をしっかり者の母親が買うかどうか、いささか疑問に思えるからである。「どこまでも歩けそうな」という言い方には「すぐに小さくなってはけなくなるのに」という批判が込められているように思われる。私がこの歌を単純な歌ではないというのは、そんな複雑な想いを連想させる歌だと思うからである。

　御破算で願いたいけどどうしてもゼロにならない男がいます

この歌の「ゼロにならない男」が、前述した「革靴を送ってきた男」かどうかは作者に聞いてみるしかないが、恋愛の清算とは違う男性との関係となると、子どもの父親のことがまず想起されるのは当然であろう。もし私が想像するとおりだとすれば、このそろばんの比喩は、その男性が子どもの父親であること以外はそれまでつき合ってきた「並の男」と同等の存在であるということを表していて、作者の男性観が並々ならぬものであることを物語っている。

　「これもいい思い出になる」という男それは未来の私が決める

ここでも作者の男性観は辛辣で、相手の男性が二人のいい思い出と言っていることに対し、それはそっちが勝手に思っているだけで、私にはまた私の思いがあるので、勝手に二人の思い出づくりなんかしてほしくないということが表明されている。やさしそうでいて内面の気の強さがよく表れている歌である。

　三十年ぶりに絵筆をとる父に母はさほど興味示さず

この両親を歌った作品を読むと、作者の男性との距離のとり方は、もしかしたら母親ゆずりなのかと思ったりする。

おわりに

かつて萩原裕幸は、俵万智を中心とする「ライトヴァース」に触れて、それが一九八〇年代後半の大衆消費社会を背景とした都市風俗を軽い口調で表現した歌の出現のことであると書いた。まさに、軽いモチーフの口語体による表現と小さな発見の新鮮な表現こそ、俵万智の歌の特徴であった。

また、吉本隆明が述べた「普通の人」の指摘は、それまでの近代的知識人に見られたエリート意識の脱色された姿勢として画期的な存在感を示していた。この指摘は、のちに加藤治郎が書いたニューウェーブ論の一項目「革新という近代の原理からの自由」を体現していた。そして、幅広い自立した女性の登場を背景にして、対等となった男性を表現する新しい女性文学の表現世界がそこに実現していたのである。

参考文献

俵万智『サラダ記念日』（河出書房新社、一九八七年）
俵万智＋浅井慎平『とれたての短歌です。』（角川書店、一九八七年）
俵万智『かぜのてのひら』（河出書房新社、一九九一年）
俵万智『チョコレート革命』（河出書房新社、一九九七年）
俵万智『プーさんの鼻』（文藝春秋、二〇〇五年）
俵万智『よつ葉のエッセイ』（河出書房新社、一九八八年）
吉本隆明『現代日本の詩歌』（毎日新聞社、二〇〇三年）
篠弘『疾走する女性歌人―次代短歌の新しい流れ―』（集英社新書、二〇〇〇年）
岡井隆監修『岩波現代短歌辞典』（岩波書店、一九九九年）
加藤治郎「ポスト・ニューウェーブ世代、十五人」『短歌ヴァーサス』（風媒社、二〇〇七年）
（明治学院大学社会学・社会福祉学研究第一二九号、二〇〇八年十二月）

第一〇章　林あまり論

はじめに

林あまりはエロティック短歌の旗手とも言うべき、大胆な性描写で有名である。また、口語体を使いこなすところやマス・メディアへの登場のしかたなどで、俵万智と並び称されることがある。恋愛文学としての現代短歌を連続して読んできた私としては、林あまりは避けて通れない歌人であり、今回改めて詳細に検討してみたい。

導入として、

俵万智の「林あまりと私」という短い短歌批評をひとつ紹介してみたい。日頃そんなに他の歌人の歌などを批評はしない人だけにめずらしくもあり、興味深く読んだので、これも俵万智という歌人を知るひとつの手だてになればと思う。

彼女の見解は、自分と林あまりが同世代の歌を作る女の子としてしばしば並べられ、「同類項的」に論じられたりするが、実は二人の歌の世界は遠いのではないかというものである。確かに、岩波書店の『岩波現代短歌辞典』の「サラダ記念日の出現」という項目において、著者の萩原裕幸もまた林あまりの次の歌を引用しつつ、二人の類似性を語っていた。

生理中のＦＵＣＫは熱し
　血の海をふたりつくづく眺めてしまう

　萩原は、この口語スタイルがもたらす現代人の気分という点と、会話体による思考と記述が一致しているかのごとき錯覚をもたらすと言っている。しかし、俵万智は、実はこれよりもずっと以前に同じ生理中の歌を引用し、両者の差異を強調していた。そこでは、「林あまりは〈生理中のＦＵＣＫ〉という言葉を使いたかったのではあるまいか。しかし〝熱〟いこと、〝つくづく眺めてしまう〟状況に、歌の眼目はない。林作品は、言葉の起爆力に頼りすぎているのではないだろうか。言葉だけではない！？〟といった記号の類や横文字や、一種こけおどし的用法が非常に多い」と批判している。

　たしかに林あまりの場合、「状況説明に終わっている」歌が比較的多いように思われるし、それに比べると俵万智の歌には、前述したような「心の揺れ」を歌うという根本的姿勢が読みとれると言えよう。

　さて、再度この歌を読んでみると、やはり俵万智の批評は否定できないと思う。「生理中のＦＵＣＫ」という言葉のこけおどし的用法と、その状況を第三者の目線で客観的に観察している冷静な視点が読めるだけで、作者の想いは残念ながら表現されていない。かすかに読み取れるのは「つくづく眺めてしまう」という下句の中に、熱中後の二人の虚脱状態が表現されていることである。それによってこの歌は、歌の最低条件を確保していると言える。これだけを読めば、文学的表現力は弱いと言わざるをえない。当時の評判を見ても、二〇〇〇年に出版された篠弘『疾走する女性歌人』（集英社）や、岩田正『現代短歌愛のうた60人』（本阿弥書店）にはいずれも林あまりは取り上げられていない。その頃のオーソドックスな歌壇ではまだ評価されていなかったということであろう。

　しかし、一九九八年に立風書房が出版した『新星十人――現代短歌ニューウェイブ』には、十人の中に入っており、一部では新人として注目されていたことも事実である。実際、穂村弘は、『現代短歌大辞典』（三省堂、二〇〇四年）の中で林あまりのことを次のように語っている。

「ライトバースの先駆的短歌『ＭＡＲＳ☆ＡＮＧＥＬ』でデビュー。一九八〇年代の若者の時代感覚を、口語を生かした速度感のある文体で描いた。関係性の根源としてのセックス、同性への共感といったモチーフは、その後の歌集でさらに展開を見せるが、張りつめた表現世界は、一貫して宗教的なまでの意識の純一性に支えられている。演劇的な構成意識、口語文体に加えて、二行書き表記や記号の使用といった表現面のラディカルな個性は、強靭なモチーフ意識と相俟って、歌壇外の読者にも幅広い支持を得ている。」

そして今回、筆者も林あまりを取り上げるにあたりつぶさに読み直していくうちに、彼女の奥の深さが感じられる作品にも出会うことができて、前とは違った表情が見えてきたように思う。以下、その文学性に注目しつつ、代表作『ベッドサイド』（新潮文庫版）を細かく読んでみたい。

一　林あまりの歌の世界

冒頭の歌から読んでいくと、

直角に見下ろすかたち
うっとりとしている男をあわれむような

この歌も「生理中」の歌と同様、林あまりの特徴をよく表している。絵で言えば「かたち」を描いていて、色彩表現が弱いといったところか。普通だったら、男が上位にあって下の女を見下ろす場合が多いなかで、これは女が男の上に直角のかたちでつながって、うっとりとしている男を見下ろしているという性交の位相が描かれている。問題は下句の「あわれむような」という感情表現が、どこまでその時の女性の心理を表出しているかであろう。よく読むと、この「あわれむ」は、女性の感情の表現というよりは直角に見下ろすという「かたち」の表現なのである。言い換えれば、上位の女性が下位の男性を「あわれむ」位相にあるという、性交のかたちが表現されているだけで、作者自身の想いは直接表現されていないのである。象徴的には、性交のかたちという具体的イメージを通し、時に女性上位になりうる現代の男女関係の位相が表現されていて、それなりに現代的社会的意味は示されているが、それに対する作者自身の感情表現の質が読み取れないのは残念である。

罪を肩代わりして欲しそうな顔をする男は
　つまり祈らずにいられる

この歌の意味を、私は次のように解釈する。妊娠したかもしれないという女の告白に、その責任を全面的にとろうとしなさそうな顔をする男は、堕胎の罪を神に祈ったりしないものである。この解釈を前提にして考察してみると、まず上句の「罪を肩代わりして欲しそうな顔をする男」という歌の部分が気になる。堕胎を罪であると意識するのは、キリスト教の信者である作者自身の意識であろうが、そう考えると信仰を持たない相手の男が罪を祈らないのは当然だということになる。これだと妊娠↓堕胎の深刻な事態が信仰の問題にのみ転化されてしまい平板な歌に終わってしまう。

ここでは思想詩人としての林あまりの歌を読もうとしても、それがあまりにも通俗的な歌に終わっていて、せっかくの題材も生かされていないと思われる。妊娠↓堕胎は、宗教的な罪の問題である前にひとりの男と女の性をめぐる相当深刻な事態であるはずである。そのことを考慮することなく、すぐに罪の問題に転嫁してしまうのは、性をめぐる現実的、具体的問題を等閑視しているとしか思えない。

以上の感想は、次の歌にも相通じるものがある。

クリスマスイヴに精液はじける国
　汚《よご》れた雪にまみれて祈る

日本には、クリスマスイヴに若者たちがデートして一夜をともにするという風潮があるが、クリスチャンである作者はその風俗現象をにがにがしく思っているという批判的歌であろう。キリスト教の記念日を利用して性文化を謳歌する若者たちとそれを許容するわが国の宗教文化を自嘲的に歌っている。ただ、この下句の「汚れた雪にまみれて祈る」ということばに託された作者の思いはどう解釈すればいいのだろう。自分もまた、その性文化と風俗に汚染されているから汚れた雪にまみれるということなのか。それとも同じ雪に降られつつも、自分はひとりの敬虔なクリスチャンとして教会で祈っているという意味であろうか。後者の場合だと、ここでも若者の性文化が内面化されることなく外在的に批判のまなざしが向けられ、若者の性風俗と作者の宗教文化は交差していないことになる。

さて、ここまでは、やや批判的な解釈のものを列挙したが、もう少し違った趣をもって読むことができるものも取り上げてみたい。

　　死に至る罪を今夜も犯しつつ
　　　クローディアスの祈り呟く

「クローディアスの祈り」とは、シェイクスピアの戯曲『ハムレット』の登場人物で、先王である兄を毒殺し、その王妃と結婚したデンマーク王がその犯罪が発覚することを怖れて祈ることを意味している。二つ前の歌とは罪の内容は違うけれど、兄(先王)の亡霊が出てくるところに、性交―避妊、妊娠―堕胎の罪意識を重ねてこの歌を作っている可能性がある。またこの歌には、三角関係にまつわる罪の意識が表現されているようにも読みとれる。

　　それでも二人のベッドは心地良い
　　　ただそこにある無意味なほほえみ

この歌の眼目は下句の「無意味なほほえみ」であろう。私はこの歌の背後に、かなり深刻な性愛関係の複雑な状況を想定してしまう。つまり、すでに二人の恋人の関係は崩壊しているにもかかわらず、性的関係のみ続いているとしたら、その二人の間に発生する情緒は、まさに「無意味なほほえみ」しかないということである。

無意識にのりこえたらしい悲しみが
つながるたびに押し寄せてくる

この歌も、前の「無意味なほほえみ」の歌と同様の状況をふまえ、さらにその後の時間の推移が想定された歌ではないかと思われる。別れと対象喪失の悲哀を乗り越えて、やっと取り戻した平常心の中に、また新しい恋人なり元彼が登場して、忘れかけていた辛い喪の時間をふたたび思い出してしまうという歌である。時間の経過とともに忘却した悲しみは、いとも簡単に甦ってくるということであろう。

大泣きのわたしの頭は醒《さ》めていて
泣かないあなたの赤目も見える

この歌の場合も、泣いている自分と醒めている自分が同居していて、相手の男の様子までしっかり見ているという「わたし」の不思議な精神構造が表れている。感動している心と認知している頭脳が分裂していることを正直に告白している女性のしたたかさが、表現されていて興味深い。

とびだしてくる声の不思議は水鳥の類《たぐい》か
あとからおもうひとつに

ここでは、突然自分でも意識しない中で飛び出してくる声の存在に、われながら驚いている女性の心理を突然飛び立つ水鳥のイメージに託して表現しているあたりは、この作者の比喩の鋭さを表している。そして、その自分の中の不思議な情動を素直に表現している優れた歌と言えよう。

二　林あまりと比喩表現

『ベッドサイド』というテキストは、文字通り、男と女の関係＝対幻想をテーマにしているだけに、ほとんどの歌が性愛を対象にしている。それらは、大雑把にいうと、ふたりの関係ないし相手の男性について表現されている場合と、もっぱら自分自身の心と身体を対象にして詠われている場合に分けられる。そこでは様々な比喩が用いられ、林あまりの歌の世界を豊かにしている。

ここでは、そうした優れた比喩表現の歌をとりあげて分析してみたい。

1　関係の中の喩

まず、関係や状況に伴う比喩をとりあげたい。

シャンプーの泡でふんわり髪を包む
　そんな仕草で撫《な》でられている

女性ならではの上質な比喩表現でつくられた歌で、秀作といえる作品であろう。この歌集の読みどころは、こうした微妙な性愛にまつわる女性らしい心理描写にあり、その意味では次の歌も男性ではまず作れない歌だと思われる。

たっぷりとかまわれた夜は
　あなたから花束が届く夢などもみる

女性は好きな男性から花束を贈られる夢を本当に見るらしい。まさにこの歌は、性愛の究極の瞬間ともいえる境地を描いたもので、ここまで素直に愛を歌い上げた歌人もめずらしいのではなかろうか。林あまりの面目躍如たるところである。

いつも同じ音符で間違うピアノのように
　早過ぎることをあやまるあなた

男は事前にはいろいろと考えていても、いざ実行する段になるといつもワンパターンになって独り相撲をとってしまうところがある。この歌はそんな男性との微妙な違和感を歌っていて記憶に残る作品である。

張り替えたガットの光る新学期
　あのひとのいないコートは広い

これは私の好きな歌のひとつである。作者自身は、この歌は、あこがれの先輩が卒業したあとの寂しさを詠った歌だと言っているが、私の解釈は、若干違っている。私の少ないテニスの経験からしても、張り替えたガットのラケットがボールをいかに遠くに飛ばすかは想像がつく。普通でもコートを飛び出しやすい球を、コート内に打ち込むのは、微妙な手加減が要求されるところがテニスの難しさである。この歌は、この複雑な心理を、男女関係に応用していると思わせるところがあり、ひとつの付き合いが終わった時期の開放感が、のびのびとボールを打てる心境に転化されているところが想像できる。歌もまた作者の手をはなれると独り歩きするものである。

目を閉じなければすこしもよくない
　視界は「答えろ、答えろ」と迫る

目を閉じながら自らの感性に没入しようとする女と、その相手の表情を観察することでエロティシズムを追求しようとする男の性愛心理の違いをこれほど端的に表した歌も少ないだろう。自閉と観察のダイナミズムの中で、男は、エロティシズムを確認するために、自閉しつつある女の表現を見ようとする。この無言のかけひきの中で二人の男女の性愛行為は相互作用を繰り返していく。

男・女、夫・妻――。
クッキーの型からはみだす生地もまた生地

人間は、社会的文化的枠組みによって形式化された類型から常にはみ出し、逸脱するものである。それをクッキーの型からはみ出す生地と捉えた作者の柔軟な感性と鋭い認識は、まさに文学的想像力としか言いようがない。この矛盾と葛藤の中にドラマを見て表現するところに文学の存在価値がある。この歌は、社会学的観察と認識に比重がかかりすぎているけれど、この観察の上に文学的作品が立ち上がって来ることを予感させるものがある。

2　身体表現の喩

次に、作者の身体感覚に特化したと思われる比喩表現を分析してみたい。

首すじをゆるくかまれて
あ、とおもう間もなくあふれはじめる涙

いいパンチもらったようにゆっくりと
からだのちからが抜けてゆくキス

この二つの歌は、どちらも身体表現にまつわる喩であるが、前者の「涙」の喩はいささか苦しい喩の表現になっているのに対し、後者の「パンチ」の方は、あざやかな喩の表現になっている。いいパンチをもらうと一瞬失神やめまいを起こすものであろうが、後者の歌は、このくらいの強烈な打撃をキスは発揮することを物語っていて興味深い。ボクシングのテレビ中継でノックアウトされる場面のスローモーションをみているような、まさに「ゆっくりと」倒れていく様子を彷彿させる。これもまた女性ならではの神妙な性愛現象ではないかと思われる。

顔のある花は苦手だ
　水仙と目を合わさずに男に会いにゆく

この歌は冒頭だけを読むと意味がとりにくいのであるが、次の「水仙」までくると納得できる歌になる。言うまでもなく、水仙＝ナルシスのことであり、自分の顔を水面に映してそれに惚れる少年の物語である。つまりこの歌は、「顔のある花＝水仙」は好きではない、なぜなら鏡に映して、その顔の美しさを確認する花だからである。この歌には、いくつかの言葉が連鎖していることがわかる。顔、花、鏡、化粧といった言葉が水仙という花とその物語に仮託されてつながっている。その言葉のつながりをたどることができれば、この歌はこれまた女性特有の複雑な心理をふんだ歌として観照できることになる。

3　水とエロティシズム

電話が鳴る　青い音ならあなたから
　部屋いっぱいに流れこむ水
さあ波に乗らなくては　さざ波を二つ見送る
　大きい波、来た
気がつけば岸に打ち寄せられていて
　横にはあなたも倒れている
それぞれの足の錘《おもり》のやさしさよ
　抱き合って揺れる湖の底

これらの歌は、「水底《みなそこ》の時間」というサブタイトルの中から抽出したものである。人間は本来、水の中＝

羊水から生まれ出るものであり、水への親和性が高いものである。だから、人は水中にいると癒される存在なのであろうか。水に入ることは、最初は抵抗がありストレスを感じるものであるが、水圧に慣れてくると地上より気持ちよくなってきて、すっかりくつろいでいたりする。性愛の心地よさを水に託し、エロティシズムがたくみに詠われている。

　ただ静かに共にたゆたうこと叶わず
　　泳ぎをやめれば沈むばかり

水の中でたゆたうためには、微妙に身体を動かしていなければならない。二人が共にたゆたうためには、二人が同じリズムで静かに泳ぐ必要があるわけで、それをどちらかがやめるかリズムが合わなくなると共にたゆたうことはできなくなるし、動きを止めると身体は徐々に沈んでいくものである。性愛もまた二人の波動というかリズムが大切になる。男女の性愛の差異も含まれているのかもしれない。

　ここだけは安全地帯
　　泳ぎ着くベッドは高く広いのがいい

この歌は今までの流れとは若干違い、性愛関係＝対幻想の社会的位相を語っており、その視点が客観性をおびている。もっと言えば広い社会生活の中で家族という集団が占める位置と役割が問題になっているともとれる歌である。性愛関係としてのエロス空間は、社会的生活空間の中でも一段高い位相に隔離され保護されるべきものだという社会認識を作者が持っているということである。それはあたかも社会的に漂流している現代人が、ひとときの休息と安全を確保するためのブイのような「安全地帯」なのである。われわれは、その場所と空間に憩うことによって、英気を養い、ふたたび現代社会という荒波の中に泳ぎ出るのである。だからこそ、その「ベッド」は流れから一段高い広い空間であるべきなのである。

三　歌に表現された同性愛の世界

最後に、『ベッドサイド』の中でも特異な歌のいくつかに触れてみたい。それは、ベストセレクション（一九八六―一九九九年）として収められたもので、『最後から二番目のキッス』（一九九一年）から収録された歌のことである。この歌集には女性を主人公にした歌が多く、中には同性愛的な想いがこめられた歌も含まれている。たとえば、こんな歌がある。

花びらを持つ者どうしの性愛も
　春のさびしき華やぎのなか

美しいくぼみを持っていることを
　欠落とする世の人もあり

前者の歌は、「花びら」→「春」→「華やぎ」ということばの中に、「性愛」と「さびしき」という異質のことばが挿入され、最後はふたつの語群がいずれも「華やぎ」ということばに集約されている。この歌は、美しい色調をおびた絵画的な作品で、春の光と影が微妙なコントラストをみせて表現されている。花びらという比喩によって表現された女性性とその女性同士の性愛を表現した優れた作品だと思われる。

後者の歌は、『古事記』に出てくる有名な国生みの神話の個所にある、女神イザナミのことばを連想させる。「わたしの身体は一箇処欠けているところがあります」とイザナミは言っているが、私はこの歌は単なる古典的な国生みの神話の物語とは読まない。つまりこの歌は、身体的に欠落している女性が、一箇処余計なところのある男性によって〝刺しふさがれる〟存在であることを逆手にとって、その欠落した身体を持った女性同士が男性を排除して愛し合うことを言外に表現した作品ではないかと読むのである。古典的な対幻想の物語から、いまやはるか遠くまで来た現代には、女同士の性愛が公然と表現され、認知される時代になっている。

「ボタンをかけるみたいにあたりまえなのね」
　わたしが男と寝る日は責める

この歌の「責める」は、誰が誰を責めるのか？　女ことばのせりふからして、それが女性であることはわかっていたが、一見「ボタンをかけるみたいに」「寝る」男への「責め」とも読めるが、同性愛的な歌として読むと違ってくる。つまり、主人公の女性から見ると、相手の女性は男との恋愛は当然のこととして受け止めており、そのような異性愛を自明のこととする女性への苛立ちが上句に込められている。その「ボタンをかけるみたいに」という比喩がこの歌の眼目であり、それを読みとらないとこの歌の価値は存在しない。

撫でさすり　暮れてゆくこと――
　それどころじゃないふたりにはそれがすべてで

この歌は、お互いに「撫でさすり」あっているうちに、日が暮れていくといった何の変哲もない作品のようである。それが異性愛のような一定の限界がある愛ではなくて、いつ終わるともなく続くレズビアンの歌だと読むと、意味深長なところがあって興味深いものがある。この〝とりとめのなさ〟がレズビアンの〝涯しなさ〟を表している。

目を見ずに話す少女に平手打ち
　のようなくちづけ　もう泣かないで
穴だらけの耳をもつ少女を抱き寄せて
　ピアスのガンで撃ちぬく心臓
するするとびわの薄皮ぬがすとき

少女のようなうすい香がたつ

最初の歌は、初め私は読みきれなくて、男女の異性愛の歌として、「平手打ちのような」という比喩の歌として受け取っていた。しかし、これもまた女性同士の愛の歌として読み直すと、一層ふくらみを持った歌として読むことができる。また「平手打ちのようなくちづけ」という比喩表現も、上句と下句にまたがった巧妙なテクニックが駆使されていることがわかり、作者の歌人としての才能を思わせるところがある。

二番目の作品も、ピアスのガンで耳に穴をあけるような、どこか〝やさぐれた〟少女を抱き寄せて、同性愛というガンで今度は彼女の心を撃ちぬくという歌である。先述の「平手打ち」する歌と同様の年上の女の少女に対する〝仕掛け＝誘惑〟のメカニズムが表現されている捨てがたい一首になっている。

三番目の歌は、少女の服を脱がす比喩としてびわの皮を剝く動作をもってくるところなど、作者の想像力はさえている。かたい桃などとは違ってびわの皮はきれいに剝けるものである。しかもびわの香は、かすかなうすい香である。したたる果汁のイメージまで想像させられるほどで、エロティシズムの香がただようような秀作である。

おわりに

林あまりと俵万智を並べてみると、共通性としては二人とも一九六〇年代に生まれ、一九八〇年代に作品を発表し始めた、言わば「高度経済成長歌人」であること、しかもその文体は、口語体で日常生活の断片をさらりと表現するところにあろう。また対象となる恋愛についても、非日常的な時間としてではなく、日常化した空間として描かれている。しかし、俵万智の歌においては現代の多様化した恋愛文化の中における自立した女性意識が強く、それが支配的な現代家族に対する抵抗と反発になって、結果的に「不倫関係」が形成され表現されているのに対し、林あまりにも同様の恋愛意識は共有されながらも、多感な時期を女子校で過ごすという経験もあってか、「同性愛関係」が表現されているのが違いとして印象づけられているように思う。

ところで、私は最初、俵万智の林あまりへの批評を参考に彼女の歌の「状況説明」的な特徴にふれ、この特徴は否定できないと思ったけれど、そうした歌が作られる背景を考えると腑に落ちるものがある。林あまりは、一五歳のときに洗礼を受け、高校も敬虔なミッションスクールを卒業している。彼女の歌の背景には感情表現を抑制したパーソナリティが想定され、その上にキリスト教信者としての倫理が一定の役割を果たしていたのではないかと想像するのである。つまり、それが客観的な対象を冷静に描写する作家の姿勢に現れているのではないだろうか。しかし、こうした視点を持ちつつも、その後の彼女の歌を詳細に読み進めていくと、たとえば、次のような作品にも出会うことができる。

一日をともにすごせば
　　これ以上なくゆるやかに欲情きざす

日常的なありふれた人間関係の中で男女の性愛感情が自然に発生する過程を、特に難しいことばを使うこともなく、さらりと表現しているところなど秀作といえる作品である。特にこの歌などは、単純に「状況説明」的と批判してしまうことができない優れた面があることを見せてくれる。

林あまりと言えば大胆な性的描写が注目されがちであるが、ここまで読んできたように、そうした性愛表現の中にも優れた比喩表現の歌があって、文学的にも優れた価値表現を実現していると思われる。

かつて批評家の桶谷秀昭は、文庫本『ＭＡＲＳ☆ＡＮＧＥＬ』の「解説」の中で、「カーテンの向こうはたぶん雨だけどひばりがさえずるようなフェラチオ」を引用して、「はかなく、むなしく、しかも悠久の魂においてくりかえされる男女の痴態。おもしろうてやがてかなしい恋のてんまつ。さういふむかしから幾度もくりかえされた、陳腐といへば陳腐な主題を前景に描きながら、ほんたうの主題、背景は読者にかくされてゐる。おそらく作者にもかくされてゐる。」と言っている。つまり、この歌の場合、かなしみの前景はかくされており、その奥にはキリスト者の放棄の構造がかくされていると言っている。言い換えれば大胆な性描写の前景に、放棄に伴う平明な思想が潜んでいるということである。一考に価する考察であろう。

参考文献

林あまり『ベッドサイド』（新潮文庫、二〇〇〇年）
林あまり『最後からの二番目のキッス』（河出書房新社、一九九一年）
萩原裕幸「サラダ記念日の出現」『岩波現代短歌辞典』（岩波書店、二〇〇二年）
和倉亮一「林あまり」『現代短歌大事典』（三省堂、二〇〇〇年）
林あまり『MARS☆ANGEL』解説　桶谷秀昭「歌人、投身吠成仁の志」（河出文庫、一九九三年）

付記

林あまり。一九六三年生まれ。一九七八年、キリスト教の洗礼を受ける。一九八一年、恵泉女学園高校卒業。一九八五年、成蹊大学文学部日本文学科を卒業。この間、故前田透に師事し、短歌を学ぶ。大学在学中にマガジンハウス『鳩よ！』でデビュー。一九八六年、第一歌集『MARS☆ANGEL』刊行。その後、『ナナコの匂い』『最後から二番目のキッス』『ショートカット』『ふたりエッチ』『ガーリッシュ』などの歌集を出版。一九九八年に『ベッドサイド』（新潮社）を出版し、これが文庫本化された時（二〇〇〇年）に、後半にそれまでの歌集から「ベストセレクション」をまとめる。その後、二〇〇二年に『スプーン』、二〇〇三年に『LOVE&SWEETS』が刊行される。

（明治学院大学社会学・社会福祉学研究第一三五号、二〇一一年三月）

第一二章　吉村実紀恵論

はじめに

吉村実紀恵と言っても知らない人が多いことと思う。現代短歌に詳しい人以外は知らなくても当然である。私も友人の歌人からこの人の第一歌集をもらって初めて知ったくらいである。そもそも私自身が現代短歌の状況に詳しいわけでもないので、この歌人が現代の歌壇でどんな位置付けにあるかなども紹介できない状態である。にもかかわらずあえて私がここでこの歌人の歌集をとりあげるのは、彼女の歌が現代の若い女性の感性をうまく表現していると思ったからである。もっと言えば、私の分析よりも引用した彼女自身の歌そのものを鑑賞してもらうことの方が有意義かもしれない。

わかる範囲で彼女のプロフィールを簡単に紹介しておきたい。吉村実紀恵は一九七三年に三重県で生まれ、大学四年から短歌を始め、ある同人誌に参加しつつ、三年後の一九九八年に第一歌集『カウントダウン』を出版し、そのまた三年後の二〇〇一年に第二歌集『異邦人』を出している。若くして注目された歌人であることは間違いない。ちなみに第一歌集の栞を俵万智が書いている。

一　『カウントダウン』

1　新しい自意識の感性

一九九八年に出た『カウントダウン』から新しい時代の風を感じさせるいくつかの歌を紹介したい。

しなやかに生きよという意味かみしめて卒業の日の校門を出る
目に見えるものより見えぬものを追うわが生き方に敵多くあれ
せつなさと嬉しさいつも同居する振り子細工の心は見せず
バランスを崩す折り鶴　真実は音もなく忍び寄りて去る風

これらの歌には、この時代の社会状況にしなやかに対応しつつ誠実に生きようとする作者の生き方と思想とがよく現れている。目の前の状況に流されることなく、目に見えないもうひとつ奥の世界をも見据えつつ、柔軟な態度で生きようとする。だから時代の風に立ち向かえば、バランスを崩しそうになるが、それを受け止める人間になろうとしている。そんな時はうれしさとせつなさが振り子のように反復するけれども、そんな心理的動揺にも耐えていこうとする。またこの頃の心情は別のかたちで次のように歌われていた。

閉ざされて海ふかく棲む貝となる　雨ぼうぼうと降りつづく窓
北海道みたいなかたちの雲が浮く地理学Ⅱの教室の窓
高層のビル群ゆらめき重なり合う涙ひとつで地球はゆがむ

目に見えるものより目に見えないものを追うとは、たとえば教室の窓から雲のかたちを想像するようなことでもあった。また世間の風あたりの強い状況では自分の世界にひきこもって自分を見つめなおすこともある。自分の素直な感情表現をするときには彼女が生活しているこの東京という都市空間もときに大きく曇り、歪む時もある。バランスを崩すとは目前の風景が大きく揺らぐことの表現でもあった。そこで倒れないところが彼女のしいなやかな生き方なのである。

2　みずみずしい青春の息吹

新しき水着のための剃毛にふさわしきかな六畳一間
オードリー・ヘップバーン片手に前髪を切り過ぎている日曜の朝
海よりもキレイな孤独貝がらに打ち明け話をしてみたくなる
水たまりに打ち捨てられし吸殻の恥じらいの無きさまを見ている

最初の二首は地方から上京してきた一人暮らしの女性の初々しい感覚がよく出たほほえましい歌である。このような歌はこの年頃にしか作れないという意味では、貴重な作品であろう。そしてこれらの歌にはほのかなエロス性というか、この作者特有の生理感覚が読みとれるところがある。三首目の歌は海、貝がら、孤独、打ち明け話という四つのことばが「キレイ」ということばでつながれていて、孤独の中から詩作に入ろうとしている作者の当時の新鮮な心情が伝わってくるようである。四首目の歌も都市の匿名性の中で人が無責任に流されていく風潮にかすかな嫌悪感を抱きつつ、それらを見ている作者の目が感じられる。

ここでもう少し現代の都市感覚を表現した作品を見てみよう。

世紀末　コンビニだけがあかるくて夜の舗道を独り占めする
相席になりし男のせわしげな視線からまる大衆食堂
誰か待つふりをしているしなくてはならぬ駅ビル地下喫茶室
捨て猫に降り注ぐ雨かがみこむ我の弱さもあふれ出そうで

バブルが崩壊し、わが国の経済も低成長時代に入っていた頃の時代感覚をいずれも的確にとらえた歌である。「世紀末」の不安があるだけに大都市のコンビニの異様な明るさは印象的であったに違いない。また大衆食堂に入ってきた若い女性にからまる男の視線や、誰かを待っているふりをしていないとカッコわるい気がする喫茶店の雰囲気など、この作者らしい感覚でそれらの瞬間が切り取られている。四首目の捨て猫の歌はこちらが捨てようとしているのか、あるいは偶然捨て猫に出くわしたのかは判然としないけれども、いずれにせよその場を立ち去りがたく思っている作者の悲しそうな表情が伝わってくる。大島弓子のマンガを思い出す人もいるかもしれない。

「大衆食堂」の歌にも垣間見られたような、都市の現代人についてもう少し分析してみたい。

「私はあなた達とはちがう」珍しくそんな眼をした少女に出会う
愛情を切り売りしている少女らの翼を燃やすような夕焼け
ああやっぱり死んじゃったのねとさわやかに語られている人間もいい
ごみ箱をあさる男が新聞の一面記事に暫く見入る

都市を歩いているといろいろな人に出会う。とくに自由な繁華街などでは自我を剥き出しにして歩いている人もいるだろう。また匿名性の都市空間では自由気ままな行動も許されてしまうところがある。こうした若い女性の露骨な生態とは対照的に、マスコミの表舞台から消えたまま消息の知れないタレントもたくさんいるだろう。そうした多様な生きざまをも作者はじっと見つめている。

ここで以上の社会状況の歌の分析に関連させて、作者の代表作とも言えるひとつの作品に触れてみたい。それは次のような歌である。

無言電話に我も無言で応えおりさびしきものは繋がれている

この歌については第一歌集の栞を書いた俵万智も触れていて、次のように書いている。

「最後の一首には、特にどきっとさせられた。無言電話の中に、相手の寂しさを感じとるという独特のアンテナ。そしてまたそこに作者は、自分の寂しさを重ね合わせている。あたたかいのか冷たいのかも不明な、この奇妙な関係。だが、ぞっとするような闇の中で、二つの魂が触れ合っていることは、確かである。このように、都市や文明社会の孤独を切り取る手腕にも、きらりと光るセンスがある。」

俵万智も言っているごとくこの歌には「ぞっとするような闇」が歌われているはずである。であるとすればこの歌の下の句の「さびしきものは繋がれている」ということばはずいぶん肯定的であり楽観的ではないのか。私だったら無言電話がかかってきたら、すぐさま切ってしまうはずである。とても無言で応える余裕はないと思う。いわんや「さびしきものは繋がれている」とはとても思えないに違いない。この違和感は私だけの特別な感想であろうか。こうした私の見解を前提にした上で私なりの解釈をしてみると、以下のようになりそうである。

つまりこの作者は若くして短歌界の一部ではすでに人気者だったのではないか、ということである。そう考えると見知らぬファンから無言電話がかかる可能性が普通よりもあったと思われる。また作者にもそのような予感がすでにあったと考えると、上記のような対応が成立する余地があったことになる。これがいまの私の解釈である。

3　表現者の思想

このテーマについては文学と音楽の二つの分野があって、作者の場合、両者は微妙に重なっているがどちらかと言うと音楽文化に関する歌の方が比較的多いと思われる。最初はことばと歌についての歌から見ていきたい。

われの手に重たき朱色のブックカバー寺山修司のうたを護りて

新聞の一面記事に爪おとす淋しさは国と関わりあらず
“1960s' dream《60年代の夢》”の消費税を払うべくS&G詩集を買いき

この作者は一九七〇年代生まれで、一九九〇年代の終わりに表現活動に参画したにもかかわらず、その文学思想にはなぜか一九六〇年代に活躍した寺山修司などの影響が見られるところがあって興味深い。ここに引用した二首目の歌なども寺山の歌によく似ている。私が思い出したのは、彼の代表作とも言われる次の歌である。

マッチ擦るつかのま海に霧ふかし身捨つるほどの祖国はありや

一九三五年生まれの寺山と一九七三年生まれの作者とではその年齢差は四〇歳近くあるが、目に見えない虚構の世界をめざしていたところはよく似ていたと思われる。ところで第一歌集で注目される一群の歌は「音楽」についてのそれである。寺山が短歌から映画・演劇へと進化していったのに対し、吉村は早くから音楽に強い関心を抱いていたようである。

私が私でなかった頃を思いつつ繰り返し聴く“Till There Was You”
頬杖をついてギターを聴いていた空の深さに涙ぐむまで
意識して貧乏暮らしを始めたる文学少女科ミュージシャン専攻
かけがえのなき不良性抱きつつステージに立つ二十四歳

作者はかなり早くからビートルズの音楽などに親しんでいたようである。それはことばの世界への関心よりも一足早く訪れていたのではないかと思われる。もっと言えば、抽象的な言語感覚よりもリズムやメロディなどの音感の世界により強く惹かれていたところがあったということであろう。そうした感性と一九六〇年代から七〇年代のアンダーグラウンドな文化の影響とが合流した時に、独特のスタイルが構築されたのではないかと思う。普通にいけば俵万智のように国語の教師などになっていてもおかしくはなかったのである。

しかし彼女はすでに目に見えないものを見るという夢を見てしまったために、通常のライフスタイルにどうしても同一化できなかったのであろう。かつて俵万智が「優等生であることをかっとばした」ように、作者も「かけがえのなき不良性」を抱いて人生のステージに立ってしまうのである。

4　恋の歌

ここまできてやっと第一歌集『カウントダウン』の中心テーマと思われる恋愛の歌の紹介と分析に入ることができる。この分野は作者の才能が最も発揮されている部分だと思われる。

みずいろの恋を探してゆうぐれの書庫より選び出したるサガン

夢をみていたのだろうか　次々とあかり灯せる図書室を出る

青空に滲むような恋をください　レモンが檸檬であった時代の

ここでも作者は目に見えない夢のような恋を求めていることがわかる。歳よりも少し背伸びした大人の恋にあこがれる少女のように。あるいはせつない恋愛文学に同一化する文学少女のように。だからと言うべきか、そのせいと言うべきか、作者の相聞歌には安定した充足感に満ちた歌が少ないように思われる。つまり理想と現実とのギャップの中で安定した恋愛のイメージが生み出せないのではないかと思われる。

嬉しくて小鳥のように笑ってた夏の記憶も遠ざかりゆく

ティースプーン引きあげるときまたひとつなくしたものを思い始める

はげしさを言葉にできず揺られゆく東横線の終点は海

いずれの歌も失恋というほどの強い失望感に支配されてはいないけれども、恋愛につきものの喪失感を独特の比喩的表現を使ってたくみに表現しているという意味では秀作と言えるのではないか。三首目の歌は相手へのある否定的な感情を表出できないまま、ひとり帰りの電車でそのことを反芻している状況がうまく歌われている。この歌に関連して私に深い感動を与えた一首があるので紹介してみたい。

別れ際にのこした言葉、脱ぎ捨てた形状記憶シャツの静けさ

私はこれを読んだ時に一瞬「やられた！」と思った。言うまでもなく下の句に使われているメタファーの鮮やかな使い方である。おそらくこの「別れ」はかなり深刻な状況が予想されるとすれば、そんな時に発せられた最後のことばは相手にとってはいつまでも忘れられないことばとして記憶に残るに違いない。形状記憶シャツを着たことがある人は洗濯してもすぐ元に戻る、このシャツの復元力に驚く。かくして感情と物との異次元の関係の中で鮮やかなイメージがつくられる。短歌を始めて三年という作者がここまで鮮やかな比喩を使った歌をつくるとは驚きである。ベテランの歌人でもそう簡単に比喩的表現は使いこなせないものであるが、それをやすやすとしてしまうところに彼女の才能を感じる。

熱湯にホウレン草をくぐらせて緑濃くなる、恋もかくあれ

この歌も前の歌とともに彼女の恋愛歌の中でも忘れがたい傑作のひとつであろう。詩作におけるメタファーの才能は詩人の条件としても不可欠である。内容は甘い恋愛幻想の歌であるが、ここで駆使されている比喩がすばらしい。これは女性にしかつくれない作品だろうが、それもパラサイト・シングルの女性には発想できなかったと思われる。日頃から自炊している女性の歌なのである。比喩の才能もまたその作者の生活環境と無関係に発揮されるわけではないということである。

子などまだ生みたくはなし桃色の皿に押し出すぷっちん、ぷりん！

二十代前半の女性の生理感覚が巧みな比喩によって詠われている。これもまた男性にはつくれない歌であり、桃色の皿が既成の安物の家庭のイメージになっているところが秀逸である。作者にとっての恋愛は恋愛文学から女性の生理感覚まで、実に幅広くイメージされているのが特徴である。

何か儚い言葉をかたちにしたい朝ホットミルクの膜に皺寄る

恋愛における信頼感を抱けない状態や不安定な心理を、ここでは「ホットミルクの膜の皺」に託して表現しているのだが、これもまた絶妙な比喩で、他ではちょっとお目にかかれない。はかない感情と言葉が発生する、一瞬気を抜いたような時間の流れをうまく捉えている。俵万智の比喩にも感心させられたが、彼女はもしかしたらそれ以上かもしれない。

5　微妙な恋愛心理

これまで初々しい恋の歌と比喩的に表現された恋愛の歌を紹介してきたのであるが、ここではさらに微妙な恋愛心理にとんだ歌に注目してみたい。

毛糸玉　もつれた糸を解きつつほどきつつ編む二人の絆
パン屑をティッシュにためて屑カゴに捨てるあなたは次第に無口
沈黙をこらえきれずに日だまりのなかを這いゆく蟻を潰せり
気づかれてはならぬ哀しみに耐えるとき下唇のすこしふくらむ

こうした恋する者同士の一瞬の心の綾を切り取って歌にするのは俵万智が得意としてきたのであるが、それに負けないくらい繊細な心理状態が表現されている。恋愛関係にある者の心のもつれをからんだ毛糸に喩えて表したり、次第に無口になっていくひとりが所在なげにパン屑を拾ったり、蟻をつぶしたりする経験があったのだろうが、それをわざわざこうして表現することはめずらしい。また相手に気づかれたくない感情をじっと押し隠そうとして、はからずも顔に出てしまう表情など恋愛心理の微妙な心のゆれがよく表されている。

最後に、これまでの経験から作者が会得した恋愛論をいくつか紹介して締めくくりとしたい。

どうせなら私のなかの文学で堕落させたいおとこがひとり

無精髭うつむくたびにほのめかす過去は私が見抜いてあげる

次はあの男を愛せ…二四年生きし卵子が指令を下す

全力で人を愛する人間はまた全力で誰かを憎む

一首目の歌は見えるものしか信じない男に、見えないものを見ることの魅力を教えることができれば文学者としてはこれ以上の快感はないということであろう。それが当事者にとって幸せかどうかは別にしても。二首目は、同時代を生きてきた者同士として共感しあえることは多いので「過去」も無言のうちに了解できることが詠われていると思う。三首目の歌も作者なりの体験から男を見る目もそこそこついてきているということであろう。最後の「全力で人を愛する」の歌はかつて太宰治がシェークスピアについて語った「情熱の火柱が大きい」だったか、そういった意味のことを言ったことばを思い出す。彼女もまた情熱的な歌人だと思われる。第一歌集の締めくくりとしてつぎの歌を引用しておきたい。

風は樹と　我と時代とひびき合ういのちをいつか奏でてみせる

風が「樹と」、自分が「時代とひびき合う」というリフレインは美しいし、そのリフレインがことばではなく、「いのち」を奏でると詠むところがいかにも音楽を愛するこの作者らしい表現で好感が持てる。そしてつねに時代と共鳴した歌をつくるんだという力強い決意に満ちた歌を歌集の最後尾に置くところにもこの歌に託した作者の思いが伝わってくるようである。この歌集を読んでいると「すぐれて文学的なものはすぐれて社会的である」という命題を想起したくなる。

二　『異邦人』

1　社会詠の現在

第二歌集『異邦人』は二〇〇一年に出版されている。第一歌集が出されてから三年が経っていた。第一歌集の最後でこの作者の時代や社会と共鳴する短歌に触れたが、広い意味での社会詠はこの第二歌集においても一層深化しているように見える。まず都市の風俗を対象にした作品から見てみよう。

だがみんな孤独に見える青山のオープンカフェに足を組む娘《こ》ら

ホームレス連らなる夜の近道を囚人のようにうつむいてゆく

教室に居場所はなかった　青くない海は海ではなかったように

都市に生きる人間が比較的客観的に描かれている作品を選んでみたつもりであるが、そこでも彼女の作品は外在的な状況説明に終わるようなことはなく、あくまでも作者自身の内面から透視されている。オープンカフェに座る女性たちの孤独もそれを見ている作者の孤独が共鳴しているから、歌として鑑賞に堪えるものになっている。これは二首目のホームレスの歌についても同様である。ホームレスの人たちを見ている作者の胸の内のざわつきがこの歌の生命線である。三首目の学校の歌もその場にうまく適応しきれずに疎外された自己を描くことで、現代の閉塞的な学校空間が内在的に表現されている。このように一見外在的なモチーフによってつくられたように見える作品においても、作者はつねにその場に居合わせる孤独な洞察者として都市の風景を内面から表現している。このような共振する心のベクトルがさらに内向した作品が以下のような歌になると思われる。

約束もなくてオープンカフェにいる　今日は朝から乳房が重い
何にたとえればいいのか　廃屋が砕かれてゆくときの不安を
切れかけの蛍光灯の危うさに似てあいまいな表情をする
いつまでもこだましている「まあだだよ！」鬼から隠れる術を知らずに
鉛筆を鉛筆削りに差し入れていつまでも尖らせていたい心か
親友をひとりあげよと課せられた卒業文集をしずかに燃やす
家出でもなんでもできたろうにという人の噂をはげしく憎む

今度は自分がひとりの客としてオープンカフェに座っていて、朝から女性特有の身体感覚を覚える。先ほどの歌では孤独な心理が対象になっていたのに対し、ここでは同じような状況にありながらもっと内向したエロス的ともいうべき身体感覚が詠われている。

かつて俵万智はあいまいな表情の比喩として「茹で過ぎのカリフラワーをぐずぐずと噛む」と表したことがあったが、この作者も「切れかけの蛍光灯の危うさ」という卓抜な比喩をイメージしてその非凡な才能を垣間見せている。この感覚は次のかくれんぼの歌にもつながっていて、隠れる場所を見付けられずにひとりたたずんでいる行き場の無さと孤独感の歌へと上手に受け継がれている。この歌には現代社会に生きる若者たちが自分の居場所をさがす様子や、アイデンティティを求めてさまよう様子がうまく表現されている。そして次の鉛筆の歌は先の学校の歌の延長線上にあって、状況に埋没することなく鋭く自己を屹立していたいという願望と、つねにそうした自己を表現することを心がけている姿勢が述べられている。

引用の最後の歌にはこの作者の歌作りの方法論が述べられているようだ。つまり歌はつねに時代と社会関係の葛藤の中からつくり出されるという方法の問題が提起されているのだ。歌の内容は家族的惨劇に対する社会の無責任な反応についての感想からつくられていると想像できる。しかしその当事者にとってはどうしようもない抜きさしならぬ関係の存在をぬきには人は生きられないということである。そうした状況を引き受け、耐えることが現代の表現者に課せられた姿勢であることを言いたかったのではないか。

2　表現者の思想

第一歌集でも触れた作者の表現者としての思想は、この第二歌集でもその考察は深まりを見せているようである。第一歌集が先行する革新的な表現者の思想にある種同一化しつつ独自のスタイルを確立する過程にあったとすれば、第二歌集ではその思想は明確なイメージの中で自覚されてきているようである。それはこんな歌に表れている。

書くたびにわたしは何かを失ってゆく　一行で恋も終わらす
一行の詩の奥にあるきびしさに触れたわたしはもう迷わない
傷口をひらく痛みで歌を詠む夜半にひときわ匂う白百合
どこからかそれでいいよという声がする　バスケットゴールが揺れる

書くことで作者は何かを獲得し何かを失っていく。つまり表現者として自立し成熟することはかならずしも生活者として安定し発展することと等価ではない。この表現者のエロス的欲望に対抗できないような恋は一行の詩とともに終わってしまう。そうした表現のきびしさに触れた者はもう後戻りしなくなるのだ。独自の表現世界の確立にむけて突き進むだけである。「傷口をひらく」ことで何かを失うかもしれないし、恋も終わるかもしれない。しかしそんなことを怖れていては人を感動させるような詩を書けるわけはないのだ。手を離れたシュートは「それでいい」という声とともに「ゴール」に吸い込まれていく。自分の一行の詩をここまで自信を持って書けるようになったから次のような歌も生まれてきたのであろう。

近頃はａｉｋｏ、林檎がウケてるが　代弁者などわたしは要らぬ

気がつくと冬の荒野に立っていた　あんなに愛していたはずなのに

いままであんなに愛唱していた流行歌もいまでは自分自身で自分の言葉を歌うようになっていた。気がつくと自分がひとりで舞台に立って誰の助けもなく、ひとりの表現者として歌を自作自演していた。「それでいい」という無言の声援を受けつつ。

3　恋の歌

それではこうした歌の深化の過程は、恋の歌の上ではどのように展開してきたのであろうか。

「変なの」と言って笑うと少年もちょっと笑った、夏の日だった

幼さを伝えるような動きにて君はわたしの母性をひらく

「変なの」という口調は相手をからかったり異を唱えたりするような時に使われるのだろうが、ここでは年下の少年との夏の日の出会いのなかで使われている。この少年が二首目の歌の「君」につながっていると考えるなら、この二つの歌は附合していると読める。いずれも柔軟な関係の多様性の意識の中から生まれた作品である。これもまた第一歌集の頃には生まれなかった成熟した恋の歌と言えるのではなかろうか。

覚悟しておかねばならぬいつの日か異性愛者と蔑《なみ》されること

産むことも産まざることも罪である　社会がいずれに傾こうとも

この二首の歌も作者の性についての柔軟な思想を物語ってあまりある。後者は現代に生きる自立した女性の葛藤が表現されている。

影もたぬ言葉を交わす関係にピリオドを打つためのセックス

後朝《きぬぎぬ》をとがめるように食卓の百合の花芯が汗ばんでいる

愛されているプライドがプライドを捨てて愛することにつながる

このような歌こそ成熟した恋の歌と言えるのではないかと思う。それは俵万智とも林あまりとも違う吉村実紀恵らしい恋の歌なのである。最初の歌はセックスを体験することでふたりの関係にさらなるふくらみが生まれることを作者はよく知っている。二番目の歌は後朝のかすかな罪悪感から朝の食卓の上の純潔の象徴である百合の花に微妙な変化を見てしまう、作者の内面のドラマが興味深い。三首目の歌は愛されているという確信が不安なプライドを捨てさせる作用をするという恋のダイナミックスが描かれている。

こうして見てくると作者はこの三年間で二冊の歌集を出版して、短歌の世界を若くして疾走してきたといえる。このあまりにも早い軌跡は彼女にどんな結果をもたらしているのであろうか。ボクシングの試合で打ち疲れというのがあるが、彼女の疾走詩篇にも同様な兆候が見えないかどうか、いささか心配である。才能のある詩人には避けられないことかもしれないが。

この歌集については、当時彼女が所属していた同人誌「開放区」に、同人らによる歌集評がなされていたので紹介してみたい。

子守有里は「原風景と傷み」と題された小論において、「都市の日常の風景とその内側を見抜こうとする視線が感じられる」と言う。しかもそこに哀感のようなさびしさが宿っているのは、作者自身がその中に巻き込まれているからだと言う。また彼女の魅力は対象を一度作者自身の内部へ抱え込んで歌として提出されているところにあるとも言っている。そして作者の本領は都市詠の中に見られる「原風景への切ない憧れ」に発揮されているが、同時に作者はその現実と戦っているため「そんな作者の傷ついた内面の告白」は痛々しいまでであると言う。

もうひとりの入野早代子は「聖性と俗性」と題する歌集評において「第二歌集に至って、世相を積極的にとり込むことにより、存在への問いかけがより明瞭になり、生きる姿勢としての鋭さが加味されたのではないか」と書いている。また少女性とエロス性、女への憧憬と嫌悪など「吉村実紀恵の中に棲む聖性と俗性。

この二律背反的な構図は、故郷を離れ都会に暮らす者の目をもって詠う現代風俗―にいかんなく抄いとられていよう」と言う。そしてこれからは「俗なるすれすれのところに踏みとどまり、全体重をかけてうたう捨て身の強さを持った時、この作者は更なる実りの季節を迎えるにちがいない」と大きな期待を寄せている。

おわりに

吉村実紀恵の二冊の歌集を読んで思うことは、この先このあふれるような才能の持ち主が、その文学的成果をどんな形で表現してくれるかという期待である。わが国の短詩型文学の風土と社会をそれほど楽観視しているわけではないが、この文学的才能が広く深く発展、開花してほしいと願うばかりである。

参考文献

吉村実紀恵『カウントダウン』（ながらみ書房、一九九八年）
吉村実紀恵『異邦人』（北冬舎、二〇〇一年）
「開放区」（第六二号、二〇〇一年九月、現代短歌館）

（明治学院大学社会学・社会福祉学研究第一三〇号、二〇〇九年二月）

第一二章　加藤千恵と柳澤真実

はじめに

この小論は、私がここ数回書いてきた現代短歌ノートの三回目であるが、第一回にとりあげた俵万智が切り開いた現代短歌の地平を、あとの歌人たちが踏襲している。特に今回注目した二人の歌人は二〇〇〇年以降に活躍し始めた新人たちで、現代歌人の枡野浩一というユニークな歌人とのインターネットによるコミュニケーションを通して作品を発表し始めた人たちである。加藤治郎は、この人たちを「ポスト・ニューウェーブ世代」と呼んで、それまでの「ライトバース」や「ニューウェーブ」と呼ばれた俵万智や林あまり、加藤治郎などの「技法を継承しながらも、やりつくされた後で短歌という詩型の可能性を外部に求めざるを得なかった歌人たち」と規定していた。

今回とりあげた二人の新人のうち、加藤千恵の作品は高校時代に作られた歌で、青年期特有の鋭い感性が表現されている。それに対し、柳澤真実の作品は、大人の恋愛感情の繊細な表現が特徴である。

一　加藤千恵

加藤千恵は、一九八三年北海道旭川市生まれ。立教大学文学部日本文学科卒業。旭川在住の高校生だった二〇〇一年八月に、枡野浩一のプロデュースで『ハッピーアイスクリーム』を出版する。二〇〇二年九月に第二歌集『たぶん絶対』を出し、詩、エッセイ、小説など様々な分野で活躍している。二〇〇六年一一月にはショートストーリーと短歌の組み合わせからなるユニークな『ゆるいカーブ』という本を出している。

今回は、以上の三冊の中から第一歌集の『ハッピーアイスクリーム』を分析したい。

才能を持たないカラダ重すぎて気を抜いたなら沈み込みそう
ぼんやりとＴＶを観ている　ゆっくりと自分がだめになるのがわかる
海岸を歩き続けた　行くあても帰れる場所もなにもなかった

この三首の歌は、子どもから大人への過渡期にある高校生の不安をよく表現している。たとえば、勉強や運動面などで才能を発揮できる子はそこに自分の居場所を見つけやすいが、それができない子はその他の表現活動を探して自分のアイデンティティを見出すしかない。そんな焦燥感にとらわれていると、自宅でぼんやりＴＶを観ているだけで自分がさらに駄目になるような気がして滅入ってくる。自分を持てあまして海岸を歩き回っても、目的を見出せない限り焦る心は解消されず虚しさだけが募ってくる。

泣きそうになるのは誰のせいでもなく時おり強い風が吹くから
カラオケに行ったしコーラも飲んだけどやっぱりさみしいもんはさみしい
世界中の本や音楽買い占めてなんとか夜を乗り切らなくちゃ

行くあてもない不安な心は、その時々の流行の文化に同一化することで安定を求めようとするけれど、青年期の不安はそんな受動的で一時的な同一化で満たされるようなものではなく、寂しさや孤独は簡単には解消されえない。それでも本や音楽に埋没することで寂しさを紛らわそうとする青年の孤独が伝わってくる。あるいは、どこかに自分の今の悩みや不安に応えてくれる本や音楽があるのではと、既存のメディア環境に期待を寄せるけれど、時おり強い不安な風が吹き荒れると気持ちは荒涼としてくるのである。

自転車をこぐスピードで少しずつ孤独に向かうあたしの心

どこまでがわたしなのかがわからなくなってしまいそうな真夜中

いつどこで誰といたってあたしだけ2センチくらい浮いてる気がする

青年期の不安と孤独はアイデンティティの危機でもあって、時には精神的な病理に陥ることさえある。青年期はそもそも神経症や境界例的心性をはらんでいると言えなくもないが、二首目、三首目の歌にはそうした精神的危機が実感的に表現され、パーソナリティの不確実感や浮遊感が伝わってくる。孤独から救われようと周囲との一体感を求めるあまり逆に差異を意識せざるをえなくなり、結果的に人とずれているとか浮いているという感覚で孤独を感じてしまうというような青年期特有の心性がよく表現されている。

カッターをいつもカバンに入れてるのは別に誰かのためとかじゃない

死ぬことも生きてくことも似たようなものと感じていた晴れた日に

屋上へつづく扉が開かないのはつまりそういうことなのだろう

子どもから大人に脱皮するこの時期、彼らは大なり小なり精神的な死と再生のプロセスを歩んでいる。言うならば死に近い心性にあり、こうした歌が詠まれるのは自然なことではあるが、それらを精神内界だけで留めておけず、様々な逸脱行動として表出することがある。目標を見失って浮遊する孤独な魂は、生きる拠り所を失って死を選ぶこともありうることを示している。そうした生と死の狭間の歌とも言えるだろう。

人生はこれからなどと気が重くなることばかり聞かされている

ゴミみたい朝も学校も教科書もことばも音も公衆電話も
　最近じゃ噂話もなくなった　みんな自分でいっぱいなのだ

高校生活も後半になると進学や就職のことで頭がいっぱいになり、余裕もなくなり、状況に追いまくられる。ここに上げた歌には、そうした切羽詰まった心情とでも言おうか、これまで芸能界や同級生の噂話などを面白がっていた高校生に微妙な心の変化が現れてきたことを巧みに表現している。しかし、作者自身はそうした友人や状況にも乗り切れず、生きる意味を未だ見出せずに苦悩しているのかもしれない様子が伝わってくる。

誰もかも病んでいるからもう誰も病んでいるとは呼べないでしょう
「つまんない」ばっか言ってた　つまんなさ世界のせいにしてばっかいた
　走ってるつもりだったけどもしかして走らされてるのかもしれない

これらはアイデンティティの危機を脱しつつあることを物語っているような歌である。これまで、青年期特有の自己中心的世界の中で主観的感覚を歌にしていたが、これらは自己を対象化して捉えようとしている。その客観性を持てるようになった時に人は大人になっていけるとも言えるが、それらを日常の感覚の中で歌っているあたりに作者の歌人としての資質を感じる。また、自分たちの置かれた社会状況を客観的に考察する視点を持ち、特に一首目は、現在の高校生や若者の社会心理学的分析としても鋭い洞察がなされている。社会状況と個人の意識の接点を一挙に把握する方法論さえ示唆しているところがあって、作者の想像力に教えられるところがある。

　昼の月　夜の太陽　あたしたち今なら水になれる流れる
いつだって見えないものに覆われて知らないものに守られている
誰一人おんなじままじゃいられない　それってすごいことなのかもよ

危機的心性を脱し、再生に向かっている様子が窺える歌である。まだ心的防衛としての万能感を保持しつつも、これまでは「見えないもの」や「知らないもの」だらけの世界が不安だったろう作者の中で、実はそうした世界に「守られている」というポジティブな感覚に変わっていき、不安や孤独の闇から抜けられないと思っていたのが何時の間にか変化している自分に気づいている。そんなふうには読めないだろうか。新しい自己の発見の歌とも言えよう。

　　水よりも透明なものを知っているあたしはあたしのままで生きてく
　　気持ちいい風気持ちいい音気持ちいい温度　いつも現実がいい
　　あたしたち何もできないだからこそ何でもできる　そんな気がする

こうしてアイデンティティの危機を脱し、現実社会から逃避することなく、不安を抱えたまま現実を生きていこうとする様子が歌われている。「何もできない」「だからこそ何でもできる」という歌には、前掲の歌の無力感とは違い、現実的で等身大の自分を発見し、「あたしのまま」を受け入れたことによる自信の現れとも読み取れる。若者のたくましい決意とパワーを見ているようで期待を抱きたくなる。

　　あいまいが優しさだって思ってるみたいですけどそれは違います
　　欲しいとか欲しくないとかくだらない理屈の前に奪ったらどう?

この二首の歌は、これまでの歌とは大分趣を異にしている。ある種の現代女性の強さと潔さを象徴していて、男性の優柔不断なところと対照的である。作者の気の強さの現れだと言ってしまえばそれまでだが、一九八〇年代後半から社会進出が顕著になってきた現代女性の精神構造を表しているとも言えるのではないか。

　　日常は淡々としてあの人はあたしのものにはなってくれない
　　泣くくらい好きだからって泣きそうに好かれるわけじゃなかったんだわ

一首目には、ひとつの感情に支配されないもっと大きな日常世界の存在があって、それが恋愛感情を常に相対化していることの苛立ちが詠われているようである。二首目の歌では恋愛感情にともなう男と女の相対的な差異が指摘され、その落差に作者が悩まされていることが窺える。二首とも、世界は自分の思い通りになるとでも思っていたかのような万能感的錯覚から脱し、現実を生き始めた歌としても捉えられ、興味深い作品である。これからも現代の二〇代の女性の思想表現者として、加藤千恵がどんな歌を詠っていくかに注目していきたい。

二　柳澤真実

柳澤真実のプロフィールについて、詳しいことは何もわかっていない。わかっているのは、枡野浩一が連載を持っていた『キューティ・コミック』という雑誌に投稿していた女性ということぐらいである。その連載はアマチュアの登竜門的役割も果たしているのか、投稿者の中からプロデビューした新人もいるが、柳澤真実がデビューした形跡は私の知る限り今のところないようである。年代的には、作品から想像するに二〇代から三〇代にかかる世代と考えていいように思われる。

さて、枡野浩一は『かんたん短歌の作り方』の最後にコミック誌に投稿された短歌から九人の作品を集約しており、柳澤真実の作品も五〇首程掲載されている。私はこの作品集で他にも佐藤真由美や加藤千恵などに注目しているが、二人はすでに歌集を何冊か出版しており、歌壇でも一部の人に注目されている。柳澤真実のその後の活動を目にする機会がないのは残念だが、何故歌集を出さないのかを詮索しても仕方がないので、この五〇首の作品をじっくり読んでいくことにしたい。

作品集には本人の短歌から引用した「君と小指でフォークダンスを」というタイトルがついており、投稿順なのかどうかは不明だが五〇首の作品が羅列されているだけである。そこで、これらを読み込んでいくために、筆者なりに学園生活、恋愛の歌、マス・メディアなど何をモチーフにしているかで分類し、それぞれ数首ずつを取り上げて考察したい。

まず、小中学生頃の学園生活をモチーフにした歌から見てみよう。

お昼休み口から飲んだ牛乳を目から出してる男子が好きよ

校門で待ち合わせ君がかけてくる渡り廊下のすのこの響き

小学校低学年の男の子みたいに繰り返している「バイバイ」

笑っても心はいつもノーパンでスースーするからめくらないでね

一首目の歌は、学校が独特の遊びの空間であることをユーモラスに描きながら、周りに注目されたいのか変わった行動をとる男子の様子と、その子に好意を寄せている女子の視線がうまく捉えられている微笑ましい歌である。

二首目の歌も学校空間らしい音の思い出を描き、懐かしさの感じられる作品である。しかしそれだけでなく、「響き」という表現が、おそらくはすのこを駆けてくる男子とその音を聞きながら彼を待っている女の子という、付き合っている中学生同士だろう二人の、ドキドキと高鳴る胸の鼓動をも連想させ、思春期の恋の初々しさを思い出させてくれる。

三首目は、年代は定かではないが、デートした時の男性が見せる子どもっぽい動作を描いている。その幼い行動に小学校時代の男子の面影を思い出しているのであろうか。それはともかく、別れ際の単純なバイバイが「　」をつけることで特別な意味を持ち、まだ帰りたくないというような恋心を相手に向けてストレートに表現している様子が伝わってくる作品である。

四首目の歌は、この作者ならではの秀作で、この一作だけでも柳澤真実は現代短歌の注目される新人になるだろうといってもいいくらいの作であると思う。まず、モチーフの発端は、小学生くらいの男子がやるスカートめくりという、ちょっとエッチなふざけた行為だろうことを、その単語を使わずして即座に想像させてくれる。そしてこの歌の真髄は、その悪ふざけに託して表現した女性の恋愛心理にあるだろう。確かにスカートめくりは、一般的にも自分自身の恋心に気づいていない男子が好きな女の子をからかったり苛めたりする行為として捉えられているが、いわゆるいじめが遊びとの境界を曖昧にしているのと同様、スカートめくりというふざけた遊びを恋愛遊戯に微妙に重ねて表現しているように読める。男性からの恋愛遊戯に対し、軽く受け流しているように見せながら、実際は真剣に悩んだり動揺するところがあるのだと宣言しているようで、だから面白半分に遊びとしての恋愛ゲームに私を誘い込んだりはしないでほしいと訴えているようにも読めるし、表向き笑顔でいるということは、女性の方も相手の好意に気づいているし、彼女もその男性を好きなのだろうと窺わせるような、だからこそ生じる恥じらいや恋愛への不安や葛藤などのデリケートな心情を「ノーパンでスースーする」という表現の中に巧みに吐露しているようにも読みとれる。作者の繊細さが窺われる歌である。

次に、この作者が慣れ親しんだマス・メディアなどの文化環境にふれた歌を数首とりあげてみたい。

　ボロボロになったドラえもん6巻を読む君に今日何があったの
　営業を終えた車中でスネ夫から自分に戻るために聴く歌
　おじさんの自慢を聞いてるくらいならジャイアンリサイタルショーへ行こう
　ユーミンがもう歌ってる　特別な恋をしてると思ってたけど

先の学園ものは青春時代を回想した歌だろうが、これらは現在進行形のような歌なので、おそらくは社会人になった作者が周囲との人間関係の中で生み出した作品だと思われる。

マンガとアニメにもなった「ドラえもん」に託して表現された三首の歌は、私たちのような年長世代にはすぐには理解できない世代的限界がある。だから私などは教室で学生から聞いて初めてその意味内容が把握されたりした。しかし今の若い世代にとっては、それがマンガであろうとテレビアニメであろうと、自分たちが集中して観賞したマス・メディアは、歌の題材としても重要なモチーフなのである。いつの時代にもその時々の自分の心境を仮託する流行歌などのメディア環境があるものだが、作者の世代にとっては共通体験として「ドラえもん」があるのだろう。だからその素材に託してその時の心情を表現すれば同世代の読者にはすぐに何が言いたいかが理解できよう。

一首目は、作者が「君」と呼ぶ相手が、何かショッキングな出来事に遭遇する度に六巻を読むことで乗り越えているのだろうことまでは簡単に理解できるが、内容を知る者にとっては、それ以上の意味を汲み取るのかもしれない。例えば、のび太君にとってドラえもんがいなくなるという深刻な事態が発生するが、この「君」も出会いと別れにまつわるような、何らかの事情を体験しているかもしれないという想像をかきたてられたりもする。

「ジャイアンリサイタルショー」というのは、いじめっ子のジャイアンがひどい歌を無理やり聴かせることを指している。作者自身が営業職なのか、世間の営業マンに向けた歌なのか、いずれにせよ営業先の「おじさん」たちの自慢話を聞かせられるときの逃げ出したい心境を表現している。二首目で、ジャイアンの機嫌ばかり取っている子分のスネ夫を営業マンに見立てているあたりも、このマンガに親しんでいる者にとっては、こうした比喩は手に取るようにわかるのだろう。

「ユーミン」の歌も、どの曲を指しているかは不明だが、「特別な恋」と言えば単純に考えると浮気とか不倫を想像しやすいが、ユーミン好きの世代が読めば「特別」の微妙な意味を推測できるのかもしれない。

いずれにしろ、先の学園ものが青春時代の初々しい恋愛をストレートに表現しているのに対し、この四首はマンガなどの媒体を使い、比喩的間接的である。失恋や不倫などの辛い恋をしたり、「スネ夫」という仮面をかぶって営業回りをし、聞きたくもない自慢話を聞かねばならない現実の辛さなどが垣間見える。それらを「ドラえもん」という非現実的で子ども向けのマンガに託し軽い口当たりで表現しているからこそ、社会で生きる人々の苦悩が相対的に伝わり、特に作者と同世代の者にとってはリアリティを生むのかもしれない。しかし、「ドラえもん」という小学生向けのマンガを題材に詠むあたり、見方を変えればマンガの中で比喩的に遊ぶことで現実の苦悩を実際より軽いものにして回避しようとする試みとも捉えられる。今の若者世代の悩み方が変わってきたとでも言おうか、いい悪いは別にして、現実の苦悩に正面切って向き合うのではなく、マンガの中に身を置いて遊び、歌にして表現するという解消方法を見出しているようにも思われる。

次に、少し変わった情報・メディア環境にふれた歌を一首とりあげてみたい。

ケータイの普及のおかげで突然に女便所で振られた私

私はこの歌を作者のユニークな表現として、他のところでもとりあげたことがあるが、携帯電話という伝達ツールを現代の比較的軽い恋愛関係とつなげてみせた面白い作品である。ショッキングな出来事にもかかわらずそこに第三者の目を介在させ、客観的に描写することでユーモラスに表現している。深刻な事態をドラマ化することで笑いとばそうとするあたり、作者の演出効果が成功しているといえる。

もう一首変わった歌がある。

偉そうに立ってる東京タワーから謎の電波が涙腺に来る

もし作者が地方からひとりで東京に出てきて頑張っている女性であれば、どんな時にもいつも変わらぬ姿勢ですっくと立っている東京タワーを見るとそんな自分の姿を見ているようで、つい涙が出そうになる。東京タワーの存在もまた特別なイメージとして把握されているのかもしれない。

次にこの作品集の中でももっとも興味深い恋愛の歌に移りたい。多くの恋愛の歌がそうであるように、彼女の場合も成就した恋の歌より失恋の歌の方が多いが、これは言うまでもなく現在進行形の恋愛では存在と意識とが一体化し安定しているため、自己表現としての歌が発生する余地が比較的少ないことを物語っている。それに対し失恋後の状態は、心の空白や喪失感のために歌が発生しやすいことが考えられる。まず、どちらかと言うと初期段階や発展段階と考えられる歌について見てみたい。

スピードは変わらないのに何回も押すエレベーター　君が待ってる

触られた部分が全部心臓になって代わりに返事をしちゃう

友達と大笑いした後とかにあなたのことを思い出します

犬みたいなシッポが欲しい　あのひとにうれしいって伝えられなかった

これらの歌は一読、気恥ずかしくなるようなところがないわけではないが、それでもこうした恋愛渦中の歌を堂々とつくって発表できる素直さが作者の強みで、だからこそ逆に感動的な失恋の歌も作れるのではないか。なかでも三首目の歌は注目に値する。この歌こそ恋愛渦中にある人の心情をよく表した歌で、心が高揚した時にふっと恋人のことを思い出すという状況を歌にできる感性に鋭さを感じる。こうした繊細な恋愛心理を歌にした歌人はそうはいないのではなかろうか。

また四首目の歌は、気持ちや感じたことを素直に表現したり相手に伝えたいのに、恋愛につきものの自尊心や見栄などのためか、それが意外と難しいという恋愛心理の機微をストレートに表現していて、私の教室の女子大生などが大好きな歌でもある。考えたら、こうした幼児性というか童話性は文学の根幹にあるもので、これこそ文学の王道なのだろう。

ここでもうひとつ恋愛歌の秀作を紹介しておきたい。

好きな人いたんだ　そっか　気づかずに回送のバスに手を上げていた

これもどちらかというと恋愛の初期段階に起こる現象を捉え、まだ相手のことをよく知らないが一方的に好意を持ち、近づきたい頃のことを歌にしたと思われる。そんな状況の中で起こりうるすれ違いを、回送バスを登場させることで比喩的に表現している。バスが来たので乗ろうとして手を上げたが、よく見るとそれは回送バスだったというのである。遠くからは行先表示がよく見えず、接近して初めて見送らざるをえないバスだとわかる。この期待と失望の一瞬の間を捉え、恋愛の出会いと期待はずれの気持ちを表現したところはさすがである。

それでは、恋愛の渦中から終局に向かう過程の歌にはどんなものがあるのか。

　　してもないピアス確かめてばかりいる　今日で君には逢えない気がする

　　たくさんの色を混ぜたら灰色になった絵の具のような終章

一首目に対する私の理解はこうである。おそらく別れ話になるだろう予感のある「今日」、記念日か何かにもらったピアスをあえてつけていかないことに別れの意思を示しつつ、ピアスのない耳に寂しさを感じているという歌なのだろう。ピアスをモチーフとしたものではユーミンの歌が有名だが、そこでは別れた彼への腹いせに真珠のピアスの片方を彼のベッドの下に置いてくるという、もっと辛辣できわどい使われ方をしているが、柳澤真実の場合はソフトで心理的な描写となっている。

二首目の歌は、恋愛期間が長くなるほど二人の間にも様々な出来事が起こり、同時に様々な想いが交錯するものだが、それはあたかも恋愛初期のピュアで美しい単色に彩られた景色も、複雑な色彩が混ざることによってくすんでくることを物語っている。淡彩画のようにさらっといかないのが恋愛であって、どちらかに重い負担や面倒臭さが出てくることを灰色の絵の具のようだと表現しているところが上手である。

色といえば次のような歌もある。

　　遠くから手を振ったんだ笑ったんだ　涙に色がなくてよかった

この歌は回送バスの歌と同じような言葉のリズムを持った歌だが、別れる人に笑顔で挨拶を送っているけれど涙に色があったら遠くても泣いていることがわかってしまうという切ない心情が「涙の色」という使い方にうまく表現されている。

また、終わったはずの恋の歌にも注目すべきものがいくつかある。

治りかけの傷のかゆみでまた君に懲りずに逢いに行きそうになる

口内炎みたいな感じで君のこと忘れたいけどまた出来ている

「あきらめた」まだあきらめてはいないからだから何度も口に出して言う

一首目と二首目の二つの歌はいずれも恋の未練を歌ったもので、一首目は治りかけの傷の「かゆみ」、二首目はできたり治ったりを繰り返す「口内炎」の比喩で、完全に消失しきれない恋の痛みを巧みに表現している作品である。失恋に伴うありきたりの感覚を比喩を使ってさらっと書くあたり、素人とは思えない歌の技巧を感じさせる。傷口の痛みではなく「かゆみ」としたあたり、その疼くようなくすぐったいような感覚に、恋の傷つきが薄らぐとともに未練も増すと言う、終わりかけの恋の微妙な心情が表現され絶妙である。三首目は、「あきらめてはいないから」「だから」と畳み掛けて強調しており、諦めねばと思いつつ諦めきれないという未練や葛藤の大きさが織り込まれている。

裏道の残雪わざと踏みつけて痛みを拡散させてる帰り

仕事帰りの途中などに、日頃のストレスを発散するかのようにふっくらと残った雪を踏みつけて歩きたくなる心境はよくわかる。この歌の「拡散」させたい痛みが何かは定かでないが、「痛み」という表現からは恋愛による痛みを連想させやすいだろう。「裏道の残雪」に、人目を憚らねばならないような恋なのだろうかと想像させる余韻も持たせている。

神様に聞こえるくらい大声で泣けばいいじゃんどうせならほら

他の作品にもあったがこれも口語短歌が開発した上句と下句の「句またがり」の手法を使い、口語短歌の特徴をさらに徹底化しているところにも現代性が顕著に現れている。

最後に少し気になる一首に触れてみたい。

公園で遊んではいられないけれど私達にはセックスがある

この歌はどういう意味に理解すればいいのか。休日もゆっくりデートができないほど多忙で夜しか会えないというような意味にもとれなくはないが、私の解釈は、公園での健康的なデートができないような、つまり公然とできないような秘密の恋、要するに不倫を詠っているのではないかというものである。そう考えると、以前とりあげた俵万智にも同様の歌があったことを思い出した。

逢うたびに抱かれなくてもいいように一緒に暮らしてみたい七月

ただし俵万智の場合は、同じ不倫の恋を歌にしても、逢うたびにセックスしなくてもいいように、むしろ公園で遊べるような関係への憧れを歌っている。

おわりに

今回の二人の歌は、インターネットを媒介にして歌づくりに参画しはじめただけあって、現代社会の中でも「メディア環境」の影響が大きく、それがこれまでの歌人以上に顕在化しているのが特徴的である。加藤治郎はこの世代を称して「インターネット世代」とまで呼んでいるくらいである。

また、恋の歌にも新しい表現が見られ、対等な関係意識を前提とした上で、さらに微細な恋愛感情が表出されていて、恋愛文化の成熟が感じられた。これまでの歌人たちが結社という旧い社会の中での歌づくりに拘泥している間に、現代短歌のポスト・ニューウェーブの歌人たちは新しい地平に向けて「口語性」と「大衆性」をさらに先鋭化させ、自由にのびのび羽ばたいているように見えた。また、現代社会の状況の変化をストレートに反映させているところもあって新鮮な感動を覚えるところがあった。最後に柳澤真実の第一歌集の出版を期待してこの小論を終わりたい。

参考文献

加藤千恵『ハッピーアイスクリーム』（中公文庫、二〇〇三年）
柳澤真実「君と小指でフォークダンスを」枡野浩一『かんたん短歌の作り方』（筑摩書房、二〇〇〇年）
加藤治郎「ポスト・ニューウェーブ世代、十五人」『短歌ヴァーサス』（風媒社、二〇〇七年）
（明治学院大学社会学・社会福祉学研究第一三一号、二〇〇九年三月）

第三部

岡本かの子と太宰治

第一三章　岡本かの子『鶴は病みき』を読む

一　岡本かの子という文学者

わが国の近代文学を代表する作家といえば、鷗外と漱石を挙げる人が多いと思うが、それではその二人に続く三人目の作家は誰かと言われれば即答するのはあんがい難しい。そこにかつて一人の女性作家が位置付けられたことがあった。そうそれが岡本かの子だったのである。岡本かの子といっても今の人は知らない人が多いと思う。しかし実際は「ちくま文庫」で全十二巻の『岡本かの子全集』が出ている。愛読者は少なくないのである。あるいは吉本隆明を知らない人でも吉本ばななのお父さんと言えばわかるように、岡本かの子を知らなくても岡本太郎のお母さんと言えばわかる人もいるかもしれない。以下全集の紹介文を引用する。

岡本かの子は一八八九（明治二十二）年、東京青山に生まれる。本名カノ。生家は多摩川河畔の二子に代々つづいた大地主。跡見高女卒業後、与謝野鉄幹・晶子夫妻に師事、「明星」「スバル」に短歌を発表。「青鞜」にも参加した。二十二歳で画学生岡本一平と結婚したが、結婚生活の苦悩から仏教を研鑽する。一九三六年発表の「鶴は病みき」によって文壇に登場する。その後四年の間に「金魚繚乱」「老妓抄」「生々流転」などの佳作を発表。一九三九（昭和十四）年二月十八日、脳充血で死去。四十九歳。

ところで岡本かの子が昭和十三年一月に書いた短編に「蔦の門」という作品がある。タイトルの意味は蔦が門に生い茂ったために門が使えなくなった家の者が脇のくぐり戸を使って出入りをしているということである。また家のお手伝いの老女が蔦の芽をちぎって遊ぶ近所の子どもたちを叱るという話も出てくる。かの子の評伝を書いた瀬戸内晴美もこんなことを書いていた。

「かの子は自然の風情をなつかしんで、庭の落ち葉を故意に掃かせなかった。この当時、岡本家を訪れたある婦人記者は、門を入るなり、ずぶっと靴の埋まってしまう落ち葉の厚さに驚いたと今も話していた。〈足首までいきなり入ってしまうのよ。ずぼっずぼっと一足ずつ、落ち葉の中からひきあげて歩かなくてはならないんですもの。あの驚きは今でも忘れられないわ〉雑草もまた生えるにまかせて、ある日恒松が掃除するつもりできれいに引き抜いたら、かの子が泣いて怒り出した。そんなかの子の嗜好はついに、門にからまってのびていく蔦の生命力がいとしいと言って、蔦をいたわり門を閉ざしっぱなしにするようになった。人の出入りは、脇のくぐり門を使用した。〈表門を蔦の成長の棚床に閉じ与えて、人間はそばの小さなくぐり門から、世を忍ぶもののように不自由がちに出入りするわが家の者は、無意識にもせよ、この質素な蔦を真実愛しているのだった。〉と、かの子の小説にある一節はそのままかの子の実生活の描写であった。」

私はこれを読んで考えさせられた。これがかの子が学んだ法華経のすべての命は平等であるという思想の表現なのかということであった。わが家の狭い庭にも蔦が生えているが、これまで家に這うのを嫌がって、はぎ取っていたり生え際を切ったりしていたものである。また自分が絵を描いていたころは例えば藪椿を山から一輪取ってきて、描こうとしている間に、開ききってしまったので、捨ててしまったりした。その頃はそんなことに何も疑問を感じていなかった。そんな自分勝手な行為に疑問をいだくようになってきた。そんなときに岡本かの子の『蔦の門』という小説を読んだのである。しかも時期が隣に伸びた庭木を剪定する必要があるときでもあった。どうしたものか。もともと不精な自分がなおさら動けなくなっているのである。今や東の壁に蔦が三本二階まで這っている。南西の小さな庭はサッカーをしている孫たちのために人工芝が張ってあるので雑草も生えなくていいのであるが。道路わきのハナミズキは茂りすぎると街灯の光を邪魔するので切らざるを得なくなる。近所から苦情が出るのである。南側の狭い庭にもきんもくせいとぎんもくせいの二本があり、いずれも二階の屋根まで伸びている。南側の家との境界は二メートルしかないので、ぎんもくせいを伝わった蔦がいつ隣の屋根に伸びるかヒヤヒヤである。岡本かの子が住んでいた昭和十年代の東京青山の一戸建てと現在の神奈川県の集合住宅地では環境が違うのである。そんな中でも岡本かの子の短編小説は私に大きな衝撃を与えているのである。

二　岡本かの子の短歌

ところで岡本かの子は自分にはラクダの三つのこぶがあると言っている。ひとつは仏教であり第二は短歌であり最後が小説であると。そこでここでは第二の短歌に注目してみたい。それも先ほどの植物との関連を考慮して、桜花の歌を中心に紹介してみたい。

　　桜花いのち一ぱい咲くからに命をかけてわが眺めたり

私はこの歌を読むと、桜を「きれいだね」と言ってただ観賞するのではなく、桜の開花に対して人間が全面対決しているように思われる。桜の花も冬の間エネルギーをためて春の開花を精一杯表現しようとしているのだから、人間もただ漫然と眺めるのではなく、桜の開花に負けないように精一杯対決すべきである。そのためには人間も冬の間準備し、体力、精力をつけて全力でその喜びを表現すべきだということである。人間として全力をあげて開花し、表現せよということである。

　　うつらうつらわが夢むらく遠方の水晶山に散るさくら花

岡本かの子は兄大貫晶川にあこがれて文学に導かれたといわれている。晶川とは兄弟が生まれ育った多摩川にちなんで命名したのであり、その源流には水晶山があったと幻想したと考えられる。生命の源流である水晶山に散る桜花とは、日本人のふるさとの象徴的な幻想と言ってもいいものだったと考えられる。

玉川の流れの末の末とほく行かばや君の魂に逢はむと

兄晶川は谷崎潤一郎の親友であり、第二次「新思潮」同人であったが二十五歳で夭折した。玉（多摩）川はかの子の実家のそばを流れており、幼いころから兄妹の遊び場であった。心の支えであった兄を失った悲しみと挽歌がこの作品にはこめられている。

つぶらかにわが眼を張ればつぶつぶに光こまかき朝桜かも

眼を大きく開いて朝の桜を見るとひとつひとつの花がこまかく陰影を見せて光輝いていることがわかる。人間もまた漫然と見ていてはその人の奥行きは見えないものである。しっかりつぶらな眼を見開いてみると、その人の人間性が見えてくるものである。この後検証する小説のデビュー作『鶴は病みき』にも反映しているのである。

おのづからなる生命のいろに花さけりわが咲く色をわれは知らぬ

自然の花は自由に精一杯いのちの限り咲いているが、人間である自分はつねに窮屈な思いをして、自由におおらかに花咲かせることができない。この人間の難しさに終始付きまとわれている。最近聴いた歌謡曲に「あなたは私に自由と孤独を教えてくれた」という歌詞があったのを思い出した。

淡紅の花えんどうを摘む五月わが腕もまろらかに肥ゆ

この歌が収められたのは第三歌集『浴身』で、一九二五（大正十四）年、作者三十七歳だった。初夏の晴れた日、スイートピーを摘んでる幸せそうなときが詠われている。まろらかに脂肪のついた腕を素直に詠っている様子は明るくて好感が持てる。

くれなゐの花をいとしとわが保尿器（ぽっと）椿がもとにあけて笑ましも

真っ赤に咲いた藪椿を見ていると、その美しさと比べようと自分の女性器を開いてみたという何とも微笑ましい歌である。かの子の童女のような純真さをよく表している。

　風もなきにざつくりと牡丹くづれたりざつくりくづるる時の来りて

これも『浴身』に収められた一首。牡丹の花の盛りは三日程度と言われている。「ざつくり」をリフレインすることで、花の散る摂理の厳粛さを表現している。俵万智も指摘しているが、岡本かの子にはリフレインを使った秀歌がいくつかある。

　いつぽんの桜すずしく野に樹てりほかにいつぽんの樹もあらぬ野に

かの子はこのような周りの風景を支配するような一本の樹のイメージが好きであった。それはやがて挑戦するつもりであった日本の文学世界に対する彼女の自立の姿勢そのものであった。

　しんしんと桜花ふかき奥にいつぽんの道とほりたりわれひとり行く

自分には華やかな桜花の饗宴の奥に特別な神秘的な世界が存在しており、そこへ至る道が見えている。あたかも自分ひとりが招待されているかのようにその世界に入っていこうとしている。自分の才能を自覚しつつあるときの自己愛的な感覚であろう。

　知恵の実を食ぶるなべに痩せてかそけきいのち自がつひに絶つ

この歌は昭和二年七月に自殺した芥川龍之介への挽歌である。岡本かの子は芥川龍之介と鎌倉にて大正十二年の夏、同宿することになった。かの子はもともと彼の文学に深い共感を寄せていた。事実彼女の文壇デビュー作『鶴は病みき』（昭和十一年）は芥川龍之介をモデルにした作品であった。芥川は知恵の実を食べることに夢中になって生命エネルギーを費やしてしまい、痩せてしまって、最後は自死せざるを得なかった。芸術至上主義者として同類意識が強かっただけに、その喪失感も大きかったと思われる。

三　『鶴は病みき』という小説

それでは小説『鶴は病みき』とはどんな作品だったのであろうか。まず書き出しの部分を引用してみよう。

「白梅の咲くころとなると、葉子はどうも麻川荘之介氏を想《おも》い出していけない。いけないというのは嫌という意味ではない。むしろ懐しまれるものを当面に見られなくなった愛惜《あいせき》のこころが催《もよお》されてこまるという意味である。わが国大正期の文壇に輝いた文学者麻川荘之介氏が自殺してからもはや八カ年は過ぎた。

白梅と麻川荘之介氏が、なぜ葉子の心のなかで相関聯《かんれん》しているのか、麻川氏と葉子の最後の邂逅《かいこう》が、葉子が熱海に梅を観《み》に行った途上であったためか、あるいは、麻川氏の秀麗な痩躯《そうく》長身を白梅が連想させるのか、または麻川氏の心性のある部分が清澄《せいちょう》で白梅に似ているとでもいうためか――だが、葉子が麻川氏を想い出すいとぐちは白梅の頃でありながら結局葉子がふかく麻川氏を想うとき場所は鎌倉で季節は夏の最中となる。葉子達一家は、麻川荘之介氏の自殺する五年前のひと夏、鎌倉雪の下のホテルH屋に麻川氏と同宿して避暑していた。」

この冒頭部分を読んだだけでも岡本かの子が名文家であることがわかると思う。人物と背景とそれらにまつわる作者の心情が的確に表現されているからである。私はその背景に彼女が長年「短歌」を詠んできたことがあると思っている。短歌は短い言葉で情景と人物の心性とを表現しなければならないからである。前述の短歌でも「知恵の実を食ぶるなべに痩せて」という言葉があったように、当時の芥川龍之介の情況が見事に表現されているのである。生半可な文芸評論家以上のものがある。

『鶴は病みき』は大正十二年の夏、避暑に来た鎌倉の雪の下の平野屋で同宿した芥川龍之介との交遊を描いた作品である。麻川のモデルは芥川、葉子は岡本かの子、坂本は岡本一平、大川宗三郎は谷崎潤一郎、赫子は谷崎の義妹で『痴人の愛』のナオミのモデルになった石川せつ子、X夫人は秀しげ子、喜久井は菊池寛、川田は川端康成、久野は久米正雄、K氏は画家の小穴隆一である。

ところでかの子はこの小説を書く前に芥川龍之介について短い小論を二つほど書いていた。ひとつは大正十二年十一月の「新潮」に書いた「今夏の芥川氏」であり、もうひとつは大正十五年四月号の「不同調」に書いた「芥川龍之介氏」である。前者はタイトルからわかるようにその年の夏の鎌倉での避暑の体験に基づくものであった。

「芥川氏をよく見ると普通一寸逢った人がよく言うような落ち着いた冷静なひとではない。頭は男性的でしっかりしているかもしれないが、神経は女性のように繊細である。優しい、鋭い、しかし時とすると、ヒステリックに執拗に人を追いかける。これは氏の弱点や欠点に運悪くうかうか触れてしまったものが遭う一つのさいなんである。誰も人間にはどんな偉い人でも欠点も弱味もあるものを、そんなにひしがくしにむきになって取り消したりそれを感知したものに復讐したりしなくてもよさそうなものだとさえ思われる、私などは、それあって、かえって氏の人間味を見出したくらいにかんがえるのに。だが、氏はどこまでも見栄坊なのか勝気なのか。」

「氏と最近の一夏を鎌倉で平野屋別荘で隣居した朝夕の親しみの間に私も随分氏からその手をむけられました。私も随分氏に対して気を付けてはいましたが生来強情な、と同時に突飛なところのある女ですから氏の手におえなかったところがあったのでしょうが、氏も随分独断的でそそっかしくこちらの言葉の真意や心情を思い違いしてむだな皮肉や追撃やトリックを用いて骨折り損をされたこともありました。その当時私も内々腹をたてたり（本当にないないでした。私は氏に面と向かってどんな時でも精一杯氏に対しすぐれた文学者のひとりに対する敬意を忘れてはいませんでした。）あきれたり、少しは軽蔑したりしました。が、大震災の驚愕が私の心の邪気を一掃してくれたのでしょうか、それとも氏の本質がいつまでも人の心に悪感を残して置かぬ徳を持つためか、私はとにかく、今は隣居の時代の氏を多く親しくすがすがしく思い出すばかりです。」

これが大正十二年の夏にかの子が芥川氏と出会った時の率直な思いだったのであり、この思い出が昭和二年の小説のベースになっているのは間違いない。そのような思いが発生する具体的な出来事を描いたのが小説だからである。この間の詳しい検討は後述するとしてここではもうひとつの芥川論「芥川龍之介氏」について紹介しておきたい。これは短いものなので全文引用しておきたい。

「私が芥川氏にもっとも接近した機会は今から四、五年前です。そのときの印象を私は前に新潮に書きましたが、今あれを少し訂正したいくらいにおもっております。それは芥川氏が婦女子のように小心だという点と何か常にトリックを用うる人のように、そしてそれが人格的に心服できぬように書きましたが、まだ私の氏に対しあの時分稚拙な観察だったと今ではおもいます。今ではこんなにおもっています。すなわち、氏の芸術があまりに大人風ならんとしまたその点かなり成功しているが故に氏自身その標準で見るとするとそこにかなり矛盾がある。そこに氏を誤解する点が生ずる。今にして思えば氏は全く稚純な性格者である、勉強のため、好みの結果氏のあの老成した作が生まれる、氏の稚純な性格から、稚純、愛すべき稚純の人芥川氏をいま私は感じています。」

小説執筆前に書かれたこの二つの小論は互いに矛盾しており、前者の意見を後者の見解が止揚、克服しているかたちである。短い文章であるが鋭いかの子の批評眼が芥川龍之介の核心を射抜いていることがわかる。芥川自身も後者の文章を喜んで受け入れていた。しかし小説はこの二つの見解を下敷きにして執筆されていることは事実であった。

四　芥川龍之介と岡本かの子

小説はひと夏の鎌倉での同宿体験を「鎌倉日記」の形で描いたものである。登場人物が文士の「麻川荘之介」となっていて、そのモデルが芥川龍之介であることはすぐにわかる仕掛けになっている。興味深いのは、この同宿者の名前を聞いたときの作者の感慨である。作者はその時のことを次のように書いていた。

「「ほう」葉子の夫は無心のように言ったが、葉子はいくらか胸にこたえてはっとした。」その原因はいくつか考えられた。そのひとつは夫の岡本一平が芥川氏のことを「文壇戯画」として描いていたことである。しかもその情報の出所が文学者のかの子であると芥川氏が思っているだろうということである。しかし本当はその情報源は川端康成であったにもかかわらずである。

その二はかの子が自分の小説の処女作を菊池寛氏に見てもらおうとしたら氏が忙しくてそれを芥川氏に見てもらいなさいと言われ、手紙を書くのであるが、その返事がいつまで待っても来ないということがあった。「文壇戯画」の情報源を疑われたかもという疑問が残った。

その三が一番重要であるが、芥川氏が付き合っているといわれているX夫人についてかの子が以前ある雑誌に書いたことがあり、それを芥川氏が読んでいるということがあった。その文章というのが「似非道主義の文学者―私のきらいな男」であり、その内容は、

「その文学者は日本一の美文家であると世間も許し、私も信じきっていたのに、その人が、黄色くて細くて粉屋のおかみさんのような女が上手におつくりして、妙なしなをしたのにほれぼれとしていた審美眼の貧弱さにあきれた。時がたってもその侮辱は、今でもその文学者を日本一の美文家と信じている私のその男に対する尊敬の一小瑕瑾とはなってしまったけれど、その夜、その会場における私の侮辱の対象は誰よりもそ

の男であった。」

かの子はこれを本人にわからないように書いたつもりであったが、鎌倉の同宿の折に不安に思っていたことがすでにわかっていたことが判明したのである。前にここまで率直に書いていた以上、かの子が不安に思うのは仕方がなかったと思われる。よりによってこんな人と同宿することになるとは思っていなかったに違いない。しかもその後、その人についての小説を書いて作家としてデビューすることになるわけであるから人間の運命とはわからないものである。かの子自身が一番驚いていたことであろう。しかも問題のX夫人こと一秀しげ子はかの子の第三歌集『浴身』が大正十四年五月に出版された時の出版記念会に出席していたのである。その時の写真も残っているが、秀しげ子はかの子や与謝野晶子などと並んで写っている。特別美人とは思えない。

かの子はその「鎌倉日記」の八回目にこんなことを書いていた。

「麻川氏と私とは、体格、容貌、性格のある部分など、まったく反対だが、神経の密度や趣味、好尚などずいぶんよく似た部分もある。氏もそれを感じているのか、いわゆるなかよしになり、しんみり語り合う機会が日増しに多くなった。そして氏のよき一面はますます私に感じられてくるにもかかわらず、何とも言えない不可解な氏が、おいおい私に現前してくる。それはよき一面の氏とは似てもつかない、そしてある場合には両面全く聯絡《れんらく》を持たないもののようにさえ感じられる。幼稚とも意地悪とも、病的、盲者的、時としてはまた許しがたい無礼の徒とも言いきれない一面に逢う。」

これがひと月弱の鎌倉での同宿でかの子が感じた芥川氏との関係にまつわる体験内容であった。もちろん小説だからそれらについてのそれぞれ具体的な記述があるわけであるが、ここではそのすべてを紹介するわけにはいかないのでその中から代表的な部分を紹介してみたい。

「麻川氏いわく「女の本当の美人なんてものは、男と同じようになかなかすくないですね。しかし、男が、ふとある女を想いつめその女にいろいろな空想や希望を積み重ねていくとその女が絶世の美人に見えるようになってきますね。そしてその陶酔を醒したくないと思いますね。その方が男にとって幸福ですからね。女から紅や、白粉《おしろい》を拭い取って、素顔を見るなんか私にはとてもできないことです。だが、それだっていいじゃないですか、それだって。」氏の言葉の調子はいくらかずつ私をきめつけてかかる。私は「そうですとも」と相槌《あいづち》を打った。すると麻川氏は「ほんとにそう、思うんですか」とますます私を極めつける。私「ええ」麻川氏「本当に……じゃあなぜあなたは……なぜ……」「何ですか」と私。（中略）

しばらくして麻川氏が「僕が、そういう意味でですね、僕がある女を美人と認めるとしても異議なしのはずですがねあなたは」私「ある女って誰ですか」私もとっさの場合、きっとなった。

麻川氏は必死な狡さで、「ふふふふ」と笑った。ふと、私はX夫人の事を思いついた。」

ここで二人の間で問題になっている「美人問答」の根底には二人の共通の知人である「X夫人」の存在があるということである。そこでその間の事情を理解するために若干の注釈を入れたいと思う。つまりこの間の歴史的背景をわかりやすく列挙しておいたほうが、内容がわかると思うからである。

一、まず岩野泡鳴が主催する「十日会」で秀しげ子と芥川龍之介が出会うわけである。その二回目の会に参加していたのが岡本かの子であった。『鶴は病みき』の最初のほうで描かれた麻川氏とX夫人との下りはその時のかの子が見た様子だったのである。それは大正八年九月十日だった。

二、芥川氏とX夫人はその五日後に向島と深川でデートしたといわれている。（高宮檀「芥川龍之介の愛した女性」）

三、大正十一年春、芥川氏は大阪毎日の海外視察員として中国に行く。上海到着早々乾性肋膜炎にかかり入院する。三週間後に退院し、その後四か月間中国を視察をする。しかし帰国後も健康がすぐれず、様々な病に悩まされることになる。この時の氏の病気のことはかの子も心配していた。

四、大正十一年一月『藪の中』を新潮に発表する。この作品が芥川氏と秀しげ子と芥川氏の門下生であった南部修太郎との三角関係を暗に描いた作品だと解釈する説もある。（前掲書）

五、『或阿呆の一生』は彼の死後に発表された作品であるが、その二十二に「狂人の娘」という短文がある。

「二台の人力車は人気のない曇天の田舎道を走っていった。その道の海に向かっていることは潮風の来るのでも明らかだった。後ろの人力車に乗っていた彼は少しもこのランデ・ブウに興味のないことを怪しみながら、彼自身をここへ導いたもののなんであるかを考えていた。それは決して恋愛ではなかった。もし恋愛でないとしたら、彼はこの答を避けるために「とにかくわれらは対等だ」と考えないわけにはいかなかった。前の人力車に乗っているのはある狂人の娘だった。のみならず彼女の妹は嫉妬のために自殺していた。

「もうどうにもしかたはない」彼はこの狂人の娘に、動物的本能ばかり強い彼女にある憎悪を感じていた。（以下略）」この前半の人力車は二に書かれた二人のデートの様子だという解釈がある。（前掲書）

六、かの子の『浴身』の出版記念会は昭和十四年の五月に開催され、それにも秀しげ子は出席していた。その他与謝野晶子や吉屋信子、菊池寛なども参加していた。その写真も残っている。

関連図書　高宮檀『芥川龍之介の愛した女性』彩流社、二〇〇六年
　　　　　中田睦美『芥川龍之介の文学と噂の女たち』翰林書房、二〇一九年

以上のような背景の下で、二人の美人問答が展開されていたのである。この二、三日前にもある美人談義が交わされていた。それは葉子が海岸から帰る途中で非常な馬上の美人に会ったと麻川氏に報告したときに麻川氏が言うことは、「非常な美人？　ははあ、あなたに美人の定見《ていけん》がありますか」（中略）「その女が馬上にいたんで美人に見えたんでしょう」私「馬上だからなおスタイルが颯爽《さっそう》としてたんでもありましょうがね、私の言うのは顔なんですの、すばらしく均整《きんせい》のとれてる顔が、馬上でほっと赧《あか》らんでいましたの」「ははあ」と麻川氏はどうも遺憾《いかん》でたまらない様子だ。「由来均整のとれてる顔にはばかが多いですな」（写真で見る限

り麻川氏の奥さんの顔は均整の取れた美人顔だった）

この間、葉子は麻川氏とX夫人が出会ったかつての会合のことを繰り返しになるが思い出していた。「巧みな化粧《けしょう》で変貌《へんぼう》したX夫人を先年某料亭で見て変貌以前を知っている私が眼前のX夫人の美に見惚れながら麻川氏といっしょに単純に讃嘆できなかったこと、その気持でその時の麻川氏を批判した随想をある雑誌に絶対に氏やX夫人の名前を明記しないで書いたのが、やはり麻川氏は読んで感づき気持に含んでいたのだと判った。（中略）何というしつこい氏の神経だ。」

またある時麻川氏が葉子にこんなことを言った。突然私の絽縮緬の単衣の袖をつまんで「X女史にこんな模様は似合うな」と決定的に言った。私は「あの方には無地でこの色（小豆色）だけなのがいいでしょうね」と言った。すると麻川氏の顔にみるみる冷笑が湧いた。「あなたの主張はそうですかなあ――あなた、あの人の衣装持ちにヤキモチ焼いていませんか」終りの一句（これは普通の眼鼻を持っている同志が面と向かって言い合う言葉ではない。氏は気違いじゃないかな。と私は咄嗟《とっさ》の場合思った。）は私、従妹をむしろ吃驚《びっくり》させて氏の顔に眼を集めさせた。ところが、意外にも氏の顔には、今が今、自分の口から出た言葉に吃驚し狼狽《ろうばい》している色が私たちの吃驚以上に認められた。

またある時麻川氏は大まじめに、「あなたんとこへまだずいぶんたくさんの人が東京から来るんでしょうな。およそ何人くらいまだ来る予定ですか」私「判りません」麻川氏「それらの人たちがですな、いちいち僕を頭に置いて帰るんじゃあ、やりきれない……」

葉子はこんなことがいろいろあって病後の、およそ一か月余りの鎌倉滞在中にすっかり疲れてしまい、夫の勧めもあって、東京に帰る当日に関東大震災が起こるのである。

岡本かの子はこの小説の最後を次のような言葉で、しめくくっている。

五　五年後の芥川氏との再会

「葉子はこの日記が終った大正十二年八月下旬以来、昭和二年春まで、足掛け五年も麻川氏に逢わなかった。昭和二年の早春、葉子は、ちょっとした病後の気持ちで熱海の梅林が見たくなり、良人と新橋駅から汽車に乗った。すると真向いにシートからつと立ち上って、「やあ！」と懐しげに声を掛けたのは麻川荘之介氏であった。何という変り方！　葉子の記憶にあるかぎりの鎌倉時代の麻川氏は、どこか黝《むし》んだ黝《うすぐろ》さはあってもまだまだ秀麗だった麻川氏が、今は額が細長く丸く禿げ上り、老婆のように皺んだ頬を硬ばらせた、奇貌を浮かして、それでも服装だけは昔のままの身だしなみで、竹骨に張った凧紙のようにしゃんと上衣を肩に張りつけた様子は、車内の人々の注目をさえひいている。葉子は麻川氏の病弱を絶えず噂には聞いていたが、こうまで氏をさいなみ果たした病魔の所業に今さらふかく驚かされた。病気はやはり支那旅行以来のものが執拗に氏から離れないものらしい。だが、つくづく見れば、今の異形の氏の奥から、歴然と昔の麻川氏の俤《おもかげ》は見えてくる。葉子はその俤を鎌倉で別れて以来、日がたつにつれどれほど懐しんでいたかしれない。葉子の鎌倉日記に書いた氏との葛藤、氏の病的や異常がかえって葉子に氏をなつかしく思わせるのは何と皮肉であろう。（中略）

「私ずっと前からお逢いしたかったのです。」

五年の歳月が、葉子を素直にはっきりしたものの言える女にしていた。

「僕も。」

氏の声はまた何という心の傷手から滲みだした切実な声になったことだろう。

「鎌倉時代に、私はもっと素直な気持で、あなたにお付き合いすればよかったと思ってました。」

「僕も。」

「ゆっくりお打ち合せして、近いうちにおめにかかりましょうね。」

「ぜひそうしてください。旅からお帰りになったら、お宅にいつころ伺《うかが》ってよいか、お知らせください。ぜひ。」（中略）氏は立ち際に「あなたが二度目に××誌に書かれた僕の批判はまったく当っていますありがたかった。」と言った。（中略）

「すっかりやられたんだな。」

葉子の良人も独言のように言ったきり黙っていた。

その日の夕刻、熱海梅林の鶴の金網前に葉子は佇《た》っていた。（中略）今は素立ちのたった一羽、梅花を渡るうすら冷たい夕風に色褪《いろあ》せた丹頂の毛をそよがせ蒼冥《そうめい》として昏《く》れる前面の山々を淋しげに、見上げている。私ははかなげな一羽の鶴の様子を観《み》ているうちに途中の汽車で別れた麻川氏が、しきりに想われるのであった。

「この鶴も、病んではかない運命の岸を辿るか。」こんな感傷に葉子は引き入れられて悄然とした。」

この最後の部分が今回の小説のタイトルに使われたわけである。この鶴の比喩で締めくくるあたりに、かの子の短歌で培われた表現方法が面目躍如であると思われる。かの子について短歌か小説かなどとその表現方法について議論するなどは全くナンセンスだと私は思う。そんな狭い議論などを超越したところにかの子の世界は存在しているからである。今回の私のノートは全くの入門的な紹介でしかなかったけれど、少しでも興味を懐いてくれたらと思うばかりである。

最後にこの小説の最後の部分を引用してこのノートを終わりたい、

「その年の七月、麻川氏は自殺した。葉子は世人と一緒に驚愕《きょうがく》した。世人は氏の自殺にたいして、病苦、家庭苦、芸術苦、恋愛苦あるいはもっと漠然《ばくぜん》とした透徹した氏の人生観、一つ一つ別の理由を当て嵌《は》めた。

葉子もまた……だが葉子には、あるいはそのすべてが氏の自殺の原因であるようにも思えた。

その後世間が氏の自殺に対する驚愕から遠ざかっていっても葉子の死に対する関心は時を経てますます深くなるばかりである。とりわけ氏と最後に逢った早春白梅の咲くころともなれば……そしてまた年ごとに七八月の鎌倉を想い追懐の念を増すばかりである。

また画家K氏のT誌に寄せた文章によれば、麻川氏はその晩年の日記に葉子を氏の知れる婦人のなかの誰より懐しく聡明《そうめい》なる者としてさえ書いている。それが葉子の思いをいっそう切実にさせるというのは葉子は熱海への汽車中、氏に約した会見を果たさなかった、氏と約したとおり氏に遭《あ》い氏がかりにも知れる婦人の中より選び信じ懐しんでくれた自分が、鎌倉時代よりもずっと明るく寛濶《かんかつ》に健康になった心象の幾分かを氏に投じえたなら、あるいは生前の氏の運命の左右に幾分か役立ち、あるいは氏の生死の時期や方向にも何らかの異動や変化がなかったかも期しがたいと氏の死後八九年経た今でもなお深く悔い惜しみ嘆くからである。

これを葉子という一女性のいたずらなる感傷の言葉とのみ読む人々よ、あながちに笑い去りたまうな。」

私はこれを読むと、葉子は麻川氏のことを心から愛しく懐かしんでいたことがわかるのである。

（明治学院大学社会学・社会福祉学研究第一五六号、二〇二一年二月）

第一四章　太宰治『女の決闘』を読む

はじめに

太宰治の『女の決闘』は変わった小説である。私はパロディ小説とか批評小説などと呼んでいる。つまり原作の基になった小説があり、それに太宰が手を加えて、独自の小説に仕立てているのである。中期といわれる戦中期（一九四一年から一九四五年）には、この種の作品がいくつか書かれている。例えば、シェークスピアの『ハムレット』を基にした『新ハムレット』やお伽草子を下敷きにした『お伽草子』などが有名である。それにある青年の日記を基にした『パンドラの匣』などを加えてもいいだろう。いずれも太宰が比較的安定した時期に書かれた秀作ぞろいである。前期と後期（戦後）に「私小説」が多いのと対照的である。

『女の決闘』は、『新ハムレット』と同じような外国の作品を基に書かれた中編小説であるが、『新ハムレット』が原作の構想を参考にしつつも、全く新たに書き下ろされているのに対し、これは短編小説ということもあって、原作がすべて引用されているところが違っている。原作は、森鷗外全集の翻訳編に載っていたものである。多数の翻訳小説が載っている中で太宰が注目した作品が、このわずか十三ページほどの短編であった。それは十九世紀後半、ヘルベルト・オイレンベルグというドイツの小説家によって書かれたもので、内容は、夫に浮気された妻が、その浮気相手の女学生に決闘を申し込み、相手を撃ち殺して自分も死んでいくという一種の痴情小説で、一貫して妻の立場で描かれている。

太宰は、この短く刈り込まれた作品に文学的想像力を大いに刺激され、原作をいくつかに分解し、その間に自分の『女の決闘』を接木するように書いた。具体的には、一回十五枚とし六回に渡る雑誌小説にしている。その際、単純に補筆した完成形の物語を連載しているわけではなく、原作に対する感想や批評、オリジナルの設定や登場人物の心情など注釈を交えているため、太宰がどのように物語をつくっていくかが窺われ、読者の興味をひくところでもある。実際それらは、読者を意識した、口語体と文語体の入り混じる自由な語り口調で書かれている。

本論では、太宰が原作にどのように補筆し太宰版の『女の決闘』に仕上げたかを紹介しつつ、彼がこの作品に介入したいと思うほど惹かれた点は何だったのか、補筆し新たな物語をつくることで何を表現したのかなどを筆者なりに考えてみたい。

一　オイレンベルグ『女の決闘』

先に、原作のストーリーを紹介しておこう。太宰の『女の決闘』でどのように区切られているかがわかるように記してみる。

〈第一〉　医科大で学ぶ女学生が家に戻ると、次のような手紙が来ている。「あなたの関係なすっている男の事をある偶然の機会に承知しました。わたしはその男の妻であるといままで思っていた女です。私はあなたの人柄を観察して、あなたは決して自分のした事に責任を負わない方ではないでしょうし、第三者を侮辱しておきながらその責任を逃れようとなさる方でもないでしょう。わたしはあなたが射撃をすることを知っていますので、明日の午前十時に下記の場所に拳銃持参でお出で下さることを要求します。お互いに立会人は連れて参らぬようしましょう。そのことを問題の男に打ち明ける必要はないと存じますし、わたしが明日は遠方に行くようにしました。」この文句の次に出会う場所が書いてあり、名前はコンスタンチェとして苗字を読めるくらいに消してあった。

〈第二〉　女は手紙を出すと町の拳銃屋に行って六連発の銃を買い、店の主人に拳銃の撃ち方を一時間程おそわって来た（この練習シーンが詳述されている）。

〈第三〉　翌朝約束の停車場から二人の女は黙って歩き出し白樺の森に入っていった。突然立ち止まった女房が「お互い六連発ずつ打つ事にしましょうね。あなたが先にお打ちなさい」「ようございます」二人の交えた会話はそれだけであった。

〈第四〉　二人がかわるがわる打ち合ったがいずれも当たらなかった。女房も気がぼうっとして来て、もう一〇〇発も打ったような気がして来た。突然打ったか打たぬか知らぬのに、前に見えていた女学生の白いカラが地に落ちた。女房は夢から醒めたように拳銃を投げてその場を逃げ出した。ただ自分が殺した女学生のいる場所からなるたけ遠くに逃げようとしているのである。女房はできるだけ走って草原のはずれで倒れた。落ちついてくると復讐をなしとげたという喜びもつまらぬものになって来て冷たい風が吹いて来た気がして自分が凍えそうになった。復讐というものはこんな苦い味のものかしらと考えた。夕方に女房は草原で起き上がったが、また絶えず拳銃の撃つ音がする。そう思っているうちに自分の影が自分の体をはなれ目の前を歩いて行く女が見えて来た。女房はその影を気の毒に思い、声を立てて泣きだした。きのうまで暮らして来た自分の生涯はぱったり断ち切られてしまって、もう自分とは何の関係もないものに思えて来た。そこで女房は死のうと決心し、村役場に行って言った。「あのどうぞわたくしを縛って下さい。わたくしは決闘して人を一人殺しました」。

〈第五〉　女房が相手を殺した場所を精しく話したので調べてみると、女学生は頸の銃創からの出血で死んだものらしかった。二つの拳銃もすててあり、どちらも弾丸は打ちつくしてあった。女房は抑留してほしいと請求したが、正当な決闘なら投獄されないと説明された。市に護送され予審に掛かり未決檻に入れられたが、夫との面会さえ拒絶し、予審をわざと二、三週間長引かせた。

ある夕方女房は檻房の床の上に倒れて死んでいた。抱いて寝台の上に寝かせ、女房の体が着物だけの目方しかなく、調べると檻房に入れられてから絶食していたことがわかった。人前ではのみ込んで、すぐに吐き出したりしていた。丁度相手の女学生が出血で死んだように、絶食して死んだのである。

〈第六〉　遺物を調べても夫や子供への手紙もなく、ただあるのは三度来た牧師への短い手紙だけであった。「どうぞ二度とおたずね下さいませんように。私は元の天国へ帰りたくはありません。決闘で私の殺した女学生が流した血のように、もう元へは帰らぬのでございます。わたくしはもう人の妻でもなければ人の母でもありません。もうそんなものには決してなれません。私は拳銃屋の中庭で打って見た時、自分が死ぬ覚悟で打ってました。そして自分が狙っている物が自分の心臓だということがわかりました。この心臓はもと夫と子どもの側で打っていたのに、いまは数知れぬ弾丸に打ち抜かれています。自分の恋愛が自分を包んでいる皮のようなものだと思っていましたので、それが傷つけられたと思った時は、死のうと思いました。女学生に殺してもらおうと思いました。そして私の恋愛を潔く相手に奪われてしまおうと思いました。それが私が勝ってしまった時、名誉を救ったけれど恋愛を救うことは出来なかったことに気づきました。恋愛の傷は死ななくては癒されません。だから私を偉大なまま死なせて下さい。私は自分のしたことを名誉ある人妻として神の前に持って行きたいのです。私もまた自分の恋愛に釘付けにされてあまたの傷から血を流しています。こんな恋愛がこの世界で正当な恋愛であったかどうかは死んであとにわかるだろうと思います」。

このように、原作は女学生への手紙で始まり、牧師への手紙で終わっている。ひとりの男性をめぐる痛烈な三角関係の物語でありながら、男性のことも相手のことも全く触れず、人妻の心情と行動が述べられているだけの珍しい小説である。

二　太宰治『女の決闘』

では、太宰治が施した変更と補筆点を整理し、太宰版のストーリーを紹介しよう。

太宰は、女房についてはすでに詳細に描かれているので触れず、他の二人の配役、すなわち女房の夫と決闘相手の女学生に関するストーリーを考えた。そして、①女学生と女房の夫を中心に小説化する。②女学生もまた男を拒否し、男は二人の女からいずれも拒絶される。要するに悪者にされる。③しかし、男を芸術家に見立て、二人の女性が生き残ることを思念する立場に立たせることによって、男をかすかに救済しようとした。④また、設定の大きな変更点として、女主人公の夫を作者のオイレンベルグにしているという意外性がある。

④については、〈第二〉の拳銃の打ち方のシーンが「はッと思うくらいに的確」な描写であることから、「原作者は女のうしろに立って見ていた」とし、どのような設定にしたかを説明している。物語に対する補筆は〈第三〉からで、決闘の場所に二人が行く場面までを引用した後、女学生の次のことばから始まっている。

女学生は一こと言ってみたかった。「私はあの人を愛していない。あなたはほんとに愛しているの」。

原作では、二人は出会ってから一言も口をきかずに決闘の場所に歩いて行くのだが、太宰はその女学生に心情を思う存分語らせている。突然決闘の場に呼び出され、無言のままに死んでいくのはあまりに不憫であり、不公平だと思ったのだろう。そこで、決闘場に赴く道すがらに回想シーンを挿入し、三人の関係性などもわかるように、女房の手紙を読んだ時の女学生の心境や夫とのやりとりを補筆している。それは、「無智な馬鹿らしい手紙」を一蹴し引き裂いて紙屑入れに投げ捨てた時に、男が蒼ざめていきなり部屋に入って来たという次の場面から始まる。

男は、「見つかった。感づかれた」と右の頬を引きつらせながら言った。手紙が決闘の申込みだと聞かせられると、「そうか。やっぱりそうか」と落ち着きなく部屋をうろうろしながら「あいつはそんな無茶なことをやらかして、おれの声明を傷つけ、こころからの復讐をしようとしている」「変だと思っていたのだ。ゆうべ、おれにいつになくやさしい口調で気休めにどこか田舎へ遊びにいらっしゃい。お金もあります。おれは、ははあこれは何かあるなと感づき、何食わぬ顔して今朝旅行に出たふりして、また引き返し、家の中庭の隅にしゃがんで看視していたら、夕方あいつは家を出て、お前の下宿に行き、あのあと下町の拳銃屋に入って行った。人生がこのような黒い銃身の光と、じかに結びつくなどは、ふだんはとても考えられぬことであるが、その時の私のうつろな絶望の胸には、とてもリリカルにしみて来た。銃身の黒い光は、これはいのちの最後の詩だと思った。パアンと店の裏で拳銃の音がする。私は危うく涙を落としそうになった。私が店の中庭まで行って見ると、女房が拳銃を的に向かってぶっ放すところであった。けれど弾丸は三歩程度の地面に当り、はじかれて窓に当り、窓ガラスはからからと鳴ってこわれ、一群の鳩が驚いて飛び立って、ただきえ暗い中庭をさっと一層暗くした。私はただ涙ぐむのを覚えた。あの涙は何だろう。憎悪の涙か、恐怖の涙か、いやいやひょっとしたら女房への不憫さの涙であったかも知れない」。

ところが、女学生の反応もまた意外なものであった。この時の女学生の言動も原作にない太宰の独自の作品化であるが、ただ結果として二人の女は翌朝決闘に出かけるというストーリーはくずすわけにもいかないので、太宰としては女学生をいかに描くか苦心したに違いない。結論としては、女房に負けないくらい気丈な女として描き出している。でないと決闘に至らないからである。

女学生の心情に関する太宰の物語は次のようなものである。

決闘などする気のなかった女学生は男のうろたえる姿に呆れ、また「私ひとりが罪人であるかのように扱われている」ことに「侮辱を受けた」と感じ、女房を殺してやろうと思う。ところが、散歩に出て男を見かけ、話しかけた時の男の態度に女房を気の毒になり、今度は男を殺してやろうと考える。その件を以下のように描写している。男が、女学生のことを「生まれてはじめての恋人」とか「生涯の唯一の女」と言ったのに対し、この女性は、「それは芸術家の一人合点、あなたがひとりで享楽しているだけ」と批判し、「私が興味を持ったのは、あなたの芸術家という職業についてで、市民を嘲って芸術を売って、市民と同じ生活をしているというのは、私には不思議な生物のように思われる。でも結局なんにも無いことがわかった」。芸術家というのは弱くて、知能の未発達な発達障害のような者でしかないということ。だから純粋というのは発達障害のことであり、「無垢というのは泣虫のことである。いまでもあなたは驚いて度を失い、ただうろうろして見せるだけである」と言い放つ。そして、大して愛してもいない男の女房から決闘の申込みの手紙が来てえらく迷惑している。馬鹿馬鹿しい。私はそれほどその男を愛してもいないし、失いたくないとも思っていない。笑止千万である。私は拳銃が得意なので、「あなたが見に来たら殺してあげる。見に来なかったら帰してあげる。あの男は私に女房を殺してほしいと思っているのにそれも正直に言えない男」「あの人の女房が急に不憫になって来た。いたわりあわなければならぬ間柄ではなかろうか」とさえ思えて来た。

これを原作のストーリーにつなげ、一夜明けて約束の場所に出向いてみると女学生の気持ちも変わり、しかも女房の強面の態度に接するに及び、女房に対する同情心も消え失せていったとして、決闘シーンの―「お互い六発ずつ打つ事にしましょうね。あなたが先へお打ちなさい」「ようございます」二人の交えた会話はそれだけであった―に続くことになる。さらに、「白樺の木が、これから起こる珍しい出来事を声を立てずに見ている」、という原作に続けて、見ているのは白樺だけではなく「れいの下等の芸術家」という一文を付け加え、原作者のオイレンベルグが妻と女学生の決闘を見ているという設定にしているのである。

次の〈第四〉では、決闘場面の前に「下等の芸術家の心懐」を挿入している。つまり、この男は女房の寡黙な言動をすばやく感知して彼女の跡を追い、女学生の下宿にまで出向き、翌朝の決闘の場面にも木の陰に隠れてその様子を終始見守っていたことにしたが、そこに芸術家である男の素姓が現れていると考え、ここで芸術家に例外なく具わっている哀れな悪徳を二つ指摘する。ひとつは「好色の念」であり、もうひとつは「好奇心と功名心」であるとし、「愛欲に狂乱しながらも、その狂乱の様さえ描写しようと努めているのが芸術家の宿命であります。本能であります」と書いている。とはいえ、木の陰から二人の決闘を見守っている男の心の内は複雑であったとし、次のような心情を補筆している。

「私は二人をおんなじように愛している」から、決闘を「やめて欲しいとも思う」のだが、二人の間に飛び込むほどの決断もつかずなりゆきを見ている。「私はおまえを愛していない」けれど、「一生離れまい決心だった」。しかし、「もうこうなれば、どっちが死んだって同じ事だ」「私の知ったことか」。

そして、この後に原作の決闘場面が続くのである。

〈第五〉は女房が自首する件だが、この後に、太宰曰く「悪徳の芸術家」が裁判所で尋問された様子と心情を挿入している。

決闘で生き延びた女房は役場に駆け込み、そこで自死するように死んでしまう。その後、この夫である男性は、市の裁判所に召喚されて、予審判事の尋問を受けることになり、あなたは「どちらの死を望みましたか」と聞かれた男は、「私はどちらも生きてくれと念じていました」と答える。しかし私たちの心の中の小さな検事は疑い深く、この男のことばを素直に信用しない。この男はあの時、「どっちも死ね」とか「女房だけ死ね」と瞬間思ったことがあったに違いない。確かにそうした卑しい願望が胸に浮ぶことは誰にでもあるからと言って、それが真実であるとは限らない。この時の男も色々なことを考えつつも、最後は、「二人とも死なずに生きてほしい」と思ったというのが真実なのだ。眼では決闘の場面を平然と描写しながらも、心の中では断腸の思いであった。

最終回の〈第六〉では、女房が牧師に書きかけた手紙に続けて次のような心情と、男のその後の人生について補筆した。

「異様な恐怖に襲われた」「あの女房が、こんなにも恐ろしい無茶なくらいの燃える祈念で生きていたとは思い及ばぬ事でした。女性にとって、現世の恋情がこんなにも焼き焦げる程ひとすじなものとは、とても考えられぬことでした。命も要らぬ、神も要らぬ、ただひとりの男に対する恋情の完成だけを祈って、半狂乱で生きている女の姿を、彼は、いまはじめて明瞭に知ることができたのでした」。

三　太宰治『女の決闘』論

1　太宰治の着眼点について

太宰には、この短編小説がダイヤの原石のように見えたと思われる。「これは、いかにも不思議な作品であります」と言い、「作品に依れば、その描写の的確、心理の微妙、神への強烈な凝視、すべてまさしく一流中の一流である。ただ少し、構成の投げやりな点が、かれを第二のシェイクスピアにさせなかった」と述べている。この小説を読んだ時、その状況の的確な描写力と心理の微妙な考察に感心させられたと同時に「構成のずさんさ」に気づき、このまま放置することのもったいなさを痛感し、その時この状況に介入し補筆してみたくなったのであろう。いいかえれば、太宰治の批評精神と文学精神が刺激され、表現意欲がいたくそそられたのである。

ところで、太宰が「的確の描写」と評価している点を確認してみると、例えば、女学生に書き送った「手紙」がある。「あなたの関係なすっている男の事をある偶然の機会に承知しました。その手続きはどうでも好いことだから申しません」という書き出しの、きわめて事務的で一切の思惑などを切り捨てた文体には「冷淡さ」と「そっけなさ」があると指摘している。

また、太宰は、書き出しを重要視するようであるが、そうした書き出しやいくつかの描写については評価しているのに対し、後半場面については、「原文も、この辺から、調子が落ちて、決闘の場面の描写ほど、張りが無い」と批評している。三角関係の話なのに女房の心情しか書かれていないこともアンバランスであり、不思議に感じられたのであろう。

2　太宰治の男性観

原作の特徴は、夫の浮気によって夫婦の愛情が崩壊したと判断した女房が、夫婦愛の回復を志向せずに、そこからの退却、自滅を志向したことである。しかし、はじめから自死という手段を選ばずに、相手の女学生との決闘という手段を選んだところにこの小説の眼目がある。しかもこの拳銃による決闘は、自分が負ける可能性の大きな方法であり、ほとんど自死に近い手段であって、その際に相手の女学生を巻き添えにして、浮気の罪を負わせようという意図があったと思われる。同時に不倫した夫の裏切りに対する恨みを込めた復讐も含まれているだろう。その証拠に生き残ったあとも、夫との面会さえ拒絶していた。

こうした原作に対し、太宰は、この男を若い愛人からは無能な芸術家として軽蔑させ、女房からは、自分を裏切った夫として二度と会いたくない男として、冷たく離別させている。この後者の女房の立場は、原作を尊重してそのまま受け入れている。

ところで、太宰はすでに『お伽草子』の「カチカチ山」で、年とった男性と若い女性との恋愛関係を描いたことがあった。この時は、うさぎに託した若い女性によって、片想いのたぬきの年上の男性がさんざん虐待されるというストーリーであった。これも、もとはうさぎのたぬきへの復讐譚というかたちになっていて、その原作に即して太宰なりに無残に復讐される年上のたぬきを滑稽に描いたのであった。『女の決闘』においても太宰は、若い女性への愛情は否定していない。にもかかわらず、女性からは痛烈に批判されている。まるで二人の女性から同時に見捨てられているかのようである。

では何故太宰は、女学生の肉声を描く時に、男に対してあそこまで冷たく薄情な女として書いたのであろうか。私の解釈は、まず原作の女房が、夫に裏切られて絶望し、自死に近いかたちで死んでいるという前提があって、それに対抗するためにも女学生に冷たく対応させる必要があると考えた。もうひとつは太宰治の中にマザーコンプレックスがあって、それが若い女性を敬遠させるかたちに反応したことが考えられる。

3　太宰治の芸術家論

太宰は、この浮気な男を大胆にもこの小説の作者であるオイレンベルグに仕立てたが、その男の独白や女学生が男に向けた言葉のなかで、広義の「芸術家」論を展開している。

太宰にとって、芸術家というものは、「ひとで無い部分」を持ち「最大の悲劇をも冷酷な眼で平気で観察しているものだ」としつつ、一方では、芸術家は「サタン」ではなく、「めったに泣かないけれども、ひそかに心臓を破って居ります」と述べているように、「非情」さと「美しい願望」を併せ持つもののようである。また、男が二人の決闘場面で、「女房を殺せ」と願ったり「決闘やめろ」と叫ぼうとしたという辺りで筆が伸びているが、「念々と動く心の像」や「多くの浮遊の事実の中から、たった一つの真実を拾い出」せるものが芸術家であると考えていることが窺われる。

また、男性を小説家ないし芸術家と認知することによって、自己の立場を投影したところがある。男性とオイレンベルグを同一化した時にこの意識は発生し、おそらく、先の芸術家論は彼自身を語ったものと言ってもいいのだろう。男性に関する描写は原作には一切なく、すべて太宰治の独創によるものであり、太宰らしさが一番濃厚に表れている部分でもある。

4　二十世紀文学への変換

ところで私は、太宰が補筆した場面で、男は女房が拳銃屋に行って拳銃の撃ち方を教わっているのを見て怖気づきすぐに女学生のところにかけつけるシーンを読んだ時、わが国のある小説を思い出した。それは島尾敏雄の『死の棘』である。外泊して帰ってみると女房が自分の日記を盗み見し、浮気がばれて、ミホさんが徐々に狂気におちいっていく時、出刃包丁で相手を殺す場面を想像しながら、その浮気相手のところに出かけるシーンである。それを島尾敏雄は次のような会話で描写していた。

「妻が来なかったかしら?」「どうしたの?やぶからぼうに。何か起こったの?」「もうぼくはここに来ませんから、妻があなたを殺しにくるかもわからない」「いったいどうしたのよ。いきなりすがたを見せなくなったり、奥さんのことを言い出したり」「妻が家出をしたんだ。もうここには来られない。いきさつをくわしく話してはいられないけど、あなたとのことを妻はとっくに知っていた。それで今ぼくの生活はめちゃくちゃなんだ。こうしているあいだに、家がどんなことになっているかわからない。破滅しかけているんだ。妻は自殺しているかもしれない」「ちょっと待って。どうしたのよ、破滅だの、自殺だのって、とにかくそこにそうして立っていないでおあがんなさい」「ずいぶん長い間おつきあいしてもらったけど、もうぼくは来ませんから――」。こんなやりとりが続いたあと、男は部屋にあがりもせずそそくさと帰って行くのである。

二つの小説はいずれも、浮気相手の存在を知った女房が狂気じみた行動に出るのではという恐怖にとりつかれた男が、相手の女のところに出かけるというところは共通しているが、女房が持つ凶器が一方は拳銃であり、他方が出刃包丁というところは文化的差異が現れている。しかし、女房のその後の行動は根本的に違っていて、一方は男を抜きにして二人だけでの女の決闘へ走るのに対し、他方は、男への執拗な拷問に近い糾弾と尋問の連続である。ここには、欧米の恋愛文化と日本の恋愛文化の違いが現れているのかもしれない。ただ『死の棘』の場合は、後半、見舞いに来た若い女性に対して女房が半殺しの暴行を加える場面があり、ここがまたこの小説のクライマックスになっていて、並の恋愛小説とは一線を画しているところであった。

太宰は、「二十世紀の写実とは、あるいは概念の肉化にあるのかも知れません……」と書いている。この概念の肉化を具体的に表現したのが、今回の自分の文学だと言っているのである。二十世紀の写実＝概念の肉化とは、二十世紀になって近代市民社会が成熟し、それまで支配的であった人間や社会の概念に「ゆらぎ」

が発生しているということであろう。家族を支配していた恋愛・結婚というロマンチックラブイデオロギーが恋愛文化の成熟の中で様々にゆらぎ出しているということであろう。それを原作者はひとり女房の中に完結させようとしている恋愛ドラマを、あとの二者、夫と若い女性を巻き込んだ三角関係のドラマとして生々しく赤裸々に展開しようとしているのである。言い換えれば、十九世紀的写実の物語として女房の心の中に内閉しようとしている小説を、二十世紀の写実の立場から、世俗的な視点を導入して、オープンにドロドロの三角関係の不倫小説として解放しようとしているのである。

5　太宰が「流し込んだ体験」とは

ところで太宰は、最終回の第六の冒頭で、この作品が思い出深く、愛着深い作品になるのではないかと言って、「また自身の体験としての感懐も、あらわにそれと読者に気づかれ無いように、こっそり物語の奥底に流し込んでおいたことでもあります……」と書いた。そしてお名残惜しい思い出であると言って、「所詮、作者の愚かな感傷でありますが、殺された女学生の亡霊、絶食して次第に体を萎びさせて死んだ女房の死顔、ひとり生き残った悪徳の夫の懊悩の姿などが、この二、三日、私の背後に影法師のように無言で執拗に、つき従っていたことも事実であります」とも書いていた。

ここまで言われると、一読者でも素通りできなくなるではないか。太宰自身の体験としての感懐とは何か。またそれをこっそり物語の奥底に流し込んで置いたと言われると、それはどの辺なのかとても気になってくる。

そこで太宰治の感懐深い出来事を彼の作品の中から抽出してみると、例えば昭和十年に書かれた『道化の華』という作品がある。作者自身が体験した鎌倉腰越での心中事件を素材にした小説である。

「あけがたになって女の死体が袖ヶ浦の波打ち際で発見された、短く刈りあげた髪がつやつや光って、顔は白くむくんでいた。（中略）正午近く警察の人が二人、葉蔵を見舞った。（中略）ひととおりの訊問をすませてから髭はベッドへのしかかるようにして言った。〈女は死んだよ、君には死ぬ気があったのかね〉。葉蔵は黙っていた。（中略）その刑事たちが立去ってから、真野はいそいで葉蔵の室に帰って来た。けれどドアをあけたとたん嗚咽している葉蔵を見てしまった」。

この小説が後に芥川賞の候補になり、川端康成から「作者目下の生活に厭な雲ありて、才能の素直に発せざる憾みがあった」と言わしめた作品であった。

太宰は、第二の中でオイレンベルグの的確な描写について触れ、「その小説の描写が怪しからぬくらいに直截である場合、人は感服とともに一種不快な疑惑を抱くものであります。うま過ぎる。淫する。神を冒す。いろいろの言葉があります。

描写に対する疑惑はやがてその的確すぎる描写を為した作者の人柄に対する疑惑に移行します。そろそろこの辺から私（DAZAI）の小説になりかけておりますから、読者も用心していて下さい」と書いているが、先の『道化の華』にまつわる様々な体験が、原作の的確な描写を読んで不快感を抱いたときに想起されたのではないだろうか。これが、「私、一個人にとっては、これはのちのちも愛着深い作品になるのではないかと思っております」と言わせしめた由縁であると思われる。

おわりに

太宰治は、この小説の終わりで、自分の小説が原作よりも「もっと身近に生臭く共感させられたら成功でありります」と書いていた。その意味でもこの作品は、比較的安定していたと言われる中期の傑作と言える。素材の良さを得たシェフが最上の腕をふるった料理でもあった。そして最後に付け加えておきたいことは、芸術家であった男が、女房と女学生のどちらの死を選んでいたかと問われ「私はどちらも生きてくれと感じていました」と答えていたことである。ここにも中期の安定した作者の心境が投影していると思われる。

参考文献

オイレンベルグ『女の決闘』『森鷗外全集12巻』（筑摩書房、一九九六年）
太宰治『女の決闘』『太宰治全集3』（ちくま文庫、一九八八年）
島尾敏雄『死の棘』（新潮文庫、一九八一年）
吉本隆明「太宰治と森鷗外」『吉本隆明五十度の講演』（東京糸井重里事務所、二〇〇八年）
太宰治『道化の華』『晩年』（新潮文庫、二〇〇五年）
太宰治「川端康成へ」『太宰治全集10』（ちくま文庫、一九九八年）

（明治学院大学教職課程論叢　人間の発達と教育　第七号、二〇一一年三月）

第一五章　二つの芥川賞作品について

一　『首里の馬』高山羽根子

二〇二〇年と二〇二一年の芥川賞受賞作品に広い意味での沖縄が対象になっているのを見ると、感慨深いものがある。それは一九九六年に又吉栄喜が一九九七年に目取真俊が芥川賞を連続受賞した時と同様の衝撃をもたらした。又吉も目取真も沖縄生まれで琉球大学卒である。しかしその衝撃の意味はかなり違う。今回の受賞者は二人とも女性であり、二〇二〇年受賞の高山羽根子は一九七五年富山県生まれで、多摩美術大学卒である。そして二〇二一年受賞の李琴峰は一九八九年台湾生まれで二〇一三年に台湾大学卒業後来日している。この二人の女性の経歴を見ても現代の文学の社会的背景がいかに多様化しているかをよく表している。もちろんこの二人の女性の経歴はその文学作品に反映していることは言うまでもない。

それでは二〇二〇年の芥川賞受賞作『首里の馬』とはどんな小説だったのであろうか。これがなかなかの曲者で、難しいことは何も書いてないのだが、作者が一体何を言いたいのかと考えるとよくわからない。そのくらい読みにくい小説なのである。

まずはこの本の帯にある、「この島のできる限りすべての情報をまもりたい−」と書かれている「沖縄及島嶼資料館」のことについて考えてみたい。やはり帯に「沖縄の古びた郷土資料館」とか「中学生のころから資料の整理を手伝っている未名子」という言葉も出てくる。しかしこの冒頭から一七頁に及ぶ「資料館」の記述においても、作者は沖縄の特定の文化の内容については一切語ろうとはしないのである。事実この資料館の現在の所有者である「順さん」という女性についても長い間、民俗学を研究してきた女性の学者で、これまで全国各地の民族風習や風俗を調べていたが、これからは沖縄の資料を収集することに集中したいと決めて、人生の最終的な場所として沖縄に住居をかまえたという。しかしわれわれ読者はその順さんが何に興味を持って沖縄で研究をしようとしているかを知らされてないし、彼女の下で資料の整理を手伝っている未名子も何が面白くてここにやってきているかがよくわからない。そこで語られるのは常に「情報」であり「資料」であって具体的な沖縄人の生活や文化の中身ではないのである。

しかし私は気になるのである。作者はこの小説で一体何を書きたいのかということである。

「資料館には沖縄の人々から集めた情報の、今現在の感覚で考えれば真偽が確実でないあらゆるものが保存されていた。収集したのは順さんだけれども、記憶の聞き書きや人の主張は、収集する時代によっても要素が変わり続ける。時間によって変化していくうえ、その記憶の信頼度は絶えずゆらぎつづけるとても不安定なものだった。ただそれらの資料が真実の記録なのか、どこかで形を変えてしまったのか、それとも初めからすっかり偽物なのか、頭を抱えて考えるのはその時代ごとの研究者がすることで、収集する側はできるかぎり資料を集めるだけだと順さんも未名子も考えている。（中略）未名子は専門の研究者ではなかった。だから自分の勝手な判断でデータに自分の見解を書き加えるわけにはいかない。けれど、文化だけではなく、河も山も海岸線も、いろんなものは絶えず変化していく。未名子は自分の意見を書き加えることはせず、新しく変わっていく要素については、今までの記録とは別にして追加していった。どれだけ情報が増えても構わない。それを必要か不要か考え取捨選択するのもあらゆる研究者であって、それは絶対に順さんでも未名子でもない。」（『首里の馬』五三頁）

再度言いたい。作者はここで何が書きたかったのか。お年寄りとはいえ順さんも民俗学者だったのではないのか。その研究者の順さんはどこへ行ったのか。アルバイトの未名子のことよりも私は順さんのことをもっと書いてほしかった。作者の記述に矛盾を感じるところである。作者は沖縄人の生活実態に迫ることを避けているように見える。

次は帯にある「世界の果ての遠く隔たった場所にいるひとたちにオンライン通話でクイズを出題するオペレーターの」未名子の仕事のことである。その詳しい内容については次のように説明がなされている。「遠くにいる知らない人達に向けて、それぞれに一対一のクイズを出題する。仕事の正式な名称は『孤独な業務従事者への定期的な通信による精神的ケアと知性の共有』略称は問読者（トイヨミ）というらしい。依頼人は個人というよりは、その所属する集団で、クイズの正解数や内容より、通信相手の精神や知性の安定を確認する目的でこのサービスを利用するのだという。」（『首里の馬』四二頁）

カンベ主任は「ようは遊びですからね、なぞなぞ遊び」と言いながら、次のように解説している。「ひとりの解答者が選びとる解答は、その人自身の、人生の反映なんです。ただの自問自答ともちがいます。別の人生を過ごしている人間からの思いもよらない問いかけによって、解答者は軽く揺さぶられ、混乱し、同時に自分の経験の思いもよらないところから解答が引き出されます。その人生に一見もう必要がないと打ち捨てられていた、なんならもう二度と思い出したくもないと考えているような、脳の端にあった経験が意味を持ちます。」（『首里の馬』四四頁）

そして具体的にそのクイズの内容を次のように表現している。

「問題」
「鴨川、波、造形の影響は、何者へ？」

「……北斎？」

「正解！」

こんな調子であるが、私はこのクイズの説明はとても重要な部分だと思う。なぜならここで作者がほとんど初めてといっていいくらいに「具体的な内容」を語っているからである。ここで作者は自分が多摩美術大学の卒業生であることを図らずも表明しているからである。ここで作者の肉声を聞く思いがするのである。作者がこの小説で何を書かんとしているかも語っているからである。それで我々読者も安心するのである。そこで私は作者がこの作品で一六三回芥川賞を受賞した時の「受賞のことば」を思い出す。

「この困難な社会情勢の中で、じぶんごときがなにを、という思いは強くあります。できることは、今までも、これからも変わらずとても小さなことです。自分の小説の中に書かれている人はいつも、おおきなことをしでかしているようでもあり、なんの役にも立たないことをしているようでもあります。でも、この大変な、たいていの場合においてひどく厳しい世界は、それでも、生き続けるに値する程度には、ささやかな驚異に溢れていると思うのです。ときにはびっくりするくらい美しかったり、胸が締め付けられるくらい愛おしかったり、思い出していつまでも笑ってしまうくらいこっけいだったりします。この、どれだけ書いても書き足りないくらいの、それらのことについてを、私はずっと書き続けていきたいです。」

（『文藝春秋』二〇二〇年九月号、三一七頁）

作者がその作品の最大の解説者であり批評家である、とこの受賞のことばを読んでつくづく思い知らさせた気がする。私もこんな文学観の持ち主に沖縄の文学を書いてほしかったのである。期待が大きいだけに注文も多くなるということであろう。

クイズという小さな言葉の楽しみを持って世界の人々とつながることの意味を表現したいのであろうがその拠点がなぜ沖縄なのかと説明がないのはなぜなのかという疑問はある。わが国には昔から短歌や俳句などの短詩型文学の歴史があるだけにこの小説に詩的な想像力を感じるのである。

次はタイトルにもなった『首里の馬』についてである。主人公の未名子の活動範囲は沖縄県那覇市の港川とか旭橋などである。特に首里についての記述はないにもかかわらず、本のタイトルが『首里の馬』であるのがなぜなのか不思議である。そもそもこの本の中で「首里」という言葉が出てくるのは、最後の沖縄戦の悲惨な状況の記述の部分のところだけである。

「終戦間際の首里周辺、おきなわで展開された最大の銃撃戦はベローテ兄弟の本のタイトルにも冠されていた『タイフーン・オブ・スチール』という言葉、つまり鉄の暴風という表現によって人々に深い印象を与えた。首里はレイテ、硫黄島に並ぶ太平洋戦争中で最も激戦が繰り広げられたとされる地だった。」（『首里の馬』一五五頁）

首里はこの文章の中でも二箇所に出てくるだけである。だからここで登場する「宮古馬」（ナークー）が「首里の馬」と呼ばれる理由はないのである。私の想像ではこの小説が書かれる数年前に「首里城の炎上」という大事件があって、作者の中にその衝撃があって、それがこの小説の執筆の動機のひとつだったのではないかと思われる。

ついでにこの沖縄戦の記述の中にのちの単行本の出版の際に修正された箇所がある。それは、「財産も家も森も、塀も坂道も、あらゆる生き物もすべて吹き飛んでしまった場所で、おおよそ人がこのあと生きていくようなことがまったくできなさそうな風景の中で、生きていくことができないという絶望さえ吹き飛んで、唯一の武器として持っている手榴弾を口にくわえないものがどこにいるんだろう。」（『新潮』二〇二〇年三月号、一三二頁）

という最後の部分である。それが単行本では、

「財産も家も森も、塀も坂道も、あらゆる生き物もすべて吹き飛んでしまった場所で、おおよそ人がこのあと生きていくことがまったくできなさそうな風景の中で、生きていくことができないという絶望さえ吹き飛んで、唯一の自分を守るためとして持たされていた武器を自らに向けないほど強いものばかりじゃないのは当然だ。」（『首里の馬』一五六頁）

この修正は雑誌掲載時に沖縄の読者から指摘されたかどうかはわからないが、一九七五年生まれの戦争体験のない作者のことを考えるとこのような間違いがあっても仕方がなかったと思う。

さてこの『首里の馬』のタイトルについて考えると、これを作者の好きなクイズ問題にすることができる。

「問題」
「沖縄資料館、クイズ、馬」
「高山羽根子の芥川賞受賞作『首里の馬』」
「正解」

ということになる。しかし正確には「那覇に現れた宮古馬」であろう。

また未名子が得意とする「みっつの言葉」を並列させるクイズ形式について作者が最後のところで解説をしている。

「未名子は、この世界の、あるひとつの場所をみっつの単語で紐づけて示すやり方があることを、しばらく前に知った。地球上の場所を数平米ずつに区切って、文字で構成された意味のある単語を、一見意味のない羅列として割り当てるやり方は暗号にも使うことが可能だった。割り振りをこちらで指定さえすれば無限に複雑化することができた。それを知る数人だけで共有した地図を作ることもできる。他のひとから見ればただの文字や言葉だから、どういうふうにも隠すことができる。物語に混ぜることでも、あるいはなにかの問題に姿を変えることによってでも。未名子はクイズの問題と称して、世界のあらゆる場所の情報を指し示

すことができる。」（『首里の馬』一五二頁）

ここで作者は重要なことを語っている。それは「みっつの単語」がクイズの問題を超越して「物語に混ぜること」もできると言っているのである。それが先ほど私が作ったこの本の三つの単語の並列だったわけである。

そこで思い出したのは八十年前に書かれたある女性作家の短編小説である。その中にこんな一節があった。

「金魚、縞馬、花、稲妻——まるで幻想詩派（サンボリスト）たちの悦びそうなシーンだね。」

これは岡本かの子の『花は勁し』の一節である。そういえば単行本の『首里の馬』のカバーの絵には暗い星空をバックにして馬や花や時計や本箱などが浮遊していた。作者が岡本かの子の短編小説『花は勁し』を読んでいたとは思えないが、フランスの象徴詩派の例えばボードレールやランボーやヴェルレーヌなどの詩を読んでいたことは想像できる。つまりこの本で作者が採用した文体は自然主義のリアリズムの文体

図15－1　出所：高山羽根子『首里の馬』カバー，新潮社，2020年

ではなく、象徴的な詩的な文体だったということである。
そこにこの小説の説明不足をもたらす要因があったと思われる。

二　『彼岸花が咲く島』李琴峰

二〇二一年の李琴峰といい二〇二〇年の高山羽根子といい、近年の芥川賞作家が女性でありしかも沖縄県外の出身者であることは沖縄文学に長年注目してきた私にとっても印象深いことであった。二〇二〇年受賞した高山羽根子さんが一九七五年生まれで、多摩美術大学で日本画を描いていたのに対し二〇二一年の受賞者である李琴峰さんは一九八九年生まれで、台湾大学を卒業し中国語、英語、日本語がわかる多言語人間である。

九十年代の又吉栄喜と目取真俊がいずれも沖縄県出身者で地域の郷土性に根差した文学を志向したのと対照的であった。前者の高山羽根子は美術と文学に造詣が深く、後者の李琴峰は多文化的視野の持ち主ということで、私はこの二人の今後の活躍に大いに期待している。そこで李琴峰の『彼岸花が咲く島』であるが、まずその冒頭の部分を引用してみたい。大変興味深いことがあるからだ。

「砂浜に倒れている少女は、炙られているようでもあり、炎の触手に囲われて大事に守られているようでもあった。

少女は真っ白なワンピースを身に纏い、長い黒髪が砂浜で扇状に広がっている。ワンピースも髪もずぶ濡れで黄色い砂がべったりと吸いつき、まぶしい陽射しを照り返して輝き、ところどころ青緑の海藻が絡みついている。ワンピース以外に衣類はなく、持ち物も特にないようである。少女の白い裸足に、ワンピースの裾がめくれて露わになっている太腿に、折れそうなほど細い首筋に、どこか寂しげな色を浮かべる顔に、あちこち傷跡がついている。鋭いものできられたような傷口もあれば、鈍器で殴られたような暗い紫色の痣もある。

少女を包み込んでいるのは赤一面に咲き乱れる彼岸花である。砂浜を埋め尽くすほど花盛りの彼岸花は、蜘蛛の足のような毒々しく長い蕊を伸ばし、北向きの強い潮風に吹かれながら揺れている。薄藍の空には雲がほとんどなく、太陽はちょうど中天に差し掛かる頃で、その下に際限なく広がる海水は浜辺から翡翠色、群青色、濃紺へとグラデーションしていく。白い波は彼岸花の群れに押し寄せては、岸を打つと音を立てて砕ける。この光景をみると、少女は波で海岸に打ち上げられたのだということを誰も疑問に思わないはずである。」（傍点、松島）（『彼岸花が咲く島』五頁）

この冒頭部分を読んで私が注目したのは「長い黒髪が砂浜で扇状に広がっている。」という部分である。それは『ガリバー旅行記』で主人公の船が嵐で遭難し見知らぬ島にたどりつき眠りから覚めたシーンである。「わたしはもう極限まで疲れはてていたうえに、気候の暖かさ、船を下りる前に飲んだ半パイントのブランデーのせいもあって、とにかく眠くてたまらなかった。ごく短く柔らかい草の生い茂る地面に横たわると、これまでの人生でも憶えがないくらい、ただただぐっすりと眠りこむ。たっぷり九時間以上は寝ていたにちがいない。目がさめてみると、あたりはすっかり明るくなっていた。起き上がろうとしてみたが、身体がまったく動かない。仰向けになって寝ていたのだが、ふと気がつくと、私の手足は両側からしっかりと地面にくくりつけられているではないか。すっかりふさふさと長く伸びていた髪も、同じように地面にくくりつけてある。そればかりか、脇の下から太腿にかけて、身体にも細い紐がが何本か左右に渡されているのが感じられた。太陽はいよいよまばゆく照りつけはじめ、目が痛くてたまらない。周囲から何やらざわめくような音が聞こえてくるものの、仰向けのまま動けないわたしは、空を見上げているしかなかった。」（ジョナサン・スウィフト『ガリバー旅行記』角川文庫、一二頁）

私が注目したのは「すっかりふさふさと長く伸びていた髪も、同じように地面にくくりつけてある。」という部分である。陸地に漂着した二人の主人公がともに、一人は長い黒髪を砂浜に扇状に広げて倒れている。そしてもう一人の主人公も長く伸びた髪を地面にくくりつけられている。私は李琴峰が『ガリバー旅行記』を読みながらこの小説を書いたとは思わないが、この二つのシーンはあまりにもよく似ているのである。

偶然の一致とはいえ一人は中国大陸の南の離島である台湾の出身者であり、もう一人はイギリス本国の離島であるアイルランドの出身者である。これは奇縁というべきではないだろうか。

それというのも二つの小説に奇妙に一致する箇所がさらにあるからふしぎである。

「わたしはなんでここにいるの?わたしはだれ?」「リー、海の向こうより来したダー」「少し会話すると、二人が使っている言葉は似ているが微妙に異なっているということに、ヨナも少女も気付いた。」「なに言っているかわからないよ」少女は混乱しているようで、両手で頭を抱えた。「見ろ」ヨナは右手を上げ、眼前に広がる果てしない海を指差した。「ニライカナイ・アー」「やめて、わからない」少女はますます混乱したようで、激しく頭を振り始めた。「いたい、いたいよ」「痛い?」ヨナが訊いた。「どこ痛い?」「からだのすべてがいたい」少女は頭を振るのをやめたかと思うと、急に自分の両腕を抱え込む体勢になり、背中が小さく丸まった。「さむいよ」（李琴峰『彼岸花が咲く島』文藝春秋、八頁）

他方の『ガリバー旅行記』にもこんな箇所がある。

「それでも、まもなく一同はまた戻ってきて、中のひとりは勇敢にもわたしの顔全体が見える位置まで近づいてくると、いかにも敬服したというように両手を上げ、天を仰ぐと、甲高い、しかしはっきりした声で叫んだ。「ヘキナー・ディーガル」ほかのものたちも同じ言葉を何回かくりかえしたが、当然ながら、その時のわたしには意味がわかるはずもない。読者の想像どおり、不安におののきながらその場に横たわっていただけだ。（中略）やがて、何やらひどく甲高い叫び声があがり、それがとぎれたかと思うと、今度は一人が大声で叫んだ。「トルゴ・フォナック」次の瞬間、何百本もの矢が私の左手に射かけられ、針のようにチクチクと刺さるのがわかった。」（『ガリバー旅行記』一二一頁）

二人とも漂着した場所の住民の言葉がわからないという共通性があったわけである。ここにも両者の生まれ育った場所の辺境性が象徴的に現れている。しかもそれが小説の冒頭部分に書かれているのも興味深いところである。この言語的差異という異文化体験の衝撃からその物語が始まるところは奇遇としか言いようがない。

また小説に掲載されていたそれぞれの島の地図がよく似ているのである。

以下地図のコピーを掲載する。

この小説は島に流れ着いた少女（ウミ）と彼女を助けて同居する島の娘（ヨナ）と男子のタツの三人の若者が島を統治するノロになるため、修行をする物語である。その過程で最高位の大ノロが島の歴史を語り伝える場面が興味深い。それはこんな物語であった。

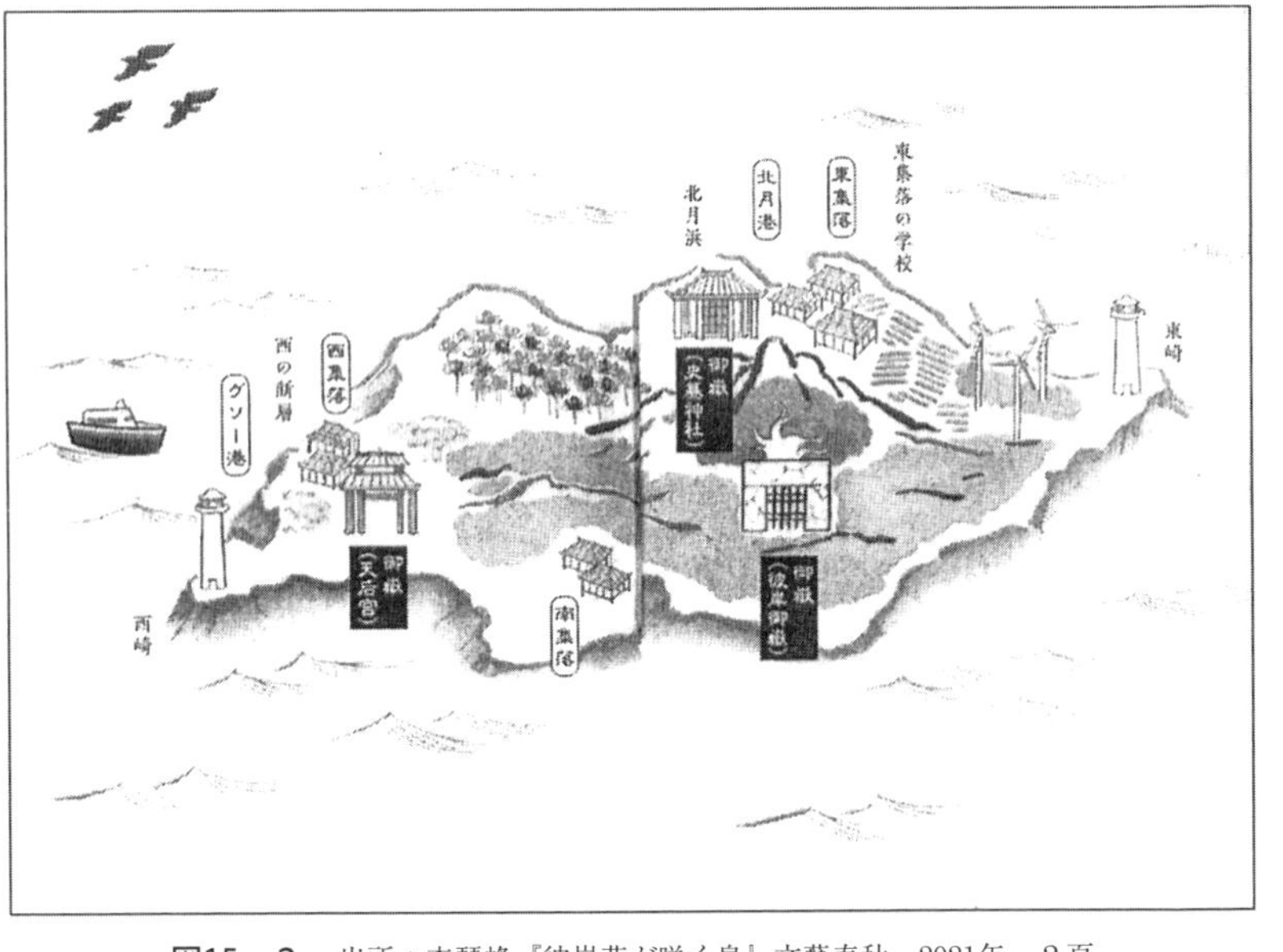

図15－2　出所：李琴峰『彼岸花が咲く島』文藝春秋，2021年，２頁

図15－3

出所：J. スウィフト著，山田蘭訳『ガリヴァー旅行記（下）』角川文庫，2011年，47頁

「（中略）〈チュウゴク〉は〈タイワン〉を自分のものにしようと攻め込んだんだ。〈タイワン〉は〈チュウゴク〉に負け、たくさんの人たちが逃げ出した。舟に乗って、この〈島〉へ逃げてきた人もいた。彼らもまた、私たちにとっては先祖だね。しかし先に〈ニホン〉から逃げてきた先祖は、〈タイワン〉から逃げてきた先祖を追い出そうとして、また戦が始まってしまった。もちろん男たち主導でね。

どれくらい人が死んだんだか、彼岸花のような、赤い血で〈島〉のあちこちが染まっていた。そんで、やっと戦いに疲れた男たちはある日、今更のように自分自身の愚かしさに気付いたさ。これじゃ、自分たちを追い出した〈ニホン〉の偉い人たちや、侵略してきた〈チュウゴク〉のひとたちと、全く変わらないんじゃないか。彼らはこの赤く染まった島をぐるりと見回し、自分たちが作ってきた歴史のおぞましさにハッとして、急に怖くなったね。そんで、歴史を女たちに手渡し、自分たちは歴史から退場することにしたさ。長い長い人間の歴史でだれもやったことがなかったことに、私たちの先祖はようやく踏み切ったっちゅうわけだ。」

（『彼岸花が咲く島』一五〇頁）

作者はこのユートピア的な寓話小説の舞台となる島をさらに次のように描いている。

「歴史を手渡された女たちは、まず戦をやめた。〈ニホン〉から逃げてきた人が〈島〉の東の集落に、〈タイワン〉から逃げてきた人が西と南の集落に住むように、采配を振るったんだ。もちろん行き来は自由なんでね、そのうち区別がなくなって、習慣も言葉も信仰も文化も入り混じるようになった。その入り混じった言葉が、今〈島〉で使われている〈ニホン語〉さ。それとは別に、〈ニホン〉から逃げてきた当時に使っていた言葉を、女しか習うことができない、歴史を語り継ぐための〈女語〉として確立させた。つまり〈女語〉は古《いにしえ》の言語さ、普段使わないから、当初からずっとこのまま受け継がれてきて、ほとんど変わっていないんだ。」（『彼岸花が咲く島』一五二頁）

この沖縄の離島（与那国島）を想定されたユートピアの島はすでに男性の政治的社会的な支配は克服され

ていて、その島は日本から逃げてきた人々と台湾から逃げてきた人々が沖縄の人々と共存している島として描かれている。しかもその島はすでに女性によって支配されていることになっている。ストーリーはその離島の理想郷を実現するために活躍する二人の女性と一人の男性の活動が中心である。特別に事件が起こるわけではないが、作者らしい歴史観と文化的な重層性の認識が特徴的な小説である。

今回紹介した二つの小説は、これまでの沖縄の歴史的現実（沖縄戦と米軍基地の支配など）こそ直接的には描かれてはいないが、わが国の中にあって独特の位置にある沖縄の文化的位相を全く対照的な方法論によって小説化しているものであった。沖縄の文学の新しい世代の登場とこれからの活躍に期待したいと思う。

二十世紀の初頭フランスでピカソとブラックが「キュビズム」という美術思想＝方法を展開し、対象を一度解体した後、再度ひとつのことばによってバラバラになった断片を縮合してみせたことがあった。また戦後、戦地から帰って小説を書きたいと言った大岡昇平に、評論家の小林秀雄はまちがってもリアリズム小説は書くな！と言ったとか。高山羽根子は、沖縄を対象にしてこれらの芸術思想＝方法を実践してみせた。それが「みっつの言葉による沖縄の象徴的な現代小説の試み」だった。

李琴峰は、中国語、日本語、英語を駆使して、海洋ユートピア小説を書いてみせた。その島は中国、台湾、沖縄、日本の中間に位置する架空の島だった。主人公は若い二人の女性と一人の男性のおとぎ話だった。

（明治学院大学社会学・社会福祉学研究第一五八号、二〇二二年二月）

第四部

現代文化の諸相

第一六章　ポーランドとアンジェイ・ワイダの映画

一　「世代」（一九五四年）

脚本　ボフダン・チェシュコ

人が小説家ではなく画家でもなく映画作家になるとは、どういうことであろうか。小説は言葉によって人間のこまやかな心理描写ができるが映像表現に乏しい。また絵画はいい映像によって一瞬の像を描き出すことができるが、人間関係の絡み合いまで描き出すことは難しい。そんな中で表現を模索した青年が映画作家になろうとしたのはなぜであろうか。それはその青年が若き日に体験した状況があまりにも過酷かつ衝撃的だったからではないかと思われる。その惨劇は一枚の絵でも数行の小説でも表現しきれないほど生々しく深刻だったからではないだろうか。

一九二六年にポーランドで生まれたアンジェイ・ワイダが最初に撮った劇映画は一九五四年の「世代」であった。そして一九五六年の「地下水道」と一九五八年の「灰とダイヤモンド」の初期三部作によって世界的な映画監督として認められたのである。わが国でも一九六〇年の安保世代を中心に多くのファンがいる。しかし今の若い世代は知らない人が多いと思われる。

ところで、私は二〇一八年の一月に初めてポーランドに行った。それは私の友人がアンジェイ・ワイダが作ったともいえるManggha美術館で個展を行うことになり、その手伝いに南部の古都クラクフに行ったのである。残念ながらその時にはアンジェイ・ワイダは三か月前に亡くなっていたが、そのときアンジェイ・ワイダ論を書くことを思いついたのである。

映画監督を映画作家とみなすならば、多くの作家がそうであるように、何を描くかよりもいかにうまく描くかに精神を集中するものである。初期のアンジェイ・ワイダも映画を撮り始めた時代であればあるほど、まず映画をうまくとることに熱中したに違いないのである。もちろん自分が理想とするような脚本に出会えれば一番いいのであるが、ある程度の脚本に出会えれば妥協して撮影に入っただろうことは想像できる。

処女作の映画を撮った時のアンジェイ・ワイダもそうした状況だったと思われる。「世代」をいま見て思うことはまずそういうことである。また社会主義リアリズムの影響がかすかに残存していることである。それは主人公のスタフが、レジスタンスの闘士として成長していくという物語として描いているあたりにそれが現れている。石炭泥棒していた青年が、対ドイツレジスタンスへと成長していく物語の描写にもそれがかいま見える。

しかし、他方では運動に参加することに慎重だったヤシオが激情に駆られてドイツ人将校を殺す場面や、ユダヤ人蜂起に関連してビルの最上階に追い詰められて投身自殺するところには、ある種の英雄主義への批判が描かれていたといえる。

また、初めからイタリアのネオ・リアリズムの影響もあって、外でのロケ中心の撮影スタイルが採用されているところにも特徴がある。

さらに、原作が共産党系の人民軍の抵抗路線で描かれている関係から、それが映像にも反映していることは仕方がないことである。

ここで「世代」のあらすじを紹介しておこう。

ワルシャワの郊外の貧民窟に住むスタフは友だち二人とナイフ遊びをしている時、近くを通るドイツ軍の輸送列車を見つける。三人は積み荷の石炭を盗むために列車に飛び乗るが、一人がドイツの警備員に見つかり射殺されてしまう。これがワイダの処女作の冒頭シーンである。タイトルバックはこの付近のバラック長屋の風景を俯瞰で撮影しているのが特徴である。

列車から飛び降りて逃げた防空壕にいた中年男に街の酒場に連れて行かれ、客で来ていた工員のセクワに紹介される。スタフはこのセクワに紹介されて家具工場で働くことになる。この工場は国内軍の抵抗組織の武器庫としても使われていた。ある日その倉庫に行ったスタフは一丁の拳銃を見つけそれを隠す。またセクワは仕事場でスタフに資本主義の搾取の構造をわかりやすく講義したりする。

やがてカトリック系の学校に行くようになったスタフは、下校中にひとりの娘に自分たちが作った青年組織に参加しないかと誘われる。その娘は集会に来た若者たちに、占領軍に復讐をするんだとビラをまいて演説をする。その話を工場でセクワに話すと、日曜日の朝に街に来るようにと言われる。二人でその娘をさがしだすとセクワはその娘をスタフに紹介する。名前はドロータと言い、人民軍の一員であり。セクワも労働者党の党員であることがわかる。夜、ドロータのアパートに行ったスタフは、そこで集会が行われていることを知る。またドロータがドイツ軍と戦って彼らの物資輸送を止めることが任務だと演説しているのを聞かされる。

街中に大勢のドイツ兵がいて、彼らによって処刑された人々が街角に吊るされており、市民も不安げに歩いている。その中に仕事仲間のヤシオがいる。工場に出たスタフはヤシオに人民軍の活動に参加することを誘うが、父親が高齢で仕事を首になったから、自分が面倒をみなくてはならないので活動に参加できないと断る。

スタフはドイツ軍の材木置き場に家具のための材木を買いに行くが、材木泥棒と間違えられてドイツ兵に殴られ嘲笑されて放り出されてしまう。その話を工場で仲間にして、拳銃を見せると、皆で酒場に行くことになりドイツ兵が一人になったところで威嚇するが、そばにいた女給が騒ぎ出したため銃を持っていたヤシオがそのドイツ兵を射殺してしまう。その行為に興奮しているヤシオをスタフが諌めるところが印象的である。ドロータに会ったスタフがその話をすると、自分の地区で無責任なことはするなと非難される。

セクワに会ったスタフはユダヤ人ゲットーで蜂起が始まったことや、彼らを助けなければならないことを告げられる。ユダヤ人ゲットーでは建物が炎上しており、その周りにはドイツ兵が大勢いる。

若者五人でゲットーに行くことになったが、途中マンホールで生きのこったセクワを助ける。やがてドイツ兵と撃ち合いになり、一人とり残されたヤシオは高い建物の最上階に追い詰められ、踊り場に飛び降りて死ぬ。

拳銃の件で国内軍関係者に家宅捜査されたスタフは近所の住民の協力で助けられたが、ドロータに会ってヤシオが死んだことを聞かされ、ドロータのアパートに泊まる。翌朝食事を買いに出たスタフが帰ると、下の住人からドロータの部屋にドイツ軍のゲシュタポが来ていることを聞かされ、彼らに連行されるドロータの後ろ姿を見つめる。

煉瓦工場でドロータのことを思い出しているスタフのところに、若い子どものような青年たちが六人やってくる。スタフはドロータとの約束を思い出しつつ新しい仲間たちを見つめるのであった。

以上が「世代」のあらすじであるが、ソ連支配下にあった戦後ポーランドの新しい映画の誕生を象徴する画期的な作品であった。戦時下のポーランドの若者たちの新鮮な息吹が伝わってくる秀作である。のちに「水の中のナイフ」や「戦場のピアニスト」などを監督したポランスキーも俳優として参加しているなど、ポーランドの若手の映画作家たちの結集した記念碑的な作品である。

二　「地下水道」（一九五六年）脚本　イエジー・ステファン・スタヴィンスキ

ドイツ軍の爆撃で荒廃したワルシャワ市外、ワルシャワ蜂起が起こって二か月、旧市街など市内はドイツ軍に包囲されて燃えている。そんな中蜂起した国内軍の中隊が市内を行軍していた。この中隊は三日前までは七〇名いた兵士もいまでは四三名に減っていた。中隊長のザドラ中尉をはじめ副官のモドリ中尉など、みな「赤い家」と呼ばれたブルジョアの邸宅に入っていく。

家に退却した中隊はそれぞれ一息つく。中隊長は前線に斥候を派遣するように命じ、副官はピアニストに何か演奏するように頼む。副官の愛人でもある女性は銃をもらう約束を迫り、小さな拳銃をもらう。ピアニストは自宅に電話したいと中隊長に頼み、やっと電話がつながるが、妻子と通話中にドイツ軍の侵入があり、途中で途切れてしまう。

やがてドイツ軍の空爆も始まり、隊員たちはみな銃をもって外に飛び出してゆく。ドイツ軍の戦車が進行してきたのを見た隊員が砲撃を命中させると、そのあとから豆タンクがやってくる。それを見た一人の隊員がスコップを持って飛び出し、タンクのうしろのリード線をスコップで切断するが、その時彼は右胸を撃たれてしまう。他の隊員が彼を助けて退却する。

やがて司令官から下水道を使って中央区に行くようにという指令がくだる。指令に反発する者も出るが、ドイツ軍が迫っているため指令に従うことになる。暗闇の中、迷路のように入り組んだ下水道を中隊長以下二七名の隊員は中央区目指して進んでいく。途中で旧市街から来た兵士が外に出ようとしてマンホールをのぼり、地上に出たとたんドイツ兵に銃撃されて下に落ちてくるのを数人の隊員が目撃する。

下水道には有毒ガスが発生しているところもある。隊からはぐれた二人の隊員がむせ返ると咳が下水道内に反響して、その音に反応したドイツ兵がマンホールから手榴弾を投げ込んできたりする。中隊長は副官を探すようにと連絡係に命じるが、彼は暗闇の下水道が怖くて「先に行くようにと言われた」と嘘の報告をしてしまう。

副官たちと一緒にいたピアニストは発狂してオカリナを吹きながらひとりで歩き去っていく。副官の愛人は彼が妻子持ちであることがわかり、絶望して彼からもらった小さな拳銃で自殺してしまう。

ヴィスワ川に通じる出口にやっとたどり着いた二人の隊員は、出口に鉄の柵がはまっていて川を見ながらもそこから出られないことに絶望する。副官はやっと見つけたマンホールから地上に出ると、ドイツ兵が待ち構えており、捕らえられた地下軍の兵士たちや山積みになった武器や死体の山も見える。

中隊長たち三人も地上に出るマンホールを見つけるが、手榴弾が三個しかけられていて、最後の一つを外す直前に爆発してしまう。やっと外に出た中隊長が連絡係に残りの兵士を呼ぶように言うが、ついてきているというのは嘘だったと告白されて、怒ってその連絡係を射殺してしまう。中隊長はまたひとりで地下水道に戻っていくのである。

以上のあらすじを読んで、私がまず思い出すシーンはヴィスワ川の出口の鉄の柵の場面である。やっと川に脱出できると思ってきたのに、頑丈な鉄の柵があって出られないことがわかる、絶望的なシーンである。ここで監督はそれ以上のことは語っていないけれど、この川の対岸に、すでにこの時ソ連軍が侵攻していたという話をどこかで読んだことがあり、このシーンを見るとなんとも複雑な心境にならざるを得ない。一説によると、この時ソ連はいずれポーランドを支配することを考慮して、それ以上の侵攻をやめたとも言われている。

また、吉本隆明は山本薩夫との対談で「地下水道」に触れて、「この映画には従来のレジスタンス映画の英雄主義に対するアンチテーゼがある」と言っている。これは深い洞察に満ちた言葉であると思われる。アンジェイ・ワイダもワルシャワ蜂起の政治状況についてはあえて触れないまま、この映画を撮り終えているが、その言外の意味を吉本隆明は鋭く批評していると思われる。吉本隆明は生前、一度も欧米の地を訪問したことがない人だったけど、表現された作品の批評は的を得た、的確な批評だったのである。この映画の後半は暗い地下水道を延々とさ迷い歩くシーンが続くのであるが、この出口なしのモノクロのシーンに終始したところに、この映画の特徴があったのである。

また、吉本隆明の対談を詳しく読むと、ソヴィエト的英雄主義に対するアンチテーゼという言い方もしているが、これはあきらかに社会主義リアリズムにつきものの、ヒーロー物語への批判を指摘していると思われる。

三　「灰とダイヤモンド」（一九五八年）

脚本　イエジー・アンジェイエフスキ
アンジェイ・ワイダ

第二次世界大戦が終結した一九四五年五月のはじめ、ポーランドの地方都市のとある教会の前で、二人の若者が一人の人物を待ち伏せしている。その人物とは県の労働者党の書記である。見張りの男が口笛を吹くと、一台の車が教会に近づいてくる。二人の若者は銃を構えて、教会の前を通り過ぎようとする車を銃撃する。二人の男が乗った車はバランスを崩し一人は振り落とされる。止まった車に乗っていた男を射殺した二人は、振り落とされた男も追いかけて教会の前で射殺する。

二人の死体が並べられた教会に、新しく赴任した労働者党の書記と公安部隊の将校が到着する。新しい地区の書記は、二人は自分と誤認されて殺されたのであろうと言う。一人の工員がいつ平和になるのか、二人を殺したのは誰なのかと尋ねると、書記は「終戦はおわりではない。祖国のための闘い、明日への闘いはいま始まったばかりだ、我々はいつ殺されるかわからない」と言う。

夕刻になり街頭放送が「本日五月八日、ドイツ軍最高司令部はベルリンで無条件降伏に署名した」と告げる。その放送を聞いた市民の中に、さきほどの殺人を犯した若者二人と見張り役だった男もいた。この見張り役は市長の秘書であり、その夜、終戦の祝いの宴会の準備もしなくてはならず、「もう人殺しは嫌だ、情報提供だけにしてくれ」と頼んでいる。

宴会の会場になっているホテルに来た若者のひとりマチェックは、バー・カウンターにいる給仕の娘に目を止める。もうひとりの若者は電話で国内軍の少佐に連絡をとる。ところがその連絡中に例の新書記がそのホテルにやってくる。それを見たマチェックは、自分たちが別の人物を誤って殺したことに気づき、電話中の仲間に知らせる。マチェックはたばこの火をつけようとしている書記に火を貸してやり、その後、彼の隣の部屋に宿泊することにする。

国内軍の少佐は書記を殺害することを命令し、有能な共産主義者の書記を殺害すれば、政治宣伝で大きな反響があるはずだと考えている。書記は知り合いの家に行き、息子が愛国主義者に育てられていることを危惧している。ホテルでは終戦祝賀のパーティが始まっており、バーのカウンターにいる二人の若者はグラスに入れたウオッカに火をともし、蜂起で死んだ戦友たちを思いやる。

国内軍のゲリラ部隊長になったもう一人の若者アンジェイは、マチェックに書記暗殺を念押しし、明朝この町を去ることを言い渡す。マチェックはバーの娘に仕事を途中で抜けて、夜自分の部屋に来ないかと誘う。彼が拳銃の手入れをしていると、娘がやってきて、地主の父親がドイツ軍に捕らえられ収容所で死亡し、母と二人でワルシャワに移住したが、母は蜂起で死亡したと語る。市長の秘書は泥酔しており、市長は彼を叱責し、祝賀会の演説を始める。

マチェックと娘が二階から降りてきてバーにいる書記を見つけ、マチェックは娘に別れを告げる。二階にもどろうとして階段ですれ違った書記に再びたばこの火を貸す。マチェックはまた娘を誘い、三十分つきあってくれと言って外に出る。二人は雨が降り始めたので廃墟となった教会墓地の霊廟に入る。二人は墓碑を読み始める。

「松明ごと　なれの身より　火花の飛び散るとき　なれ知らずや　わが身をこがしつつ　自由の身となれるを　持てる者はうしなわるべきさだめにあるを　残るはただ灰と　嵐のごと　深淵に落ち行く混迷のみなるを　永遠の勝利のあかつきに　灰のそこ深く　さんぜんたるダイヤモンドの残らんことを」

マチェックは娘をダイヤモンドにたとえて、生き方を変えたいと言い、恋とは何か今まで知らずに来たと話す。マチェックが足元のシーツをめくると、今日自分たちが殺した二人の労働者の死体が横たわっていて、娘は悲鳴を上げる。

二人がホテルにもどってきて、アンジェイに見つかったマチェックは「人殺しはもう嫌だ、生きたい」と言うが、アンジェイは公私のはき違えは許さないと任務遂行を命じる。宴会場で泥酔した秘書が消火器を参加者に噴霧したうえ、テーブルクロスを引きはがす。彼は「出世はあきらめろ」と申し渡され、会場から追い出される。

ホテルの部屋にいる書記のところに公安部隊の少尉がたずねてきて、書記の息子が国内軍部隊の一員になっていて、現在取り調べ中だと報告する。少尉はこれから迎えの車をよこすから待っていてくれと告げ部屋を出ていく。

ホテルのフロントで車を回してくれと頼んでいるのを聞いたマチェックは、物陰に身を潜めて書記を待つ。二階から降りてきた書記は車が来ないことにしびれをきらして、ひとりで歩いて行きホテルをでていく。マチェックは書記の後をつけ、人気のない場所で射殺する。

部屋に戻ったマチェックは出発の準備をする。昨晩のマチェックの言葉に期待をかけていた娘は失望する。市の仕事を失った秘書はマチェックを見つけ、すがるように彼の名前を呼んで追いかけてくる。彼の呼びかけを無視して走り去るマチェックは曲がり角に差し掛かったところで保安隊のパトロールに見つかり、逃げ出した彼は背中を撃たれてしまう。マチェックはひとりゴミ捨て場まで逃げてくるがやがて苦痛にのたうちながら死んでゆく。

私がこの映画を最初に見たとき、この作品の意図などは全く理解できなかったと思う。戦争が終わったのにまだその続きみたいなことをしている変な映画だ、くらいにしか思ってなかったと思う。いまでも監督の意図するところを正確に理解して見る人はそんなに多くはいないと思う。

先の吉本隆明の「地下水道」論では「小国のみじめさ」をいう言葉があった。私がこの映画を見て、戦争が終わってもまだ戦いが続くといったのは、ポーランドという国がドイツとロシアという大国に挟まれた小国だったからであると思われる。つまりドイツの占領から解放されても、今度はまたソ連の支配がやってきたからである。ここにポーランドという国の複雑性があったのである。私のような大学生が一度見ただけでは理解できないはずである。

「灰とダイヤモンド」のもうひとつのテーマは、政治的イデオロギーと家族的な愛との逆立ちの構造であろう。政治的な権力闘争のまっただ中にいた青年が、ひとりの女性を愛したためにひとりの人間として生きたいと思った時に、その政治闘争から抜け出せずに、最後はみじめな死を迎えるという悲劇的なドラマなのである。

ところで、以前沖縄文学の調査をしていた時一九六〇年前後に「琉大文学」に関わっていた詩人たちに、このアンジェイ・ワイダのファンが幾人もいたのである。今考えると東京の学生と沖縄の学生では同じ映画を見ても見方が違うことがありうる。沖縄がアメリカ軍とわが国で唯一の地上戦を戦った時、本国からの援軍もなく多大の犠牲のもとで占領されたのであった。しかも敗戦後もアメリカ軍の支配下にあって土地までも接収されたのである。これはドイツ軍と戦った後も、ソ連と戦わざるを得なかったポーランドとよく似ていたのであった。

四　「鷲の指輪」（一九九二年）

原作　アレキサンデル・シチボル・リルスキ
脚本　アンジェイ・ワイダ
マチェイ・カルピンスキ
アンジェイ・コトコフスキ

一九四四年八月一日ポーランドの対ドイツレジスタンス組織・国内軍（ak）は、ワルシャワ市内で一斉蜂起した。国内軍兵士のマルチンは大尉から小隊長に任命される。国内軍は多くの市民を巻き込んで、六十三日間の凄惨で絶望的な戦いを展開する。その後共産主義を信奉するレジスタンス組織・人民軍（al）も蜂起参加するが、ヴィスワ川まで来ていたソ連軍は、蜂起を支援することなくワルシャワ蜂起は二か月足らずで鎮圧されてしまう。

マルチンの小隊も敗走して負傷したマルチンは、ともに戦った恋人ヴィシカとともに武器を捨て、軍服も脱いで、市民に紛れて退避する。その時ヴィシカは王冠のついた鷲の指輪をマルチンに渡す。しかし当時ドイツ軍の手先だったウクライナ兵にヴィシカが連れ去られる。

病院に収容されているマルチンを国内軍の少佐が探し出し、対ソ連地下組織「ニェ」機関に参加するように説得する。最初は躊躇したマルチンもその命令を受け入れ、国内軍の看護婦だったヤニーナに助けられて病院をぬけだす。

マルチンはかつての部下を探し出し、いまは「ソ連と戦うか、なにもしないで腐るか、赤の仮面をかぶるか」のいずれでしかないと話し、彼自身は赤の仮面をかぶることにする。そして、かつて人民軍の兵士だったタタルのいる労働者党地区本部を訪ね、タタルの運転手として共産側との接触に成功する。そこでマルチンは元ポーランド国家保安局（秘密警察）の士官だったコショールと知り合う。

ある日、コショールはマルチンに車を運転させて駅に向かう。そこでソ連に投降した国内軍兵士がひざまずかされて貨車に乗せられ、シベリア送りになる光景をみる。その時同志たちが歌う「聖母マリア」を聞いてマルチンも涙する。またコショールはマルチンの指輪を見つけ、旧ポーランドを象徴する王冠をけずりとってしまう。

コショールは国内軍の中からブラヴジッチという大物を連れ出し、対ソ連のニェ機関を壊滅することをめざしていたのである。ヤルタ協定の結果ポーランドはソ連の支配下に入ることを伝え、共産側との話し合いを勧める。この橋渡しにマルチンが選ばれるが、これは国内軍の大物ブラヴジッチとシタネルとをおびき出して捕まえる、ソ連とポーランド秘密警察との罠であることがわかる。マルチンはニェ機関のアジトで恋人のヴィシカと再会するが、彼女はマルチンが返そうとした指輪を投げ捨ててしまう。

ブラヴジッチたちはモスクワに拉致され、他の同志たちも逮捕される。すべて自分が関わったソ連の罠だったことを知ったマルチンは、隠しておいたピストルで自殺する。

この作品は「灰とダイヤモンド」の続編として制作されたものである。二つの作品には三十四年間の時間があるが、そこに、監督の戦後直後の歴史ドラマへの強い関心があったことがわかる。主人公マルチンは「灰とダイヤモンド」のマチェックの分身として描かれている。アンジェイ・ワイダが描きたかったのは、ドイツ軍の占領から解放されたポーランドの戦後の政治的思想的状況のドラマを、ソ連の指導下にある共産党政権と、旧国内軍との思想闘争として描きたかったのである。主人公マルチンは赤の仮面をかぶることによって国内軍の復活をもとめて活動するが、結果としてソ連側の戦略が一枚上であり、うまく利用されて壊滅的な打撃を受けて敗れることになる。また両作品とも、主人公は恋人との恋愛に敗れてしまうところも共通して描かれている。そこにアンジェイ・ワイダのロマンティシズムが現れている。

五　「カティンの森」（二〇〇七年）

原作　アンジェイ・ムラルチク
脚本　アンジェイ・ワイダ
ヴワウスワフ・パシコフスキ
プシュムィスワフ・ノヴァコフスキ

一九三九年九月一七日ドイツ軍によって西から追われた人々と、ソ連軍によって東から追われた人々がポーランド東部ブク川の橋の上で交錯していた。どちらに逃げればいいのか戸惑う人々の中で、南部のクラクフから夫のアンジェイ大尉を探しに来たアンナと娘ニカは大将夫人のルジャに会う。

この間アンジェイや友人のイエジなどポーランド将校たちは、ソ連軍の捕虜になっており、事実、妻と娘の目の前で軍用列車に乗せられて東部へと運ばれていたのである。

　また、一九三九年一一月クラクフのヤギェロン大学では、アンジェイの父ヤンをはじめとする教授たちもドイツ軍に召集され、ザクセンハウゼン収容所に送られていた。

　一九三九年のクリスマス・イブのあとに残された家族も庭で一番星を待っており、同じ時刻ソ連領内のコジェルスク収容所に閉じ込められている将校たちも一番星が出るのを待っており、将来のポーランドの再建を祈って全員で讃美歌をうたったのである。

　一九四〇年の春アンナとニカはクラクフの義母のもとにもどると、義父のヤン教授の死亡の報告が届く。しかしアンジェイの無事を祈る母と妻と娘の三人の女性たちは、その帰りを待ちつづける。同じ頃コジェルスク収容所のアンジェイは発熱し、友人のイエジからセーターを貸してもらう。それを着たままアンジェイは他の将校たちとともに別の収容所に移送される。友人のイエジはそこに残されたままである。

　一九四三年四月ドイツは一時的に占領したソ連領のカティンで虐殺された多数のポーランド将校の遺体を発見したと報道した。新聞に載った犠牲者名簿には大将とイエジの名前はあったが、アンジェイの名前はなかった。

　一九四五年一月クラクフがドイツから解放され、イエジはソ連が編成したポーランド軍の将校になっていた。イエジはクラクフにアンナを訪ね、カティン・リストの間違いを伝え、夫の死亡を知ったアンナは気を失う。またイエジは大将夫人にも会い、ソ連の語るカティンのウソを知り、苦悩の末ピストル自殺をする。戦争は終わったが、ポーランドはソ連の支配下に置かれ、カティンのことは語ることがタブーとなった。

　二十世紀は戦争と革命の時代と言われる、その代表はドイツとソ連であろう。そしてそれらの強国に挟まれた国こそポーランドであった。だから二十世紀のポーランドはまさにその歴史ドラマの舞台そのものだった。そこで七〇年近く映画を撮り続けた人がアンジェイ・ワイダであった。

「カティンの森」の冒頭シーンは象徴的である。「一九三九年九月一七日ドイツ軍によって西側から追われた人々と、ソ連軍によって東側から追われた人々が東部ブク川の橋の上で交錯していた。」

なんとポーランドは同時期にドイツとソ連から侵略されていたのである。そしてこの時ソ連の捕虜となった二万二〇〇〇人が半年後にソ連の秘密警察によって銃殺されたと言われている。一九四〇年三月五日付けの秘密警察長官ベリヤのスターリン宛「ポーランド将校銃殺刑定義書」と、それを承認したソ連共産党政治局の命令によって銃殺刑が行われたのである。この秘密文書は一九九二年ロシアのエリツィン大統領から、当時のポーランド大統領ワレサに明かされて、初めてソ連最高指導部による国家犯罪としてあきらかになったのである。

ワイダ監督の父親もこの時の犠牲者のひとりだったのである。そして監督の執念の作品が完成するまでに六七年の歳月がかかったことも、ポーランドという国の複雑な政治状況を物語っている。

それにしてもポーランド将校がひとりずつ狭い部屋で頭を短銃で撃たれて殺されていくシーンは、リアルに描写されていて、血生臭い匂いが伝わってきそうであった。この場面を監督として演出しなければならなかった監督の思いを想像するとことばを失う。

六　「大理石の男」（一九七七年）

脚本　アレキサンデル・シチボル・リルスキ

一九七六年映画大学の女子学生アグネシカは、テレビ局で彼女の初めてのドキュメンタリー作品を制作することになった。彼女が選んだテーマは、一九五〇年代に労働英雄として有名になった男の物語であった。

テレビ局では制作に必要な機材を彼女に提供してくれることになった。彼女はまず主人公の調査のために博物館に行き、倉庫の一隅に放置された大理石の彫像を発見した。それはかつて有名だった煉瓦積み工のマテウシ・ビルクートの像であった。彼はポーランドで戦後最初の大工業プロジェクトの建設に従事した労働者だった。

アグネシカは最初高名な映画監督ブルスキに会う。彼は統一労働者党の書記ヨドワと一緒に組織したデモンストレーションで、ビルクートが煉瓦積みの新記録を達成した時の映画監督だったのである。マスコミは一斉にビルクートの輝かしい記録にとびつき、彼を見習うようにとの宣伝が行われた。これによってブルスキも新しい映画監督のキャリアを手にしたのである。

つぎに、アグネシカが接触したのは、もと保安隊の要員でビルクートの経歴に詳しいミハラクという男だった。彼によると、ある日ビルクートが班長として煉瓦積みのデモンストレーションに参加した時、誰かが作業中のビルクートに熱く焼けたレンガを渡すという事件が発生し、同僚のビテックが犯人として疑われ、ビルクートがかばったにもかかわらず、ビテックは逮捕されてしまう。彼の弁護に当たったビルクートは住宅も取り上げられ、職も名誉も失ってしまう。結局二人とも刑務所おくりになる。

アグネシカの映画制作について、テレビ局から機材を引き上げるという話が出てくるようになった。そのころビテックから出獄したビルクートが、入獄中に別れた元妻を探しているという話をしてきた。元妻はザコバネにいるらしいという。ザコバネでアグネシカも彼の元妻に会い、彼女の苦難な生活や別れた夫との再会についての悲劇的な話などを聞く。しかしビルクートとその息子を探し出すことはできなかった。テレビ局の編成係は彼女の企画を没にしてしまった。

がっかりしたアグネシカは父親に会う。そして彼から平凡な真実こそ何よりも大切だということや、映画そのものよりも真実を追求したことが大事だと言われる。

アグネシカはビルクートの息子が、グダニスクの造船所で働いていることを突き止め、彼に会う。しかし息子は父がすでに死んでこの世にいないこと、またそれ以上のことを語ろうとしない。しかしあきらめきれない彼女は彼の退社時に待ち伏せし、当初の目的を達成するために、彼を連れてワルシャワのテレビ局に行こうと思うのだった。

まず、この映画のスタイルが特徴的である。つまり、一九五〇年代の労働英雄のドキュメンタリーを、現代の女子学生が映画化するという発想が面白い。

一種の「作中劇」のスタイルを使って、一九五〇年代の「社会主義リアリズム」を批判することが目的だったと思われる。その目論みは巧みな方法論によって見事に達成されたといえる。

ひとりの労働英雄の光と影を考察することによって、人間的な真実とその優れた芸術的表現が志向されている。映画という大衆イメージの映像作品を使って、アンジェイ・ワイダの鋭い批評精神が発揮されているという意味で、成熟した映画作りがなされている、と言えるだろう。カンヌ国際映画祭国際批評家連盟賞を受賞したのもうなずける。

七　「鉄の男」（一九八一年）

脚本　アレキサンデル・シチボル・リルスキ

一九八〇年八月ワルシャワ放送局のリポーター、ヴィンケルは、テレビ・ラジオ委員会副会長の指示で労働者の大規模なストライキが行われているグダニスクに派遣された。

グダニスクの県労働党のバデッキは、ストライキを指導するマチェックに関するＶＴＲをヴィンケルに見せ、ストライキを抑圧するために邪魔なマチェックを失墜させる必要があると語り、ヴィンケルを造船所に潜入させる。ヴィンケルはテレビ局時代に飲酒運転で人身事故を起こしたという前歴があるため、その負い目からこの任務を断れなかったのである。

グダニスクについたヴィンケルは公安警察のヴィルスキーに会い、マチェックの周辺の資料をもらうとともに、マチェックの妻のアグネシカに会うようにと言われる。アグネシカはかつてマチェックの父で労働英雄だったビルクートのドキュメンタリーを撮った時に、テレビ局でヴィンケルと顔なじみであったが、彼女は今はストライキに参加した労働者を支援したため拘留されていた。

グダニスク造船所に出かけたヴィンケルは門の前で白木の十字架が運ばれてくるのを見た。それは十年前の一九七〇年一二月に起こった労働者のデモの際に門の前で殺された労働者の慰霊碑であった。また、その壇上で市民に向かって演説するマチェックを発見するのだった。

その時ヴィンケルに声をかけてきたのが、グダニスクの放送局で会ったことのあるジデクだった。大学時代にマチェックと友人であり、今は技術スタッフとして働いていた。ジデクはヴィンケルを局内の映写室に案内し、公開禁止の一九七〇年一二月の街頭デモを撮ったフィルムをヴィンケルに見せ、彼が知るマチェックについて語りだした。

一九六八年三月の学生蜂起の際、労働者が動こうとしなかったためマチェックは父親のビルクートを激しくなじる。すると逆に父親は息子をデモに行かせないために彼を部屋に閉じ込めてしまう。

また、二年後の一九七〇年の時は今度は労働者が立ち上がったデモに学生たちが反応せず、マチェックも部屋から出ようとしなかった。そしてその騒乱の中でビルクートは殺されてしまったのである。マチェックが現場に着いた時には権力側によって遺体がすでに持ち去られていた。やがてマチェックは大学を辞め、造船所の技師となって、父を理解しようと決心するのだった。

また、ヴィンケルはビルクートの同志だったフレヴィチ夫人に会い、ビルクートが死んだ当時の事情を聞くことができた。マチェックは父親の遺体を死体安置所で見つけ、橋の上の道端に父が死んだ現場を見定めると、そこを墓場と決め鉄のパイプで作った十字架を立てた。

また、ヴィンケルは造船所内のマチェックの行動がわかってくる。マチェックは二つの都市で起こったストライキに際し、単独で抗議行動を行い造船所の労働者にも団結するように運動したが、労働者は彼の行動を黙殺したのである。この一九七六年の運動が、のちのグダニスクの八〇年の夏の「連帯」へとつながっていくのである。

ヴィンケルは拘置所にアグネシカを訪ね、彼女がビルクートの映画を撮りながらその死を知らなかった。それで造船所の溶接工だったマチェックに、自分が撮ったフィルムをワルシャワで見せようとするが、局はフィルムを渡そうとしなかった。マチェックは映画がだめなら写真で行こうと提案する。しかしこの写真展示の計画も当局によってつぶされてしまう。

やがて結婚した二人は電車内でビラを配ったり、街をゴミで汚した罪で逮捕されたり、スーパーでアルバイトしたりした。

マチェックはそれからも活動を続け逮捕され釈放され、また逮捕されるなど、子どもが生まれた時も監獄にいたのである。

造船所の大会議室では、政労合意によるストライキ中止の協定調印が行われようとしていた。マチェックと労働者のつめかけた会場の中には、自主管理労組「連帯」の委員長レフ・ワレサの姿も見えた。拘置所から釈放されたアグネシカも会場に来てマチェックを見つけ二人は喜びを分かち合った。調印を締めくくるヤギエルスキ副首相のあいさつが終わり、静まり返った会場に拍手が起こり国歌が流れた。

マチェックはかつて父ビルクートの墓と定めた橋の上に立ってつぶやいた。「一緒に喜んでくれるだろうね」

鉄パイプの十字架が立っていた後に、マチェックは調印が成立したことを告げる報告書をそなえた。やがてそこを離れたマチェックは待っていたアグネシカとともに力強く歩き始めるのだった。

この映画は好評だった「大理石の男」の続編として作られている。しかも一九七〇年代から一九八〇年代のポーランドの激動の歴史ドキュメンタリーとして構想されていた。その歴史ドラマを当時の労働者親子の物語として描き、その語り手を若い女性の映画作家と、中年のテレビリポーターを選んだところが面白い演出であった。

最後に、自主管理労組「連帯」のワレサの映像を挿入することで、この作品を締めくくっているところなどは憎い演出の鮮やかさを見せている。この作品も一九八一年のカンヌ国際映画祭パルム・ドールを受賞している。

八　「悪霊」（一九八八年）

原作　ドストエフスキー
脚本　ジャン・クロード・カリエール
アンジェイ・ワイダ
アグネシカ・ホランド
エドワード・セヴロウスキ

一八七〇年頃のロシアのある地方の町で、若い過激派のグループの数人がスイスからロシアに帰って来る。この若者たちはいずれもこの町のステパン教授の教え子たちであった。

特に教授の息子だったピエールは、その組織の中心メンバーで、旧体制社会を変革する政治結社を組織しようとしていた。ピエールは自分たちの政治結社に思想を注入する人物として、町の富裕な陸軍中将夫人の一人息子スタヴローギンを考えており、それを仲間たちに信じ込ませようとしていた。

仲間のひとりシャートフもステパン教授の教え子であったが、彼は組織から離れる決心をしていた。しかし彼は組織の重要な財産である印刷機の管理をまかされており、それをひとりで、ある場所に埋めていたのである。映画はこのシャートフがひとりで印刷機を埋めるシーンから始まっていた。

影の中心人物であるスタヴローギンが町に帰ってくると同時に、若者たちは活動を開始し、集会を組織するとともに、労働者を煽動したりした。その結果ピエールに煽動された労働者たちが蜂起した。その中に仲間のシャートフもいた。しかし長い間服従していた労働者は知事の一喝に恐れをなし、服従してしまうのであった。

首謀者への罰として知事はシャートフを含む数人の労働者にむち打ちの刑を科した。すでに知事夫人の懐柔に成功していたピエールは知事にシャートフの釈放を要請した。それによってピエールはシャートフを労働者を売った密告者として、組織の仲間に信じ込ませることに成功した。またピエールはスタヴローギンの崇拝者のひとりで自殺志願者のキリーロフに接近し、彼をシャートフの殺害の犯人に仕立て上げようと企てていた。

そのころ、ヨーロッパからシャートフの妻マリアがロシアに帰国した。彼女はスタヴローギンの子どもを身ごもっていたが、妻を愛するシャートフは彼女を温かく迎え入れた。そして親子三人新しく生活を立て直し、幸せな暮らしを夢見ていた。

やがて、無事赤ん坊が生まれて喜んでいるシャートフのもとに組織の仲間がピエールの使いでやってきて、印刷機のありかを教えれば、シャートフを自由にしてやると言う。シャートフは仲間とともに雪の日に出かけて行き、林の中で殺されてしまう。

シャートフを殺したピエールはキリーロフのところに行き、彼に自分が裏切者のシャートフを殺したという手紙を書かせた。その後キリーロフは銃で自殺した。

組織の一人が放火したため町は炎につつまれていて、人々が逃げ惑うなか田舎に引きこもりたいと思っていたステパン教授は小舟の上で静かに息をひきとった。


アンジェイ・ワイダはこれまでロシアの小説家ドストエフスキーの作品を二つ映画化している。ひとつはここに紹介している『悪霊』であり、もう一本は『白痴』の舞台劇を映像化したものである。アンジェイ・ワイダがドストエフスキーに関心を寄せるのは、私の意見ではドストエフスキーが若い日に空想的社会主義者の運動にかかわり、その後思想的に転向して小説家になったという経歴を持っていたからだと思われる。なぜならアンジェイ・ワイダの大きなテーマが政治と文学（芸術）の問題にあったからである。事実ドストエフスキーの文学は革命後のソ連、それも特にスターリン時代のソ連ではほとんど注目されなかった。彼の文学が注目され出したのは、スターリン主義の批判が支配的になってからのことだったのである。他方アンジェイ・ワイダも、ポーランドがスターリン主義の体制下では検閲が厳しく自由に映画を作れなかった。

ドストエフスキーはこの小説をネチャーエフ事件という若者たちの政治グループでの殺人事件にヒントを得て書いたのである。しかしアンジェイ・ワイダがそれを映画化するとき、その主人公をなんと殺されるシャートフという若者に焦点を当てて、この映画を撮ろうとしていたのである。すでにこの構想を監督がいだいたところに作者の権力と暴力に抑圧される人間ドラマを志向し、批判していることが読みとれるのである。しかも監督が殺されるシャートフがその直前に、妻子との幸せな家庭をイメージしている状況を設定しているところが重要である。ここでも政治と家族が逆立ちするという構造が浮上してくるのである。

この映画の見どころについて、アンジェイ・ワイダは次のように語っている。

「ドストエフスキーは一九世紀における最も優れた作家であり、将来のビジョンを見通して、二〇世紀を予言しました。数百年にわたる大量の政治的犯罪、テロ行為そして暴力！

あなたがたが、こうした過程はどこで、どのようにして始まるのかを知りたいならば、ドストエフスキーの『悪霊』を映画化した私の作品をごらんください。」（「悪霊」パンフレット）

戦争と革命の犯罪と暴力を体験してきた作者らしいことばである。

九　「ナスターシャ」（一九九四年）

原作　ドストエフスキー『白痴』より
脚本　アンジェイ・ワイダ
マチェイ・カルビンスキィ

この映画はもともと劇場で舞台として公演されたものをもとに映画化したものである。その脚本が変わっていて、ドストエフスキーの小説『白痴』をもとにしながらも、舞台は小説の最後の場面だけで演じられている。しかも演技者は坂東玉三郎と永島敏行の二人だけ。つまり玉三郎がムイシュキン公爵とナスターシャの一人二役を演じている。全編がポーランドの首都ワルシャワの宮殿でロケ撮影されている。

ドストエフスキーはかつてバルザックを愛読したというだけあって、この優れた恋愛小説をいかに終結させるかに苦心したに違いない。結局、暴力的なラゴージンにナスターシャを殺させることで結末をつけようとしたのである。最後の場面はそのナスターシャが殺されている部屋で二人の男が語り合うというシーンである。この場面だけでも『白痴』は傑作と言われている。それほど鬼気迫る場面を玉三郎は見事に一人二役で演じているのである。

かつて吉本隆明はドストエフスキーについての講演のなかでこの『白痴』に触れ、ムイシュキン公爵が二人の女性ナスターシャとアグラーヤに魅かれながら、どちらか一人を選べないのは彼の内面の幼児性にあって、エロス的な対象に対して選択性を選ぶことができないのだと言ったことがあった。(「ドストエフスキーのアジア」『超西欧的まで』)

この批評を踏まえてアンジェイ・ワイダの映画を見直すと、今度はナスターシャが二人の男性の一人を選べなくて、葛藤する状況にあったことに注目していることがわかる。事実この映画の冒頭シーンはナスターシャとムイシュキン公爵が結婚式を挙げようとする場面で、彼女が聴衆の中にいるラゴージンを見つけ、彼のもとへ逃げ去っていくという場面だからである。アンジェイ・ワイダは映画の冒頭シーンで、その映画のテーマを端的に語るところがある。

また彼の部屋にある父親の肖像画を見たナスターシャとムイシュキン公爵の二人の反応に触れて、「じつに不思議だね、あんたたち二人は何から何まで同じだったたってことは」とラゴージンに言わせている。監督が玉三郎に二役をさせたのもその状況を読んでのことだったと思われる。

一〇　「残像」(二〇一六年)

脚本　アンジェイ・ワイダ
アンジェイ・ムラルチク

なだらかな草原が広がる丘の斜面を、ウッチ造形大学の教授ストウシュミンスキが先陣を切って笑いながら転がり降りると、続いて学生たちが一斉にごろごろと回転しながら降りてくる。牧歌的な景観の中で教授は学生たちに自らの芸術理論を語る。

時代は一九四九年から一九五二年のスターリン主義時代のポーランド、舞台は中部の都市ウッチ。ストゥシュミンスキは画家でウッチ造形大学の教授である。彼は二十世紀ポーランドを代表する芸術家のひとりであり、特に第二次世界大戦前の国際的な前衛芸術運動の中で大きな役割をはたし、国内でも若手の芸術家をリードする重要な画家であった。彼を慕う学生たちは彼を「近代絵画の救世主」と崇めていた。

だが、政府の意向に従わざるを得ないのは大学も同じである。そして文化省は芸術は政治の理念を反映するものだということを芸術家や学生たちに強制してくる。この締め付けは次第に芸術家のひいては人間の尊厳をも奪うものとなっていった。社会主義リアリズムの原則の下、党の任務を遂行するために働いている忠実な党員や芸術家たちと異なり、ストゥシュミンスキは己の芸術に妥協しない。彼は作品に政治を持ち込むことを拒み、党規則に反する独自の芸術の道をあゆみはじめる。こうした姿勢によりストゥシュミンスキは迫害され、大学とポーランド造形美術家協会から追放される。

社会主義権力は彼を国家に追従させるか、従わないのであれば破滅させるべく追い込んでいく。美術館、ギャラリーに飾られた作品は破棄され、学生たちと開催しようとした展覧会は跡形もなく破壊されてしまう。そんななか元妻でポーランドを代表する彫刻家だったカタジナ・コブカが病死する。葬儀に臨んだのは父親に複雑な愛情をいだく娘のニカだけだった。

食料配給も受けられず、画材も入手できず、生活はどん底まで落ちていく。病気も進行し日々衰弱していく。大学関係者も見放すが、詩人や学生などは彼を尊敬し支える。彼らは国家の制裁を恐れず教授のもとへ通い続けた。

しかし、ストゥシュミンスキはいよいよ困窮する。学生たちの助力で市役所に雇われるが、それは政治的プロパガンダを描く仕事だった。そこにも当局の力が及び絵筆を握ることも許されず、ショーウィンドーのマネキンの飾りつけをさせられる。しかし弱り切った彼はショーウィンドーの中で倒れこむ。しかし通行人は気づくこともなく行き過ぎていく。

この作品がアンジェイ・ワイダの遺作になった。この作品を岩波ホールで見終わったとき、「アンジェイ・ワイダは最後の最後までアンジェイ・ワイダだったな」というのが私の率直な感想であり、しばらく立てないほど感動したことを覚えている。

アンジェイ・ワイダはこの作品のモチーフについて次のように語っていた。

「私は人々の生活のあらゆる面を支配しようと目論む全体主義国家と一人の権威ある人間との闘いを描きたかったのです。一人の人間がどのように国家機構に抵抗するのか。表現の自由を得るためにどれだけの対価を払わなければならないのか。全体主義国家で個人はどのような選択を迫られるのか。これらは過去の問題と思われていましたが、今もゆっくりと私たちを苦しめ始めています。どのような答えを出すべきか、私たちはすでに知っている。そのことをわすれてはならないのです。」（「残像」パンフレット）

かつてハンナ・アーレントは『全体主義の起源』によって、ドイツのナチズムを批判した返す刀で同時にソヴィエト・スターリニズムをも批判したと言われている。この引用文はアンジェイ・ワイダが同様の思想の持主であったことを物語っているが、アンジェイ・ワイダの場合はもうひとつ後者の芸術理論だった「社会主義リアリズム」との格闘もあったことを思うと、その思想的想像力は政治と文化を包括する幅広いものであったことがわかる。

（明治学院大学社会学・社会福祉学研究第一四九号、二〇一八年二月）

第一七章　井上陽水論

『詩と文学の社会学』の中で、「陽水とナルシシズム―井上陽水における成熟と喪失―」論を展開された松島淨先生が、再び社会学的観点から陽水を解読する。

一　社会的評価や成功と反比例する個としての自己愛

――著書『詩と文学の社会学』で、〝陽水の歌の世界は実に多様性に満ちているので、一つの理論で分析しつくすことができない〟ため、現代における恋愛の現実と変容を、〝愛の歌人〟である陽水の詩を手掛かりに分析された松島先生。今回のお話も同書の中で語られた、社会と陽水の音楽傾向からスタートした。

改めてアルバムを聴き直してみて、彼の音楽の傾向は、やはり約10年の間隔で循環しているのではないかと、改めて思いました。まず、注目したいのは、'76年に発表したアルバム『**招待状のないショー**』です。

誰ひとり見てない
僕だけのこのショー
好きな歌を

思いのままに
カーテンコールさえ
僕の気持ちしだい
ひとばん中
歌うのもいい
「招待状のないショー」
この3年前にアルバム『**氷の世界**』を出し、日本市場初のミリオンセラーになっているのですが、『招待状～』は誰も呼ばずにショーをするという内向的なタイトルのアルバムです。そこで思うのは、彼の心はミリオンセラーを出しても、満たされなかったのではないかということです。多くの人に聴かれても満足できず、〝自分のための歌〟を歌いたいと『招待状～』を作ったのではないか。人間の〝心〟には、二つの側面がありまして、他者に愛されて満たされる面と、もう一つ、美少年ナルキッソス[※1]のように自分で自分を愛して満たされる面があります。陽水は世の中に認められ、前者が満たされるようになっても、後者が満足することはなかったのではないか。それから10年後の'86年、陽水はシングル「**新しいラプソディー**」を発表します。

※1「ナルキッソス」
ナルシシズムという語の由来になった、ギリシヤ神話に登場する美しい青年。彼は神ネメシスにより、他人を愛せず、自分だけを愛するようにされてしまった。ある日、水面に映った自分を初めて見たナルキッソスは、あまりの美しさに恋に落ちてしまう。しかし、当然のごとく、水面の中の自分は恋心に応えてくれず、彼はやせ細り死んでしまった。このことから、一般的にナルシシズムは〝自我への強いうぬぼれ〟と認識されているが、実は

これはナルシシズムの極端な一部にすぎない。ナルシシズムには対象（社会から認められる）愛と、自己愛の二面があり、幼児期はこの二つが対極化しているが、これらが統合されることで、人間は成熟すると考えられている。

夢を　飾れるだけ夢を
恋がはなやぐ程　夢を
あこがれのメモリー
にぎやかなジャンボリー
新しいラプソディー　to　me
「新しいラプソディー」

ちなみにこのシングルが発売される前の'84年には、提供曲アルバム『**9.5カラット**』を出し、やはりヒットしています。『新しいラプソディー』では、通常〝to　you〟と歌うところを〝to　me〟と歌っています。聴いているアナタへではなく、自分へのラプソディー。[※2]ラプソディーとは、狂詩曲という意味です。こういった傾向の作品はほかにもあります。話が少し遡りますが、'83年に発表した『**バレリーナ**』や'94年の『**永遠のシュール**』なども、「新しいラプソディー」のような狂詩曲だと思うのです。

※2「ラプソディー」
「狂詩曲」のこと。ちなみに狂詩曲とは、民俗的な内容の自由な楽曲を指す。既存のメロディを用いたり、メドレーのように構成したりする。特定の楽曲形式を指す言葉ではない。エネスク「ルーマニア狂詩曲」、リスト「ハンガリー狂詩曲」などが有名。日本では、藤山一郎「東京ラプソディ」やRCサクセション「ラプソディー」、こちら葛飾区亀有公園前派出所（歌・堂島孝平）の「葛飾ラプソディー」などがある。

アーティストですから、自分の才能を評価するのは当たり前のこと。昔、テレビで彼がインタビューされているのを見たのですが、その時、彼は声を褒められてもあまり満足そうに見えませんでした。評価されても、本人は満足しない。個人的に言わせていただきますと、声を褒められても満足そうな顔をしなかったことは、アーティストとして当然のことだと思うのです。そうして考えてみると、社会的作品と自己愛的作品を交互に出すことは、まさにアーティストとしてのナルシシズムの表出、そのものだと思います。そうして、彼自身が「バレリーナ」などの〝狂詩曲〟作りを楽しんでいたのではないでしょうか。

しかし、'00年以降は過去のような韜晦《とうかい》を感じさせる歌が、なくなったように感じます。青年から壮年、壮年から中年[※3]へと歩みを進め、成熟も喪失感も経験し、歌にしてきた。しかし、近年は奥田民生さんとのデュエットを楽しんだりしている。きっと、さらに成熟して、〝社会から受ける愛〟と〝自己愛〟――陽水の中のナルシシズムが安定した形で統合され、ネガティヴな歌はもう作らなくてもいいという、安定した境地に来ているのかもしれませんね。

※３「青年、壮年、中年、高年」
一般的に壮年は35～44歳、その前の30代前半までを青年と呼ぶ。
●厚生労働省の一部資料では……
青年期15～24歳
壮年期25～44歳
中年期45～64歳
高年期65歳以上　を指している。

二　二枚のアルバムの中に密かに存在していた〝バロック文化〟

――今回、松島先生は、新たな陽水論を提案してくださった。論文名は「歌のバロック―新しい陽水論に向けて―」。陽水がこれまで発表してきたアルバムとバロック期の芸術には、共通する点が複数存在するという。

バロック[※4]の語源は、ポルトガル語で「いびつな真珠」という意味なのですが、陽水はそれを知っていたのではないでしょうか。なぜならば、共通性のある二枚のアルバムに〝真珠〟を含む曲が入っていたから。それは先ほども名前が出た『**バレリーナ**』と『**永遠のシュール**』。前者には「**ビーズとパール**」、後者にはそのまま「**真珠**」という曲が入っています。今回、なぜバロックだったかというと、それは「バレリーナ」のジャケットイラスト[※5]がきっかけでした。すごいイラストですよね。バレリーナのポーズもすごいですが（笑）、わたしはこの絵を見て、バロック期の画家・カラヴァッジョ[※6]を思い出しました。ちなみに彼はナルキッソスの絵も描いています。ナルキッソスの絵はいろいろな人が描いていますが、彼のものが一番だといわれております。本当に美しいので、ぜひ一度はご覧いただきたいものです。

※4「バロック」
16世紀末から18世紀初頭にかけて、ヨーロッパ各国に広まった美術・文化の様式のこと。秩序と運動の矛盾を超越するための大胆な試みとしてスタートした。反宗教改命運動やヨーロッパ諸国の絶対王政などを背景に、建築、絵画、彫刻の分野で発展した。

※5「バレリーナ」

図13－1　「バレリーナ」

※6「カラヴァッジョ」
本名ミケランジェロ・メリージ・ダ・カラヴァッジョ。イタリア・ミラノ生まれの画家で、バロック絵画の先駆者として評価されている。

「ビーズとパール」

あの頃首にシェルビーズを
あさみさん　あゆみさん　そーとね
いまでも胸にパールリングを
ゆかりさん　ゆみこさんも
真珠の形は永遠のシュールだよ
宝石の魅力は完璧なシャドウかな

「真珠」

夏の海で幾年も
暗闇の中ではぐくんだ夢は
ひとしずくの月の色の真珠

「ビーズとパール」には、たくさんの女性の名前が出てきて、ちょっと爛熟した退廃的なものを感じます。一方の「真珠」では「**真珠の形は永遠のシュールだよ**」と歌っている。バロック美術に造詣の深い宮下規久朗さん[※7]の著書『バロック美術の成立』の中では、バロックの世界観は「相反する力に満ちており、科学と宗教、現実と幻想、冷静と熱狂、理性と欲望、秩序と混沌とを併せ持っていたが、基本的に本質はビジョン（幻想）の表現に求められると考えている」とおっしゃっています。陽水は叙情的な恋愛を歌う愛の歌人ですが、彼の中にも理性だけではコントロールできない世界があるはずです。わたしは、そういう彼の隠し切れない性的なものが、「バレリーナ」に表出されていると思うのです。それは、ジャケットイラストのバレリーナが股を広げているだけで、一目瞭然ですが。陽水は自分の中の世界の広がり、成熟した文化のようなものを、ストレートな詞ではなく、屈折した形で表現します。彼はそれをシュールといいますが、超現実的な言葉の中で、現代において抑圧された性を表現したのが『バレリーナ』だというのが、ぼくの解釈です。それから、『永遠のシュール』の中にも、〝バロック〟がありました。

※7 「宮下規久朗」
'63年、愛知県生まれ。東京大学文学部美術史学科卒業。現在、神戸大学大学院人文学研究科准教授。専門はイタリア16～17世紀バロック美術。イタリア・ルネサンス美術や、近代美術にも明るい。

我は裏霞む夜の雨

胸のうつろいを見ぬかれて
誰をうらまずに夢の果て
燃えるあこがれに泣きながら

「Queen」

この冒頭を歌う時、陽水は裏声っぽく歌っています。なかなかすごい歌い方です。これはバロック期にいたボーイソプラノの男性歌手・カストラート[※8]をマネたのではないかなと思うのです。なぜ、この曲だけ裏声で歌っていたのか、ずっと不思議だったのですが、バロックを意識して、カストラートをマネたのだとしたら納得がいきます。もちろん、今わたしが陽水とバロックを結び付けて考えているから、そう感じるだけで、本当のところはもちろんわかりませんが。ぜひ、ご本人にお聞きしてみたいものです。

また、バロック期と陽水が上京した頃の日本は、時代背景が少し似ている気がします。バロックというのは、かつてのルネサンス時代の予定調和の古典的な風潮が揺らいだ時代でして。日本でも'70～'80年代は戦後のエリートや知識人の文化に対して、大衆文化が成熟し、サブ・カルチャーが成長した時代でした。時代背景的にも共感できる部分があったと思います。また、バロック建築は窓などが楕円形ですが、これは二つの円を並べて一つにしたから楕円になったという説があります。この二つの丸というのは、先ほどの「理性と欲望、秩序と混沌」などを意味し、丸ごと包括する意味合いもあったと思われます。そう考えると、陽水が上京した後の日本も男女雇用機会均等法ができ、それまで男性中心で一つの円しかなかった社会に男女の円が誕生しました。これも楕円の思想の一つに入るのではないでしょうか。それまでの近代的な知識人の文化に対し、新たな大衆文化が登場したのは'80年代。その後サブ・カルチャーが多元化し、'90年代に成熟していった。陽水の歌は、そういった時代の流れや広がりをしっかりと踏まえていたのではないでしょうか。なんて、最後に社会学的なことも言ってみたりして…。

※8「カストラート」
近代以前のヨーロッパに普及した去勢された男性歌手。男性ホルモンの分泌を抑制し、声帯の成長を人為的に妨げ、変声期をなくし、ボーイソプラノの音域をできる限り持続させようとした。声は甘く、野性的でいて、とても官能的だったといわれている。

（別冊カドカワ総力特集井上陽水・カドカワムックNo.330・二〇一〇年）

第一八章　マス・イメージの諸相

一　コンテキストと〝ドラマ〟の現在

複雑に機能分化し、肥大化した都市を主要な舞台として演じられる現代社会のドラマを理解することは容易ではない。それは、現代の日常世界という舞台で演じられる役割行為がタテマエとホンネの巧妙な使い分けによって構成されていることをみてもわかることである。現代の社会学では、日常世界の舞台と舞台裏を同時に透視する複眼的パースペクティブが要求されているともいえる。経済学でも人類学を導入し、光の都市・闇の都市などを構造論的に説明しようとしている。

現代の社会学では、演劇的アプローチが研究されつつある。たとえば、現象学的社会学で注目されている方法論の中にcontextという概念がある。これは日常世界の舞台で演じられているセリフ（会話）や行為などが、台本なり社会システムなりの文脈・情況によって意味づけられていることを解読する方法である。外国文や古文の内容を解読する時、意味不明の「ことば」をその文脈のなかで読みなおすことにより、その不可解なことばの意味が解読できることはよく知られている。

ここでは、マス・カルチャーに関するいくつかの最近の「できごと」の内容を解読するわけであるが、S・フロイトが、抑圧された願望の表現されたシンボルとして夢を精神分析したように、私もまた日常世界に表出されたこれらの「できごと」を、現代社会のドラマの文脈・情況のなかに位置づけ、これらの象徴的な意味を解読してみたいと思っている。

1　『積木くずし』の意味するもの

テレビドラマ『積木くずし』の視聴率が45％を突破したことを聞いて、(それまで私の大学の家庭福祉相談所の助手から一読をすすめられていた)この原作をやっと読む気になった。読んでみて、この本が三〇〇万部もの超ベスト・セラーになった理由がおぼろげながら理解できた。つまり子どもの逸脱行動と教育に悩み、しかもそれらに対して何ら有効な対策と手段をみい出せずに途方に暮れている多くの親や教師に、この本が具体的な方法を提示しているために、家族崩壊の危機を内在化した彼らに広く受け入れられたのである。私はここでこのマスコミ界の小さな「できごと」を検討し、これを大衆の潜在的意識の反応として捉え、その社会的意味を解明してみたい。いわば、現代社会の象徴的なできごととしてこの事実を解読したいのである。

この作品＝できごとの特徴の一つは、これが俳優の体験談＝手記であるというところにある。しかも内容が、ひとり娘の家出、登校拒否、転校、補導、シンナー遊びといった、いわば家庭内の恥部ともいうべきできごとであった。俳優という職業は、外見と見栄によって支えられた虚業に近いものだと思われているだけに、その作者のプライバシーを自ら暴露するかたちになったこの作品は、同じような悩みをかかえて、世間体を気にしながら暮している多くの家族に、勇気ある証言として、アッピールしたのである。現在、子どもの教育や成長に家族の関心と目標が集中していればいるほど、その過程での逸脱の発生が、その家庭内にもたらす衝撃は、想像以上のものがあるにちがいない。であればあるほど、あるがままの実態を公表することはなみたいていではなかったはずである。とはいえ、この作者は、国文学者の息子として育ち、早くから作詩や同人誌などにもかかわったという表現能力の持主であったことがこの作品の成立に幸いしたことも忘れてはならないだろう。

テレビのホームドラマが、それまでの『ありがとう』などのアット・ホームドラマから、『岸辺のアルバム』（山田太一作）の辛口ドラマへと転換していった頃から、テレビ視聴の傾向が、「ドラマから報道へ」と移行しつつあった矢先の、このノン・フィクション・ドラマの高視聴率の背景には、以上のような辛口手記ドラマという新しいドラマの傾向が潜んでいたのである。

この作品＝できごとの第二の特徴は、この作品が、家族問題の問題解決ドラマとしてうけとめられたことである。つまり専門家のアドバイスによって、問題解決の糸口と方法がみい出され、あたかも医者の治療と投薬によって病気が治癒していく過程を想像させるほど、その劇的な効果と展開があざやかに示されていた。それがこの作品を単なる体験談＝読み物に終わらせなかった原因である。いいかえれば、この作品は、問題少女によってふりまわされた家族＝読者が、少年非行の対策の処方せんを求めて飛びついたといった傾向もあった。

この作品のヤマは何といっても、警視庁の少年相談員のアドバイスを、両親が半信半疑で実行に移しながら、娘の猛烈な抵抗と反撃にあいつつ、このショックを徐々に乗り切って行く劇的な過程の描写である。相談員の指示はきわめて具体的で、それまで他の所でうけてきた「話し合いと忍耐」とはまったく対照的に、「話しあいをするな」「交換条件を出すな」「相手の条件も受け入れるな」「他人を巻きこむな」「何をしても叱らない」「家に帰らなくても、絶対探さない、家に帰って来るまで放っておく」などであった。やがてこの指示は、さらに厳しくなっていき「お金は一〇円も渡さない」「門限は一〇時と決め、一分過ぎても鍵を開けない」となるに従い、これまでひとり娘として過保護に育てられた娘は半狂乱になり、家庭内の緊張と葛藤はピークに達する。

2　父権回復のドラマ

結局、これまで子どもを中心に動いていた家族の勢力構造が、両親の主導権の確立によって、徐々に中心が移動していき、それまでの相互依存的な関係から、子どもも親とともに自立していく過程が展開していくのである。その意味では、この作品は、親の側から観た家族内秩序（権威）の回復のドラマであり、特に父権回復の記録ともとれる。

この間の親子の情況＝コンテキスト（文脈）を見抜いた第三者（相談員）の客観的な判断と的確な指示とは、難解なできごと（現象）の社会的な意味の解読の方法を考える上で示唆的であった。「家に帰って来なくても絶対に探さない、何かあれば誰れかが救急車を呼んでくれます。それでも、もしものことがあったら、それはお子さんの寿命です。ここまで覚悟を決めなさい」といった指示の内容と方法には、この相談員の第三者コンテキスト（文脈）のなかで読まないと理解できないものがある。ここに救済と賭けの緊張の物語＝ドラマを読む人もいるかもしれないが、文脈のなかで読むならば、それほど極端な言葉とも思えない。

それよりも私は、この作品＝できごとが、かつての大学紛争の展開過程にそっくりなのに興味をおぼえた。最初、話し合いと忍耐に始まり、警視庁の力を借りて逆封鎖し、秩序と権威が回復していく過程に思い当る人は少なくないはずである。そしてここでも第三者にいわれた言葉は「世間体を気にするな！」であった。秩序＝体制の権力の回復の過程には共通のパターンがあるようである。

二　擬似環境と〝写真〟の現在

W・リップマン（Walter Lippmann）は、『世論』（一九二二年）の第一章「外界と人間の頭の中の影像」において、有名な「擬似環境」論を展開している。人間と環境の間に、擬似環境なるものがはさまれていて、人間の行動は、それに刺激され、反応するかたちで生起するとみなした。つまり人間の環境への適応行動は、フィクションという媒体を通して行なわれており、このフィクションのなかには、まったくの幻想から、科学者の意識的な図式的モデルの使用まで含まれていると考えた。たとえば世界を旅行する人が世界の地図をもって出かけるように、人は環境をある単純なモデルに再構成して、間接的、推論的に行為しているため、不決断や過誤などの不適応行動が発生するといっている。

とくにフィクションという間接的な媒体として擬似環境を捉える考え方は、のちにマス・メディアを媒介にして環境イメージを形成するという現代のマス・イメージの形成過程をも示唆していたといえる。

のちにD・J・ブァースティン（Daniel J. Boorstin）は『幻影の時代』（一九六二年）のなかで、本当の出来事に取って替る、擬似イベントの支配する様を詳細に検討している。その第一章の冒頭に、母親と友人の次のような会話を引用している。

友人「まあなんてかわいらしい赤ちゃんですこと」

母親「いいえ、たいしたことございませんわ。実物よりも写真のほうを見てくださいな」

オリジナルよりもコピーがよりリアルにみえ、支配的となっていく様子がこれほど端的に語られている例はないと思われる。

1　『フォーカス』の転換

ところで、出版社系の週刊誌を長年出してきたS社が「写真で時代を読む」というキャッチ・フレーズで出版に踏み切った『フォーカス』（週刊）が、一年半で、一〇〇万部を突破したのはヴィジュアルな映像の時代を象徴する「できごと」であった。この「フォーカス現象」ともいうべきフォト・ジャーナリズム界の小さなできごとのなかにも、マス・カルチャーの現在を解読するいくつかの鍵がかくされている。

それは、現代におけるスキャンダリズムの意味である。版元であるS社は、もともと文芸ものを中心にして発展してきた文芸出版社であったが、それでもこれまで新聞社系によって支配されてきた週刊誌の一角をくずして、新聞系のそれにできない、いささかゴシップ記事めいた内容を中心として、独特のスタイルを築いていただけに、こうした伝統の上にいかに写真中心の週刊誌を発刊するかが注目されていた。

ところが発刊当初（一九八一年一月）五〇万部で出発した当誌も、一九八二年の夏には二三万部にも落ち込んでしまう。実売部数は一〇万とも一五万ともいわれていた時期である。その低迷する『フォーカス』の転機になったのが先にふれた「スキャンダル路線」への転換（徹底化）であった。たとえば一九八二年三月六日号には「〈ＩＪＰＣ〉退却で八尋社長の〈忙〉と〈閑〉――銀座ホステスとデートした〈赤坂の夜〉」という五ページにわたる特集があった。当時Ｍ物産は五、〇〇〇億円を投資したイラン石油化学プロジェクトが行き詰まり、赤字決算が取りざたされていた時期における社長のプライベートなデート写真だっただけにかなりの反響をよんだ。四月二日号には「池田大作をめぐる女たちの肖像」、四月九日号には法廷における田中角栄の盗み撮り、四月二三日には竹久みちの張りこみ撮影など、この前後から『フォーカス』は、毎号平均一万五、〇〇〇部の伸びをみせはじめていたといわれている。故中川一郎科学技術庁長官の国会構内の立小便をのせた八月には三〇万部を突破し、スキャンダルとスクープの連続で、売上げを急増していったのである。

さてＳ・ソンタグ（Susan Sontag）は『写真論』のなかの「映像世界」のところで、写真が世界に対する私たちの関係から人間味を失わせる強力な道具になるという、世界の自己陶酔的な利用法にふれている。つまり第一は、手に負えない、近づきがたいとされる現実をとりこにし、エキゾチックな事物を身近なものにし、それを停止させるとともに、第二は、見慣れた事物を小さく、抽象的で不思議な、ずっと縁遠いものにするというのである。この論法でいけば、スキャンダルの方法は、きわめて特殊な断片的な事実、それもエキゾチックな事物のように近づきがたい現実をとりこに、絶対化し、必然化することで全体的な人間の動きを停止させる。そうしておいて見慣れた事実を小さな、抽象的な縁遠いものにして、世界に対するわれわれの関係から人間味を喪失させる方法ということになるだろう。

2　スキャンダルの構造

ところでスキャンダルの語源はギリシア語で「落し穴」とか「罠」とかいう意味の Skandalon にあるとされている。ということは、スキャンダルは社会的に仕組まれた転落装置であるということである。つまり聖なるものという集団表象で支えられた日常世界は、擬似環境としての幻想体系で構築されているため、このタテマエとしての虚構性には内実がとぼしく、不安定である。そこでこの偽善的な権威構造に生気を与えるために、比較的高貴な地位の者のなかに潜む穢れたものを摘発し、その者に悪を背負わせて社会から追放、排除することによって、不安定になった聖なるものの体系を再構築するのが、スキャンダルの社会的機能ということになる。『フォーカス』の急上昇を支えた読者の心情のなかには、送り手によって仕組まれたスケープ・ゴートの穢れた悪役の物語をひそかに待望している異常な関心と興味とがある。それが従来の活字メディアの不確かな記事ではなく、まぎれもない決定的な瞬間であるために、その影響は否定しようもないほど大きいのである。犠牲者としての当事者にしてみれば、これはあるフィクションを支える悪夢のようなノン・フィクションの物語ということになるであろう。R・ジラール（Rene Giard）がいった差異の消滅としての暴力性とは、ここでいえば、現実環境と擬似環境の差異の消滅（無化）ということになる。スケープ・ゴートとは秩序を浄化、再生させる暴力装置だからである。一方マスコミの側からは、スキャンダルとは、聖なるものが潜在化している悪を暴露するイデオロギー的方法だという指摘がなされるであろうことは予想しているし、その面があることも否定しないがもう少し焦点（フォーカス）を高いところに向けていくべきではないかと思われる。

三　物語と〝プロレス〟の現在

1　テキストとしての物語

私はかつて遠藤周作の小説『沈黙』について次のように考えたことがあった。いまなぜ「転びバテレン」の小説なのか。著者は、この小説で一体何を表現したかったのか。これはあきらかに、現代社会における危機感と焦燥感の表現である。つまりイデオロギー終焉時代におけるアイデンティティの拡散に対する危機意識が生み出した「物語」である。つまり社会を構成する中心の象徴的な核を喪失しつつある現在において、歴史（history）を「潜在するテキスト」として、想像上の物語（story）を書くことにより、自己同一化のモデル（手本）をみい出して、解体しつつあるライフ・スタイルを再構築しようとしていると考えたのである。しかしここで作者は、強者と弱者との関係や、内部関係者の裏切りと自壊の過程に執着するあまり、日本的なナショナリズムとの構造的な対決の視点がかなり弱くなっていた。

R・ウィリアムズ（Raymond Williams）の『キーワード辞典』によると、「物語」（story）とは、「歴史」（history）と同じ語源を共存していて、後者の歴史が過去の本当の出来事に関する叙述に進んだのに対し、前者の物語は、過去の出来事に関する非公式（less formal）の叙述と想像上の出来事に関する叙述を包含する意味範囲の方向に発展したといっている。このウィリアムズの物語の定義のなかで、過去の出来事に関する非公式の叙述という規定は、示唆的である。というのも、日本の民俗学者で国文学者でもあった折口信夫が「ものがたり」にふれて、「もの」とは霊であり、それが人の口に託して語るが故に、ものがたりであるといい、かつて霊をあらわした「たま」という言葉のうち、善い部分が「かみ」となり、邪悪な面が「もの」となったと考えた。また国文学者の三谷栄一はこれをうけて、自分の氏族の祖霊を「カミ」と感じ、それ以外の霊物、つまり外神を「モノ」といった時代があるのではないかといっている。

ここであえて「物語の起源」にふれたのは、物語文化の源流に、過去に関する組織された知識としての歴史、いわば本流としての神話（神語）があったのに対し、その傍流に位置したのが非公式な叙述としての疎外された物語であったということである。さらに、日常生活の単調な労働の明暮れのなかで気力の衰弱した「ケガレ」から祭（ハレ）による鎮魂の儀礼によって仮死の状態から再生するダイナミズムが、上記の二つの霊魂の流れに象徴されているからである。いずれも中心的な人物を核にして、象徴的な時間と空間のドラマが演じられるという共通性がある。

それでは現代のルティーンな日常生活過程のなかにおいて多くの若者達は、伝統的な物語文化とどんな関係をとり結んでいるのであろうか。現在の非公式な遊び文化の氾濫のなかで、象徴的な時間と空間のドラマはいかに変容しているのかを、現代的な表現スタイルに依拠しつつ考えてみたい。

2　プロレス物語論

ひとつの例を「プロレス」にとってみたい。テレビでは金曜日の夜と日曜日の夕方に2つの番組が毎週放映されていて、小学生から大人まで熱心なファンは予想外に多いものである。こうした幅広く享受され、愛好されているプロレス文化のオピニオン・リーダーとして登場したのが村松友視の『私、プロレスの味方です』である。そのなかで村松は、プロレスが、同じ格闘技であるプロボクシングや柔道と違うところは、プロレスの試合に「物語」が生じることであるという。つまり、プロレスには「型のやりとり」やショー的要素があり、相手の得意技をうけて、それでもKOされず、今度は自分の得意技を決めていくという過程を楽しむのである。この型のやりとり（交換）があまりにぎごちなくて、演出がみえてしまうのは二流の試合であり、試合終了後に「物語」が浮かびあがるのが最高だという。

プロレスにおける物語性、つまり象徴的な役割演技の問題については、村松も参考にしたというフランスの文学者、R・バルト（Róland Barthes）の『神話作用』のなかでもふれられている。そこでは、プロボクシングは、優越性の証明に基づくジャンセニズム的スポーツで、どちらが勝つかは、神のみぞ知るスポーツなので賭けることができる。それに対し、プロレスは、持続された能率的な結末に至るまでの合理的なエネルギーの配分などが問題となるのではなく、情熱の瞬間的映像が期待されているにすぎない。つまりプロレスラーの役目は、勝つことではなく彼に期待されている身振りと役割をいかに上手に果たすかである。もっともこの最後の部分をこう言い切るところが、熱心なプロレス・ファンから反感を買うところでもある。

いずれにせよ一九五四年の日本のテレビ開幕時代の主役は、あきらかに力道山であり、空手チョップであったが、それ以来、現在のアントニオ・猪木、ジャイアント・馬場の時代に至るまで、あたかも歌舞伎の立ち回りを観ているような「型のやりとり」が繰り返されていて、それに新たなファンが登場してくるのは日本のマス・カルチャーを考える上で興味深いことである。

村松によると、かつてアメリカでのプロレスで好評を博した身振りと役割は、日本軍の真珠湾奇襲攻撃に対する反日感情を利用した「善玉（ベビー・フェイス）と悪玉（ヒール）の対決」のパターンであり、それを日本用に翻訳、輸入したのが力道山の「我慢に我慢をかさねる〈殿中松の廊下型〉のパターン」であった。

たしかに現代社会は、善と悪、敵と味方、本当と嘘の区別が不明確になっており、多様化した価値観のなかで、歴史（勝敗の結末）がみえなくなってきている。そんな状況のなかで、不確実なものに賭けて、挫折するよりも、筋の出来上った「物語」の語り口のおもしろさを楽しんだ方がましだという発想が生じているともいえる。

それに対し、プロレス・ファンのもう一つの論理は、プロレスの本質は反則攻撃にあって、このルール破りと型破りにこそ、プロレスの醍醐味があるという。つまりルールこそ八百長であって、そのフィクションとしてのルールに規定されたスポーツこそ嘘があるという。この論理では、現代の社会生活のルールこそ強い者の支配と権力を合理化する道具であって、この「潜在化したルール（テキスト）」の虚偽性を暴露し、そのルールの上に構築された役割関係を破壊するのが反則攻撃の暴力であるという。プロレス・ファンの心情には、日常生活のなかで疎外されたアイデンティティを、暴力的にしか表現できない弱い者の屈折した感性があるという。悪役（ヒール）ファンが増えているのも、そんな事情が背後にあるのかもしれない。問題は、物語の喪失した情況のなかでなおかつ八百長物語を熱心に楽しむか、それとも、八百長物語によって仮構されている「現実社会のパロディ」としてプロレスを楽しむかのいずれかである。ここでもとりあえず二つのアプローチの存在を示唆するにとどめておきたい。

四　象徴交換と〝広告〟の現在

フランスの社会学者、J・ボードリヤール（Jean Baudrillard）は、その著『象徴交換と死』のなかで、現代人が死を生物学的、科学的に捉え、死を個人的運命として自立化させることで、それを脱社会化してしまったのに対し、未開人は、死を象徴的な交換として社会関係的に定義しているといっている。つまり彼らの死は、先祖と生者との相互的な贈与と対抗贈与（返礼）の交換関係として位置づけられており、死者は家族の生者に女、つまり氏族の土地を与え、生者と同化することで再生する。未開人の象徴的秩序のなかでは、生は一方的に生きのびたり、贈与も返礼もされずに、生と死が交換されないならば、生と死の分離、引き裂きであり、罪である。ボードリヤールはいっている。「死にうちかつすべての人びとを警戒しよう！」と。

1　『楢山節考』の解読

この部分を読みながら想い出したのは、一九八三年のカンヌ映画祭でグランプリを受賞した今村昌平監督の『楢山節考』という映画のことであった。いま何故楢山節考なのか。おそらく監督のモチーフは、共同体の掟＝七〇歳になったら楢山に行くというしきたりに殉ずる老婆の生き方を通して、その生と死の象徴交換によって支えられた閉鎖的な共同体の共同幻想のあり様を描くことにある。そしてその尊い死＝遺産を無自覚的に食いつぶしつつある、戦後四〇年近くたった現在の象徴的現実の空白化現象を幾分批判的に捉えているように思われる。そこには共同幻想に同一化した強い老婆―長男のラインを設定し、それに対し、やさしさのあまり老婆（先代）＝母親を姥捨できなかった弱い父親を対抗させ、さらに楢山節を歌い回る孫たち三代目の頼りなさを配して、あたかも戦前―戦中―戦後世代の聖と俗の関連図式を描いているようにも受けとれたのである。

この脱―聖化過程とも世俗化過程ともうけとれる現実について、監督は息子が棄老して帰ってくると孫が老婆の綿入れを羽織って、いろり端で酒を飲んでいるショットを撮って、演出しているが、監督自身は、村の掟から逸脱してしまう「ダメおやじ」に同情的であるとのちにコメントしている。しかし一方では盗みをはたらいた一家が村人によって皆殺しにあうシーンは原作にもない演出だけに、監督自身が聖―俗のどの辺に自己を位置づけているのか計りがたいところもある。いずれにせよ、イデオロギー（信憑構造）と聖なるもの（社会的意味）の喪失と拡散の情況にアプローチしていることだけは確かであろう。

2　象徴交換の死から経済学へ

ボードリヤールは、象徴交換の死を、生と死の分裂、疎外であるが、それは同時に必要性と蓄積と計算と節約の上に成り立つ「経済学」の成立に対応しているという。M・ウェーバーもまた世俗的禁欲と倹約のなかに資本主義の精神を捉えたことはよく知られている。ボードリヤールは書いている。「資本の無限は時間の無限のなかに移り、生産体系の永遠性はもはや交換―贈与の可逆性を知らず、ただ量的成長の不可逆性しか知らない。科学の蓄積が真理の観念をおしつけるように、時間の蓄積は進歩の観念をおしつける。いずれの場合にも蓄積されるものはもはや象徴的に交換されず、客観的次元になる。」（『象徴交換と死』筑摩書房、三〇五ページ）ボードリヤールはここで、近代市民社会においては、もはや象徴交換は存在しないといっており、節約、管理としての経済学は、蓄積によって死を廃棄しようとするが、この蓄積の時間自体が「死」の時間となるという。

M・モース（Marcel Mauss）がその著『贈与論』のなかで紹介した北米、北西海岸のインディアンの慣行だった「ポトラッチ」という慣行も、貴重な財を競い合って贈与し、破壊しあうことで、全体的社会的事実が形成され社会組織が固められるのであった。彼らは非常に裕福な部族で、冬の間に饗宴などの祭礼をくり返し、蓄積された富をまったく惜しみなく破壊してしまうことすらある。モースは、そこでは、酋長を媒介にして、全成員とその所有のすべての物に関する全体的給付が存在するといっている。あたかもE・デュルケーム（Émile Durkheim）が、分業の発展した近代市民社会のなかで、個性化の原理と社会連帯の原理がいかに統合されるかという近代社会学の根本問題を提起しながら、無規制状態としてのアノミーの危機意識に立って、トーテミズムの体系を分析し、集団表象（聖なるもの）の形成過程を原初的宗教のなかに追求したように、ボードリヤールも、ヨーロッパ近代の資本主義経済＝節約の原則を、K・マルクスやF・ニーチェやJ・バタイユ（Georges Bataille）の思想をふまえて、現代の経済学と消費社会の批判を展開している。その際、近代以降の社会では、社会を維持する形式としての象徴交換は存在しないことは前述した通りであり、この認識は、死を交換の絶頂にあり、ありあまる豊かさや過剰として捉えたバタイユにおいても、現代人が、非連続の存在として、理解できない運命のなかで孤独に死んでゆく個体として把握されていた。そして、この二人の思想家はともに、現代人がこの喪失した連続性（象徴界）への郷愁を求めていることを示唆している。

3　消費社会とイメージ広告

さて、いま現代の消費社会におけるイメージ広告の意味を上記の問題意識のなかでとりあげてみたい。まず当初、広告の仕事は、ある製品の特徴を知らせ、その販売を増大することにあった。いいかえれば、その製品の実体に、イメージを付与することによって、その交換価値を高め、結局、予定している販売価格（これは原価よりも必ず高くなる）の妥当性を説得することが目的であった。この段階での消費社会におけるイメージ広告の意義についても、とりあえず二つの事柄が指摘できる。まず第一は、広告そのものが、喪失した連続性（discommunication）の打消しとしての連続性の回復機能（communication）をもっているということである。

たとえば単純な商品流通、W—G—W においては貨幣は商品のたんなる交換手段として、商品の形態変化が生じているにすぎない。それに対し資本の流通過程 G—W—G' では、G が G'（価値増殖）に転化することが目的であり、このより大きな価値を実現するために、流通が生じているにすぎない。G=W の価値が G=W＜G' に転化し、増殖する過程にこそ、広告をはじめとする販売の機能がある。しかも、この場合の W の生産過程は、あくまでも G→G' の目的のための手段でしかないということである。この非連続性に連続性の幻想を付与する役割こそ広告の意義にほかならない。

イメージ広告の第二の社会的機能は、上記の間接的な商品生産過程のなかで製造された商品（交換価値としてのモノ）を、あたかも直接的な、人間的な使用価値であるかのように幻想させる働きが、イメージによる環境造成力の機能である。できるだけ安くつくり、できるだけ高く購買させる方法こそが、広告によるイメージの価値増殖作用である。

そして現在の広告文化は、こうしてつくられたイメージ（コピー）の方が、その商品の実体（オリジナル）よりも、本物らしくなっていく。ユニークで新鮮なイメージをつくることにエネルギーが投資され、実体そのものは置きざりにされて、イメージで広告だけがつぎつぎと衣裳を替えて登場するという本末転倒さえ生じている。そこでは当初あった商品の性能や効果を説得するというＰＲの意図などは消失しており、その実体とおよそ無関係なイメージが展開している。

こうしたイメージの独走は、商品の実体を超越して、企業イメージの高揚という段階にさしかかっている。この段階まで来ると、商品の評判を意図的に低下させるような異化効果などが駆使されたり、誇大な浪費としか思えないようなイメージ広告への資本の投下がある。イベント広告などがその良い例であるが、こうした企業の側によるイメージ広告における浪費傾向こそ、現代の喪失した象徴交換の模擬（シミュレーション）なのである。私には近年の宇宙開発が、軍事的な国際競争の激化とともに、国家的なイベントとしての浪費文化の復権のように思えてならない。現代人は喪失した祭（死と浪費）を国家的な権力によって代償されつつ、実体は少しずつ気枯れていき、再生するチャンスもないまま流行による差異化（個性化）の幻想を追い求めながら、仮死状態にあるのではないだろうか。


（三浦恵次他編『現代ニューメディア論』学文社、一九八四年三月）

著者紹介

松島　浄（まつしま　きよし）
一九四一年　福岡県八幡市生まれ
一九六四年　明治学院大学文学部社会学科卒業
一九七一年　中央大学大学院文学研究科博士課程
　　　　　満期退学
現　　在　明治学院大学名誉教授

吉本隆明とマス・イメージの現在

二〇二三年三月三一日　第一版第一刷発行

◎検印省略

著　者　松島　浄
発行所　株式会社　学文社
発行者　田中　千津子

〒一五三-〇〇六四　東京都目黒区下目黒三-六-一
電　話　〇三(三七一五)一五〇一(代)
ＦＡＸ　〇三(三七一五)二〇一二
https://www.gakubunsha.com

乱丁・落丁の場合は本社でお取替えします。
定価はカバーに表示。

印刷所　新灯印刷株式会社

ISBN978-4-7620-3236-3